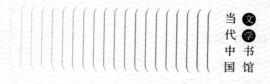

当代中国文学书馆

名医大德

胡显玲　胡红云　著

中国文联出版社

图书在版编目（CIP）数据

名医大德 ／ 胡显玲，胡红云著 . -- 北京：中国文
联出版社，2017. 11（2023. 3 重印）
ISBN 978 - 7 - 5190 - 3264 - 7

Ⅰ. ①名… Ⅱ. ①胡…②胡… Ⅲ. ①纪实文学—中
国—当代 Ⅳ. ①I25

中国版本图书馆 CIP 数据核字（2017）第 293084 号

著　　者　胡显玲　胡红云
责任编辑　刘　旭
责任校对　茹爱秀
装帧设计　中联华文

出版发行　中国文联出版社有限公司
地　　址　北京市朝阳区农展馆南里 10 号　　邮编　100125
电　　话　010 - 85923025（发行部）　　85923091（总编室）
经　　销　全国新华书店等
印　　刷　三河市华东印刷有限公司

开　　本　880 毫米×1230 毫米　　1/32
印　　张　10
字　　数　198 千字
版　　次　2023 年 3 月第 1 版第 2 次印刷
定　　价　78. 00 元

2016 年的汪大德

汪大德为病人诊脉

汪大德在谷城

汪大德关爱下一代，
为儿童喂服预防脊髓灰质炎糖丸

汪大德医学论文证书

汪大德获病人赠予的牌匾、锦旗（部分）

汪大德荣获的奖牌、奖杯、奖状、荣誉证书

汪大德 2008 年被北京中医药大学聘为校外导师

★ ★ ★ ★ ★
荣 誉 证 书
CERTIFICATE OF GLORY

汪大德 医师：

　　您的论文《少腹逐瘀汤加味治疗结核性腹膜炎 》被评为"中国中医药优秀学术成果奖"一等奖，特发此证，以资鼓励！

中国中医药优秀学术成果奖评委会
二○○三年九月二十二日

汪大德撰写的《少腹逐瘀汤加味治疗结核性腹膜炎》
被评为"中国中医药优秀学术成果奖"一等奖

中 国 医 师 协 会
首届中国主任医师学术年会
嘉宾邀请函

医协函发[2003]52号

尊敬的 汪大德 同志：

　　主任医师作为我国执业医师队伍中的杰出代表，是我国医疗卫生事业发展的中坚力量，组织广大主任医师围绕当前医学发展中具有全局性、战略性、前瞻性的问题和热点、难点问题，广泛交流学术思想，对促进我国医学发展和科技进步，推动我国医疗卫生事业的繁荣与发展具有十分重要的意义。

　　为此，中国医师协会决定于2004年1月7日—9日在北京人民大会堂和北京建银大厦隆重召开"首届中国主任医师学术年会"，年会主题：新时代·新使命。

　　届时，有关领导及众多著名医学家、医学界院士、医院院长、主任医师、学术带头人、医药行业精英将出席大会，围绕大会主题进行广泛深入的探讨。

　　为使首届中国主任医师学术年会更具广泛性和代表性，组委会决定特邀部分有较高学术成就的医学工作者出席大会，经组委会批准，您的大作《少腹逐瘀汤加味治疗结核性腹膜炎》被确定为"首届中国主任医师学术年会"指定交流成果，您将确定为本届年会的特邀嘉宾。特邀您及贵单位有关领导届时出席年会，参与交流。同时作为特邀嘉宾，您有权推荐1-3名符合条件的代表出席大会，您若因故不能出席，我们将把会议资料交由被推荐人给您带回。

　　附：1、年会安排；2、参会说明；3、嘉宾确认表

中国医师协会
二○○三年八月二日

汪大德撰写的《少腹逐瘀汤加味治疗结核性腹膜炎》被确定为「首届中国主任医师学术年会」指定交流成果。汪大德并被邀请为本届年会的特邀嘉宾

-1-

2004年4月22日，汪大德参加在北京国际会议中心由全国人大常委会原副委员长彭珮云主持的国际传统医药大会，与43个国家卫生界领导和医学专家、友人在人民大会堂举行的国宴上相聚

汪大德2006年作为特邀嘉宾
参加第六届中国名医论坛

首届中国主任医师学术年会全体代表合影

2004 年 1 月 7 日，汪大德在北京人民大会堂参加首届中国主任医师学术年会，受全国人大常委会原副委员长吴阶平、卫生部原部长钱信忠、原副部长殷大奎等领导亲切接见

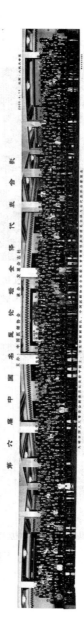

第六届中国名医论坛全体代表合影

2006 年 4 月 11 日，汪大德在北京人民大会堂参加中国第六届名医论坛，受全国人大常委会原副委员长吴阶平、卫生部原副部长、中国医师协会会长殷大奎等领导亲切接见

刊有汪大德医学论文、业绩简介、
人物风采的相关书籍

汪大德获"襄阳中医名师"荣誉称号

序

郑　浩

丙申年七月的一天，我的忘年交、岁在九秩的民间文艺家熊子勋老先生打来电话，说谷城的"二胡"写了本名叫《名医大德》的书，初稿已出来，让我看后提提意见并能写个序。

熊老说的"二胡"我知道，是谷城的两位才女，一位叫胡显玲，一位叫胡红云。二位虽家世平常，却志存翰林，在日为稻粱谋的隙间，竟有不少文章见诸省市级报刊。此次二人联手写出纪实性长篇文学作品，使我感叹之余顿生一分敬意，写几句称不上"序"的文字便有了动力。

《名医大德》写的是一个乡村"赤脚医生"成长为"襄阳中医名师"的坎坷经历。

中医是中国特有的传统医学，是我国一项宝贵的民族文化遗产。历史上"神农尝百草……一日而遇七十毒"的传说家喻户晓。夏商周时期，我国已出现药酒及汤液。西周的《诗经》中，关于中草药的记载不止一两处。现存最早的中医典籍《内经》，为中医中药基本理论的形成奠定了基础。完全可以这样说，当人类文明的曙光在天幕上耀映欧罗巴、亚细亚大地之时，遍及神州大地的中医药文化之火已呈燎原之势，并以其独特的炙焰，驰骋环宇，纵横天地，融化在整个人类文明的光华之中。

《名医大德》主人翁汪大德，出身寒门，自幼酷好医道。他程门立雪般拜鄂西北杏林名家谭元甫为师，遵道习医，志坚行苦，刮摩淬励，昼耕夜诵，深得师父真传。尤其继承了师父"但凡做医生者，应行为端正，当一个能造福一方百姓的良医"之志向。既求医技附身，更求修德润身，发扬光大了"医术即心术""医德即仁德"的中医学真谛。在长达半个多世纪的日月里，业医、养性、修身，以医为技，以善为本，悬壶济世，治病救人。无论在穷乡僻壤的乡村，还是在日益繁华的县城，均不忘初心，矢志不移，在平凡的岗位上做出了非凡的业绩，有幸以医者和研究者的身份，先后三次进入北京人民大会堂，或领取奖项，或做学术交流。"襄阳中医名师"称号实至名归。

通读《名医大德》，窃以为，本书以时间为轴，以人物和事件为纬，较全面、翔实地记录、反映了汪大德艰苦学医、磨难成才、为民治病、坚持科研的经历和成就，展现了一位立足基层、面向农村和农民大众的地方名医的高深医技、高尚情操和救死扶伤、悬壶济世的精神风貌。该书结构合理、逻辑清楚，语言流畅，叙述平稳。胸怀朴实坦诚，文笔恬淡方正。用大量的事实说话，以生动的实例作证；用凡人小事现旧日风云，以生活细胞观宏大正史，具有浓烈的现场感和鲜明的时代精神。从字里行间我们不难看出，作者采访调查艰苦深入，掌握素材十分丰富。寸草春晖，大爱铭心。二位女士秉窗夜书，数易其稿，终成四十章、近二十万字的大书。就汪大德个人来讲，这已是一本不错的人物传记；就中医行业来说，不啻是一部宣传中医中药、弘扬中医文化、传承中华民族优秀传统的上佳读本。

诚然，期盼作者日后有更多、更好的作品面世，还有几句共勉的话，供"二胡"女士参考。

作为纪实类文学作品，忠于历史、忠于事实无疑是对的。但无论是报告文学，还是传记文学，既冠以"文学"之衰，文学所具备的手段、武器还是要充分地加以运用。譬如描写、修饰、烘托、比喻、拟人等，应随时随地融入行文中，也就是行家里手常说的"用文学的语言来表现人物和事件"。这点，本书还有把文学味调浓一些的余地。

汪大德是我国杏林中的"一个"郎中，可从"这一个"郎中的从医实践中，以小见大，以个体见整体，折射和反映出中国中医的博大精深。本书在这方面虽做了些努力，但尚缺进一步升华。

我国古代有一句名言：不为良相，当为良医。千百年来，为相者寡，为医者众。称得上良医者虽然不能说是凤毛麟角，却也说不上林林总总，触目皆是。当一个名医、做一代良医当是所有从医者一生不懈的追求！

汪大德，名医、良医也！

非医者码字，我写我学，我写我心。

是为序。

（本文作者系中国民间文艺家协会会员、湖北省作家协会全委会委员、襄阳市民协主席、高级编辑）

目 录

第一章
深山少年立志学医

　　说起湖北境内的襄阳城，可谓是国人皆知。但若说起襄阳辖区内的谷城县，知道的人可就不多了。

　　其实，谷城自西周封谷伯、立谷国，迄今已有三千多年历史。春秋时被楚吞并，秦灭楚后，依筑水立县名筑阳。隋开皇十八年，也就是598年，改为谷城县。谷城地处汉水中游，又为川陕通中原之古山道要冲，背山面水，是襄阳西部的军事要地。自古烽火连年，兵事频仍，从西汉、南北朝乃至宋、元、明、清，均屡屡在此交兵激战，人民历经战乱之苦。而勤劳勇敢的谷城人民，也在这块赖以生存的土地上繁衍生息，世代相传，历经沧桑。在这块"江山代有才人出"的钟灵毓秀之地，有许许多多未被历史遗忘的名字，比如吴国大夫伍子胥，明末廉能有政绩的东阁大学士方岳贡，辛亥首义烈士杨洪胜，中共谷城地下党早期领导人高如松，革命英烈李亚声、张懋修，农民起义领袖吕思扬、丁江兴，书法大师兼名画家何兆祥，还有许多的专家教授、将军名医乃至民间的能工巧匠,皆是一代天骄,出类拔萃的精英。

说起谷城这个名字的来历,还和神农氏在此尝植五谷有关呢。

传说中,女娲补天之后,不知道过了多少年,在厉山的一个石洞里出生了一个小孩。这个孩子天生异相,身体透明,五脏六腑都清晰可见,头上长有两只角,牛头人身。看到他的人都说这是天神下凡。这个奇异的孩子就是炎帝。是炎帝尝百草,教会人们用药;是炎帝种植五谷,使人们得到了温饱。大家感念炎帝的功德,就称炎帝为神农。炎帝曾在谷城县尝植百谷,所以谷城县的地名由来是有其根源的。

谷城还有与明朝医圣李时珍有关的美丽的传说。据说,谷城大蓬山原来名叫女儿山。五百多年前,李时珍前往武当山采药路过此地,不断听到当地老百姓说:"病要好,要吃女儿山上草。"这话引起了李时珍的极大兴趣,他便改道上了女儿山。

李时珍来到女儿山,到处寻找老百姓说的这种能治病的仙草,山民们指着满山的野韭菜告诉他:"这种能治病的草,就是这漫山遍野的野韭菜,我们把它当菜吃呢!"

李时珍一见,脱口而出说道:"你们吃的这种野韭菜,就是中草药薤白,能消肿、化瘀、止痛。旧本草说它生长在平川,高山少而珍贵,没想到女儿山上有这么多的薤白,这真是一座薤山啊!"山民们听李时珍这么一说,为女儿山有这么多珍贵的草药而自豪。从此，"薤山"便叫开了。

今天，我们要写的，是来自谷城另一座药山的一位老中医，他的名字叫汪大德。

汪大德于 1947 年 3 月出生于湖北谷城赵湾乡（原粟谷区）的大屋场。那是个战火纷飞，兵荒马乱的年代。同年 11 月，中国人民解放军解放谷城汉水东北地区，在黑龙集成立谷城县爱国民主政府，属桐柏行政公署第三行政督察专员公署。1948 年 7 月 3 日，谷城全境解放，县爱国民主政府随军迁入汉水西南。

汪大德所在的大屋场村，正处于汉水西南，是粟谷乡与保康县接壤的地方。这里海拔高达一千三百九十多米，地处偏僻，山高林密，人烟稀少，交通阻塞，与外界少有往来。汪大德的祖上据说也是穷奔深山，携家带口逃荒到了保康，平日以帮人种租地为生，后到粟谷长岭村，也就是后来的大屋场村落户安家。汪大德的父亲名叫汪思恭，兄弟五人，汪思恭排行老大，眼看着成了大小伙子，却因家穷难以娶妻。汪思恭的父母，颇为头疼，却也无计可施。意想不到的是，汪思恭 20 岁时，因去村里一陈姓人家帮工，陈家主人喜其勤劳善良肯吃苦，选其作了自家女儿陈永红的夫婿。

婚后，夫妇俩仍以种租地为生，虽然夫妻俩终日勤扒苦做，却仍然过着食不果腹的艰难日子。民国时期，山区人民除生活艰辛外，医药匮乏，医生也极其罕见。疾病肆无忌惮，残害这一方村民。若有大伤小病，只能听天由命。

造化大的，自行好转；造化小的，只有求老天爷开恩。村子里的人随时都有可能被小小的疾病夺去宝贵的生命。

汪思恭一家也难逃厄运，他们年仅 16 岁的大儿子不幸出天花，因为请不到医生又买不到药物，夫妇俩只得眼睁睁地看着心爱的大儿子送了命，两人更觉这日子苦得没了边。

新中国成立后，生活在水深火热中的大屋场穷苦村民终于重见天日，抬起头直起腰杆做了新中国的主人。农村成立了农协会和青、妇组织、儿童团、识字班、民兵连等，还史无前例地办起了学校。

1955 年，汪思恭 8 岁的小儿子汪大德背起书包走进了学校。汪大德从小就机灵活泼，领悟力极强，学习成绩一直在班上名列前茅。汪思恭夫妇每每提起，倍感欣慰。

幸福的时光总是过得那么快，谁也想不到，不幸再一次降临到这个贫寒的家庭。

1956 年夏的一天，汪大德的二哥汪大启年仅 21 岁，一天他无意中发现鼻梁处长了一个小红市子，初时并未在意。过了几天，忽觉奇痒无比，于是忍不住总是用手去抓。没想到第二天，从抓破的地方居然流出了脓水，头面肿大，继而引发高烧，躺在床上不能下地。

想当初，汪大德的大哥出天花之时，就是因为无医无药才丢了性命。时隔多年，如今二儿生病，仍然还是处在这无医无药的困境中。汪思恭夫妇想到逝去的大儿，看着眼前渐至昏迷的二儿，不由得伤心欲绝。孩子们年幼，自己老两口体弱多病，这山高坡陡路程又远，怎么才能把几十里外的医生请到家中呢？一家人都笼罩在愁云惨雾中。汪母常常围在儿子床前，嘘寒问暖，无心饮食，唉声叹气抹眼泪，甚至不停在心里念叨观世音菩萨，希望菩萨能救儿一命度过这一劫。又东凑西凑地拿出了一些吃用，好话说尽，央求邻人去帮二儿请个医生来救命。

在大屋场这个地方，请医生是一件天大的事，甚至可以说，有时比登天还难。大屋场的人请医生，他们不是说"请"，而用"撵"，就是因为那时没有医院和诊所，医生少，而医生又流动着出诊看病。常常是某人生病，好不容易让家人翻山越岭汗流浃背地到了几十里以外的某医生家，医生的家人却告知医生不在，说去了某某地方给人看病。等这人又急急忙忙地追到那个地方，又有可能被告知：真难为你追了这么远，可太不巧了，这医生刚刚给我们看完，才走。这人只得不歇气地继续追赶。运气好，能把医生撵上，并请到家里来，这已经是天大的好运了。有的家属为了家人的病，撵到这家又追到那家，撵个三五天才把医生请来，那也是再正常不过的事了。

只说这汪家人望眼欲穿地等了两天，没想到，央去请医生的人却独自回来了，说医生去了远处给人看病，估计得一周才回得来，自己等不住，只好独自一人回来了。

汪母不死心，心想大抵去请的这人嫌麻烦，人家医生并没去多远，他不肯苦等，才一个人回来。于是又千方百计再凑点东西，重又另央人再去请。

每天，大德都和母亲没遍数地往通往山外的路上张望，只盼望路上会出现两个人，是那邻人和救命的医生。但一天一天过去了，别说是人，就是人影也没一个。又过了三天，夜幕降临，请的这人终于风尘仆仆地回来了，却仍是独自一人。未来得及坐下，就告诉这心急火燎的一家人说，那医生还得三四天才回得来，后又支支吾吾地说那医生的家属问了咱们住的这地方，说早就听说咱这里不但路程远，还山高路陡全是羊肠小道不好走什么的，还说让我们最好能去请别处的医生来。汪母话没听完，不禁心灰意冷，走到儿子的床前，忍不住泪流满面："儿啊，千错万错都是我的错，我不该把你生在这深山老林啊！生了病，医生也请不来一个。老天爷，你收走了我一个儿，难道还要再收走我一个儿吗？老天爷，求求你，千万要开眼啊！我的儿……啊！"

大德看着平日里相亲相爱精明能干的二哥，此时一副双目紧闭，口唇干涸，时时在昏迷中抽搐的样子，也不禁感到伤心，心里只恨那医生架子大难得请。姐姐们看到母亲如此地伤心欲绝，也都哭着上前安慰母亲。大德擦着眼泪对母亲说："妈，您莫哭，二哥这不过是个小病，也许熬个几天，自己就好了。您本来身子就不好，这几天又不吃不喝的，咋受得了？"

汪母原本只顾自己伤心，经大德一提醒，才想起自己打从早上给大启弄了点稀米糊糊，今天连一顿饭都没煮，一家子人也都水米未进。想到邻人好心好意为自家的事跑了这几天，回来不但没感谢人家，也没给人家准备点饭菜，几个娃娃们也都还饿着肚子，自己却只顾一味地伤心，顿时自责起来，撩起衣襟擦了擦脸上的泪，和邻人客套了两句，连忙去弄吃的了。

吃饭时，汪母和大德父亲商量，眼看着大启的病越来越严重，这时间是不能再耽搁了，不行的话，第二日再去请更远处的另一位医生。

但汪大启没能等到第二天灿烂的阳光。他带着对家人深深的不舍，带着对这片大山的深情，带着对这个世界深深的眷念，安静地去了。

汪母扑在儿子冰凉的身体上悲痛欲绝："儿啊，是娘无能啊，连个看病的人也给儿请不来，眼睁睁地看着我儿一个接一个地病坏啊！眼看我儿已经成人了，马上就能娶媳妇过日子了，老天爷为什么不睁眼啊？这山里要是有个医生，我儿怎么会走啊！"

前些日子，村里的赵婶还和汪母说起：自己娘家的侄女，人生得俊秀聪明，手巧不说，心肠又好，看着和汪大启倒挺般配。她私下里和侄女提起过，侄女一脸羞红，竟有八成愿意，所以她也愿意做这个媒。如果这媒做成了，都是穷家小户的，不需什么排场，只要寻个日子报期，再过几个月就能娶上门。汪母当时听到这样的好消息，实在是喜不自禁，儿子一成家，自己转眼就能抱孙子，见到下辈人，这该是多么大的一件喜事！

可此时想起这事，却是忍不住悲从中来。眼瞅着汪大启刚刚成人，却连个家都未成就去了，更是伤心不已，哭得上气不接下气。大德看着悲伤的母亲，和千呼万唤再不应的二哥，品尝到失去亲人的悲痛，眼泪像断线的珍珠，一颗接一颗地滚落下来。

　　大启走后，不到三两个月的时光，汪思恭便变得郁郁寡欢了，身体也更不如前。汪母额前的白发也更加惹眼，一天比一天醒目，背也弯得越来越厉害，布满皱纹的脸上，再也没了一丝笑容。只要一提起去世的两个儿子，汪母就会忍不住地掉眼泪。

　　大德也渐渐变得沉默寡言起来，常常心事重重地坐在门槛上，呆呆地看着眼前的大山，一看就是大半天。他常常想起，二哥走时，父亲强忍热泪的故作坚强，母亲哭天抢地的痛彻心扉，自己的无助和无奈，那些画面，如一枚枚残酷无比的烙印，深深地定格在自己幼小的脑海里。他想不通，生龙活虎的二哥，还有那个自己不曾见过的因天花丧命的大哥，怎么会说没就没了呢？父母舍不得二哥，而自己，更是多么希望一家人都能健康快乐地一起生活啊！如果大哥当年早早地去学了医，就能治好他自己的天花，还能把二哥给救了，那该多好啊！那自己为什么不可以去学医呢？想到这里，他仿佛觉得心里有什么东西苏醒了，但随即又被自己的想法吓了一跳，自己这样一个穷孩子，想学医是不是会被村里人笑掉大牙呢？他左思右想，纠结着，郁闷着，不知要怎样才能除掉内心这许多的烦恼忧愁。

　　他忽然想起了二哥给他讲过的一件事：二哥十五六岁当民兵的时候，认识了来大屋场工作的一位熊秘书。听熊秘书说，山外还有一个叫县城的地方，那里的人们生了病一点也不用担心，医院就在家门口。不但有医院，听说还有戏院，闲暇时一家老少可以去戏院里看大戏，叫什么生旦净末丑，用油彩把脸画得五颜六色，在戏台上唱一出又一出好听的戏呢！熊秘书很喜欢二哥，常夸二哥是个有出息、能干的小伙子，还说将来要带二哥去县城玩呢，可惜后来熊秘书调走了。

大德痴痴地想着：如果熊秘书没被调走，大哥二哥也还在，自己一定也能和他们一起去那个有医院有戏院的地方看看吧？那该是怎样一个人间天堂？生活在那里的人们肯定幸福无比，如果我也能生活在那里就好了。

一天晚上，母亲在厨屋低矮的灶台后忙着拾掇饭菜。大德坐在灶门口，像往常一样帮母亲添柴烧火。灶膛里的火熊熊地燃烧着，火苗子一跳一跳的。他盯着那蓝色的火苗，心里动了一下。他望了望母亲，母亲温柔的目光和慈祥的面庞给了他无比的勇气。他冲着母亲喊了一声："妈！我……"

母亲看到儿子一副欲言又止的模样，柔声而略带紧张地问道："大德，你怎么啦？哪里不舒服吗？"他抬起头来，望着母亲的眼睛，低沉而坚定地说："妈，我不想上学了，我想去学医！如果当年大哥学了医，不但能救自己，肯定也能把二哥的病看好，大哥二哥也不会离开我们了！"母亲听了大德的话，愣了一下，然后说："学医可是个大事，我们穷家小户的，只怕这事有点难。再说了，学医要识文断字，你才这么大一点，又没上两年学，那怎么能成呢？"大德说："那我多上几年学，多认两年字再去学好不好？"母亲看了儿子一眼，那晶亮的眼眸中，充满了无比希望的眼神。她安慰儿子道："只要你有这个志气，能学好文化多长见识，我们不吃不喝砸锅卖铁也让你去学！"大德问母亲："那我爹会同意吗？"母亲说："学医是个好事，你有这样的志气，他怎会不同意？"

听了母亲的话，汪大德抑制不住内心的喜悦，内心的郁闷一扫而光，他感激地望着母亲，仿佛浑身充满了一种神奇的力量。他扬起被灶口火苗映照得红通通的小脸，兴奋地点了点头。

就这样，9岁的汪大德，在家中这个简陋的灶膛前，在母亲的鼓励下，心中种下了一颗学医的种子。

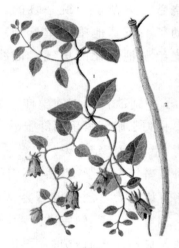

党参

第二章
为父之病拜见名医

　　自从有了学医的念头，又有了母亲的应允，大德大胆地和父亲谈了自己的想法。

　　原本以为，父亲就算不骂自己胡思乱想，也不一定会完全支持，但没想到，父亲在听了他的想法后，低头沉思半晌后说道："你有这个想法很好，难得你有这样的志气。只是在这大屋场村附近，别说医生，就连个有文化的人也少见。别处的医生医术怎么样，我们心里也没底，如果想学，还得打听个有名气的好医生，这样才能学得真本事。"大德打小觉得父亲虽然是个好父亲，但对孩子们很严厉，所以平时很少和父亲亲近，有什么心事总爱和母亲说。此时听到父亲说出这样的话来，不禁高兴得连连点头。

　　父亲望了他一眼，又慢吞吞地说道："你还小，学医也不是儿戏，你现在认的字也少，我估换着现在去学医也不是个相。要是你真想学，从现在起，你就好好读书识字，比别的同学更认真更刻苦才行。字不但要好好认，还得好好写。我听人家说有的医生写的字跟个鬼画桃符似的，认都认不得。可见这样是不好的。你将来当了医生，可不要也那样。我不识字，也不知道啥叫好坏，但想来别人总是知道的。"大德听了父亲的话，觉得说的很有道理，他认真地点了点头。

从这天起，大德再也不提学医的事情。只是再去学校时，比所有的同学更早。上课，更认真地听讲；写字，从不马虎，作业本上从来都是干干净净，一个小黑点也没有，一笔一画，整整齐齐，一丝不苟。老师点名表扬，最多的名字就是汪大德。

小学的几年时光一晃而过，1960 年秋，汪大德以优异的成绩考入了谷城第六初中。

谷六中设在原粟谷东河阴湾，汪大德入学不久，全校开了一次师生大会。校长在会上表扬汪大德说："汪大德以算术 100 分、语文 99.6 分考入中学，是全县第一名。大家要向他学习。"

不几日，他被选举为谷六中学生会学习委员。在校学习期间各科成绩均是名列前茅。在初中一年级时刚好赶上开设俄语课，全校俄语由彭振铭老师代课，汪大德得了全校俄语课的最高分 100 分，再次受到全校表扬。汪大德尊敬老师，团结同学，还乐于帮助成绩差的同学，受到老师的宠爱和同学们的赞扬。在学校的日子，是那么的开心。

不料在 1961 年 5 月，校方突然宣布谷六中被撤。因为"三年困难时期"，国家有困难，将谷城原来 8 所初中撤掉 5 所，保留 3 所：谷城一中、（石花）二中、（盛康）三中。目的是减轻国家办教育的负担，也是为了大办农业，让众多学生回农村投入农业生产。这时师生们也都积极响应。

这天一大早，校方宣布撤校后，由老师分片送学生回家，汪大德所在片区由一年级班主任马占奎送。同行的有 4 个学生，在分路时马老师继续送了汪大德一程。汪大德很纳闷，心想：马老师怎么没送比自己更远的同学呢？马老师把汪大德送到家后，对他的父母说："我今天不是来送学生，是来通知汪大德继续到谷三中去读书，因为这次撤校后只选拔了几名学习好的学生到谷三中，如果在校说明了，那些没被选上的学生会闹情绪。所以学校安排我特来通知你们。"

汪大德的父母热情地留马老师在家吃了午饭，十分感谢校方的厚爱。但因父母年迈且体弱多病，家里贫困无力支撑汪大德到盛康上学，汪大德只好忍痛辍学了。辍学后汪大德学医的念头又不由自主地冒了出来。

一天晚上吃过晚饭后，父亲和大德说起："大德，自打你想学医，我和你妈就时常向人打听，见人就问哪里有好医生。听说离咱们这几十里的粟谷卫生院，有个叫谭元甫的老中医，名声很大，凡去找他看病的人，没有不手到病除的，人们一提起谭老爷子，都说他是当代神医。依我想，要学就找个名医学。找个医术不行的医生，再不好好教，你只能学个三脚猫的功夫，有啥用？"大德听说有神医，心中高兴无比。不料母亲走过来说："听说那谭老爷子名气大得吓人，规矩也大得吓人，像那样讲排场的人，怎么会收我们这穷家小户的娃子当徒弟？"

大德问父亲："谭老爷子怎么规矩大啊？"

父亲说："听人说，他穿衣吃饭，坐立行走包括睡觉，都讲究得很，与不相干的人一句多余话也不会说，再大的官儿见了他也不敢乱说乱动，反正是很有威望的人物。"汪大德听了，高兴劲儿一下子去了一大半。他想，正如母亲所说，这样一位神医，怎么会收自己当徒弟呢？他望望家，家徒四壁；他望望父母，是体弱多病不善言辞的农民；他望望自己，破旧的上衣和裤子都短了一大截，虽然洁净，但仍然显得不伦不类。他想，那样一个神医，一来咱们这个家，看到咱们这么个寒酸样，肯定是不会同意的。满腔的希望瞬间变成了失望，他掩饰不住心底的无助和悲伤，低下了头，半天不说话。

母亲见儿子一副垂头丧气的样子，有些不忍心，过来劝说道："好事不在忙中起，这事也不是一下子就能成的，慢慢等机会，也许机会来了他偏就愿意收你了呢？"母亲原本一番好意，可是这样的劝说，此时在汪大德听来，却是那样的苍白无力。

父亲拍拍大德的手，轻轻说："你妈说得对，这事急不来，慢慢等机会。"

这一等，就等到了第二年。

第二年春上，父亲忽然得了中风病。这时大德已成了半大小伙子，接医生的任务就落到了他身上。

考虑到父亲的病，大德便想直接去接谭元甫为父亲看病。一来父亲的病情能有保障；二来也有机会见识这位远近闻名的神医。如果谭神医并不如人们传说的那样规矩大，自己哪怕是磕头作揖，只要他肯收下自己当徒弟，那也就遂了自己多年的心愿。

父母却担心：虽然大德已15岁了，但毕竟粟谷卫生院离家几十里地，不但要翻山越岭，还要过三四十道河，山高路远他一个人，终究不放心。可几个女儿虽然比大德年长，但都没出过远门，让她们去，更加不放心。大德对家人说："不用担心，我早就知道去粟谷卫生院的路，何况我上学时天天锻炼跑步，走路对我来说，根本不在话下，再说虽然山高路远，还要过河，但是这是在大白天，我现在已经是个男子汉，有什么好怕的。明天一大早天亮我就上路，你们放心。"父母见大德一副胸有成竹的样子，又没别的法子可想，只得听他的。

第二天天一亮，大德就带着母亲为他准备的几个面饼上路了。纵是眼前蓝天白云，峰峦叠嶂，火树红花，他却无暇欣赏一路的鸟语花香，如画风景。他埋头大步流星地往前走，一心想着能快点赶到粟谷卫生院，最好能去了就见着谭神医，而谭神医也没有丝毫推辞，直接答应来家给父亲看病。虽然偶尔会想到也许去了见不到，或是见到了，人家并不愿意走这么远这么难走的路来家里，但到底是小孩心性，所有的事情都愿意往美好的一面想。所以一路行来，多数还是寻思着见到神医了要怎么说，他才肯和自己一起去给父亲看病；又寻思着，怎么开口说想拜他为师学医的事。是见了面就说，还是返家的路上说，或是请他给父亲看完了病再说？如果见面就说，那样一个有规矩的神医，我要怎么说，他才会不生气？我到底敢不敢说出口？他会不会耻笑我不知天高地厚，一个穷苦娃子还想学医？

就这样，一路心里胡思乱想着，也不去想翻了多少座山，爬了多少坡，过了多少道河，走了多少时辰。饿了，就吃一个饼子，渴了，就喝山涧里清澈的溪水。一路急行，终于到了粟谷卫生院。

进去一打听谭元甫医生，就被人告知，谭医师今天一大早去了离粟谷几十里地的西河。汪大德一听，问了路，立马又往西河赶。到了西河，才感觉身上的衣服黏在身上，怪不舒服的，低头一看，上衣早已汗得湿淋淋的。虽是春上，乍暖还寒，可他一路急急行走，心里又有事，所以一直到西河才发现全身衣服湿透。

幸运的是，在西河，经过多方打听，终于见到了谭元甫。谭元甫刚刚为这家的小孩看完病，听到门外有人询问自己，于是从房中走出来。一抬眼，看见一个满脸通红、汗流浃背、浑身衣服湿透的英俊少年，正一脸焦急地向这家主人询问自己。少年一碰到自己的眼神，立马谦卑地低首问道："您好，请问您是谭医师吗？我叫汪大德，我父亲得了中风病，想请你去我家为我父亲看病。"说完，深深地鞠一躬，并不起身，等待长辈的回答。谭元甫问道："你家住哪里？"少年方直起身回答："我家很偏远，在大屋场上去七八里地的徐家院和西碰子之间，我们那里山高坡陡路十分难行，有的医生不愿去。但我父亲现在中风躺在床上不能动，也请过医生治疗无效。我们一家实在没法，才斗胆来请谭医师去为我父亲看病。"谭元甫听少年话说得清楚，心下高兴，却不动声色，继续问："你从哪里来的？

怎么知道我在西河？"少年又低头答道："我今天天一亮就从家中出发，赶到粟谷卫生院，卫生院的同志告诉我说您老人家来了西河，我就又马不停蹄地追了过来。"谭元甫听后，招呼他进来，对主人家说："老刘，这娃子今天跑了好几十里路，这都中午过了，估计他也饿得够呛，你们给他弄点吃的，再找套换洗衣服给他换了，看这一身湿淋淋的，闪了汗，弄不好会生病的。"老刘对谭元甫极其敬重，当下连忙找了衣服让汪大德换上。汪大德怕给人家添麻烦，连忙说一会就干了不用换。老刘又忙让家人快下厨房去做饭。

　　汪大德原本在心里对谭元甫有十二分的惧怕，唯恐有半句话不妥，得罪了这位规矩极大的老医师，请不到家去为父亲看病，现在见到谭医师这般体贴自己，感激得不知说什么好。只见谭医师高高的个子，身材略显瘦削，两眼炯炯有神，衣着整洁，举止端庄，倒有一些仙家风范。心中想：原来这就是自己朝思暮想的谭医师？人们常叫他谭老爷子，可依我看人家也只有四十多岁的样子，还精神得很，怎么能说是老爷子呢？看他如此不苟言笑，人人又都说他规矩大，怎么对我却又如此体贴如此平易近人？可见传言不能尽信。

　　想到此，他向谭医师投去感激的目光，却发现谭医师并不望自己，只是淡淡地说："我已经有计划，我的病人按照轻重缓急，再按照远近路线，先重后轻，我今天下午还得在这西河耽搁一下午，还有好几家要看，今晚上我就在这家歇，明天从这里顺道去你家，你等不等得住？"汪大德原本还一直担心，谭医师不肯去自己那地处偏远山路难行的大屋场，现在一听这番话，高兴得连连点头，并且讨好地说："谭医师，今天下午您去哪里给人看病，我和您一起，我帮您背药箱。"谭元甫没说话，算是默认。

吃了饭，汪大德背起谭元甫的药箱，跟在他后面，一路上涉水过河，上山爬坡，走东家看西家，一家一走就是十几里地。汪大德看着谭神医此时气喘吁吁行走艰难的背影，心想，原来当医生这么辛苦这么累啊，一天到晚不停地走这许多路程，身体差的人哪里受得了？二哥病时我还恨那些当医生的，只道他们是架子大或是嫌贫爱富不愿去我们那穷地方，如此看来，却也是错怪了人家呢。可见有许多事，不了解真相的时候都不能在心中妄下定论，不然，总会错怪别人。

一路上谭元甫偶尔和汪大德说几句闲话，但因赶时间，两人只顾埋头赶路。大德见谭元甫少言，又想起父母说他的规矩大，但见面后觉得谭医师并没像父母说的那样难以接近，反而觉得他是个比较慈祥且处处为他人设想的前辈。在家时，大德时时想见谭医师，并多次下定决心如能得见，一定当面和他说出拜师学医的念头。但此时与谭元甫近在咫尺，却又始终不敢启齿。

这一个下午，每每到得病人家中，主人一见是谭元甫来了，无不觉得是来了救星一般，连忙端茶倒水，迎进奉出。对于山中的病人家属来说，谭元甫那就是神仙老儿一般的人物，有他，不管家人生了什么病，心里也马上有了能治好的底气。谭元甫每到一家，总是茶也来不及喝一口，便先洗手为病人把脉诊治。大德站在一边，也不闲着，时常给谭元甫打个下手。谭元甫每每为病人仔细地检查了病情，开了药方后，还和病人拉拉家常，安慰病人不要多想病，要心情愉悦等等，说一些暖人心的话语。看完病人要离去，主人家无不拼命留他住下，总想要热情招待一番，但谭元甫总以还有好多病人需要诊治为由，匆匆离去。主人家无不依依难舍地相送很远才回转。

汪大德在这一个下午，看到谭医师的一言一行，心中不由感慨万千：谭医师不但医术高明，而且对待病人如同亲人，这是多么难得啊！难怪人们都是如此爱戴他。人的一生，不管多么清苦劳累，若能得到别人的尊敬和爱戴，那也是无憾的了！将来，但愿我也能做个和谭医师一样的人！

好不容易给西河的几个病人看完病，两人才摸黑回到老刘家。老刘媳妇又急忙为他二人做了饭，趁他们吃晚饭的当口儿，老刘媳妇又忙着为他二人铺了一层床。

跑了一天到晚，二人也都浑身酸软，于是早早睡下，一夜无话。

人参

第三章
名医到家初提拜师

第二天一大早，两人又一路翻山越岭跋山涉水向大屋场方向疾行。也不知走了多少个时辰，终于，汪大德指着山坡上的三间烂茅房对谭元甫说："谭医师，那就是我的家！"

到了家中，已是晌午过。家人早就吃过饭。一见把谭元甫接了来，都高兴至极。父亲虽躺在床上不能动，但连忙热情地打招呼。汪母一面让儿子为谭医师端茶倒洗脸水，一面去厨房准备饭菜。穷家穷户的，原本没什么好吃的，但请医生来家，这就是贵客临门，少不得要花费许多心思。问邻居借了两个鸡蛋，去菜地里弄几样青菜，已是当时最丰盛的待客之礼了。

走了这许多的路，汪大德早已感到浑身像散了架一般，恨不得倒在地上就不想起来。却见谭医师一口热茶也没喝，洗了把脸，净了手，就开始给汪父仔细检查，然后不断地询问他发病前后身体有哪些不适，汪父也一一应答。大约一个时辰，谭医师已经为汪父开好了药方。

　　谭医师把写好的药方放在桌上，又见他把配好的几包中药丸子，压放在那张药方上。这时，汪父见谭先生平易近人，说话随和，于是，指着大德，笑着对谭医师说："谭医师，我想求你一件事，我这个娃打小就想拜师学医，这不，刚上完初中一年级，学校也撤了，老师要他去盛康中学读书。可咱们家里穷，也读不起。他从学校回来就一直在生产队干农活，但他天天一门心思就想着要去学医。你能不能收我这娃当个小徒弟？"

　　汪大德一听父亲在这样的情景下说出这番话来，不禁紧张异常。拜师学医到底不是小事，应该十分慎重找到好的时机来说，那才有一线希望。如今父亲怎么如此轻描淡写地说出来了呢？八成是没戏。如果谭医师心中恼怒，连父亲的病也不来帮看了，那可如何是好？想到这里，汪大德紧张地望着谭元甫，一边小心翼翼地察言观色，一边在旁连连端茶递水奉烟点火殷勤地侍候着谭医师。

　　谭元甫听了汪父的话，又望了望汪大德，半天不置可否。汪大德失望地想，看谭神医的神情，估计找他拜师学医这事算是完了。于是，闷闷不乐，心烦意乱，越发觉着浑身没劲了。

　　这时母亲喊饭好，汪大德在失望中仍是热情地请谭医师用饭。汪大德吃了半碗，因心中郁闷，请了谭医师慢用，便丢下碗筷不吃了。母亲十分纳闷，这样的饭菜，搁在以往，他至少要吃三碗呢，正待询问两句，附近已有三家人听说谭医师来了，早早地寻了来。

　　父亲的请求没个结果，学医之事就这样没了下文。汪大德心中十分焦急，又很不舍谭医师离去。但来的人皆因家中有病人，个个一脸焦虑，谭元甫连忙吃完饭，说声告辞，起身便和那三人走了。

望着谭医师离去的背影，想着自己拜他为师学医这事，八成是泡汤了，汪大德心中有说不出的失落。年少时追逐的梦想，一直让他对未来充满了美好的愿望。此刻，这愿望是被彻底地打破了，我的明天会怎么样呢？我该何去何从？

他望着门前的大山：这山没有脚，不会走路；我有腿有脚，为什么走不出去呢？难道注定要忍受着贫穷和疾病的困扰而听天由命无能为力？想到疾病，他不禁呆了，他想起了二哥从熊秘书那里所听到的，那个有医院有戏院叫做县城的地方。他又想，如果谭医师能收我为徒，学得医术，不但能为自己医病，还能为他人医病救命，说不定自己还会救了那城里的人呢！想到这里，他又不禁好笑起来：自己这一生，只怕还没机会去那县城呢！居然异想天开地想要学了医去救那城里的人！他连忙心虚地向周围望了望，生怕自己的心思被别人知道了。

从此，汪大德每天就算白天干着活，心里也仍是这许许多多奇怪的念头。晚上躺在破床上，也还是在想，到底有什么办法还能再见谭医师，还能再求求他？当初父亲求他时，他是没应允的，可是他也并没有拒绝啊？那是不是说明学医之事还能有一线希望呢？这样一想，又觉得好像还有点希望，心里不禁暗暗高兴起来。但想到不知何时再有机会见到他老人家，又不禁懊恼不已。如此种种，令他每个白天和黑夜都几乎是在纠结中度过。

正所谓：未曾清贫难为人，不经打击老天真。自古英雄出炼狱，从来富贵入凡尘。

话说，父亲的病在吃了谭元甫的几剂药后，原本渐渐好转，但到了秋天，又有复发的迹象。父亲让汪大德再次去请谭元甫来瞧瞧。

汪大德想着又能见谭神医，十分高兴。这一次，他没费多少周折，很顺利地就把谭神医请到家中。到得家中，又是半下午，给汪父看完病，吃了晚饭，又拉了会家常。汪父又旧事重提，说起大德想要拜师学医之事，又说起这些日子以来，大德如有心病一般心心念念地想着能再见谭医师一面。谭元甫听了汪父的话，仍然如同前次一样，半晌不作声。大德站在一旁，焦急地看着谭神医，眼神里充满了期待。

终于，半天的沉默过后，谭元甫望了望大德，十分郑重地说了一句："学医可不是闹着玩的一件事，第一要吃得苦，学医的苦可不是一般的苦，能吃苦还不行，还得不怕累，还得对病人要有足够的耐心，把每个病人都当作自己的亲人一样看待；第二想要学医就要学精，学不好，不但不能救人，反而还会要人命的。"

汪大德一听谭神医这话，有点松口的意思，心里十分高兴，连忙说道："我能吃苦，只要能跟谭医师学好医术，再苦再难我也不怕！"他心里一直把谭元甫当成神医，一激动就把心里的想法说出来了。谭元甫听了，问道："你说你只上了初中一年级，我估摸着你肚子里的墨水也太少了点，要想学好中医，这点底子怕是不够用。"汪大德一听，连忙说："谭医师，我文化是浅，但我已学会了查字典，将来有钱了买本字典，什么字我都能查到它的读法和意思。这个您老不用担心，只要您老人家肯教我，我一定学好学精，不给您老人家丢人！"谭元甫听了，又问道："你有这样的文化基础，可以去学会计之类的嘛，为什么偏偏要向我学中医？"

谭元甫这一问不打紧，旁边的汪母一下子就想起了去世的两个儿子，不禁用袖子去擦眼睛。

汪大德也眼含热泪充满忧伤地说道："谭医师，您来也看到了，我们这里这么偏僻，全是高山峡谷，住户之间也相隔得远。这里离医院远不说，医生也没有一个，老少有了病，翻山越岭跑到山外头去请医生，不但误了时间，还往往有可能请不来，又没有药吃。我大哥16岁时，出天花请不到医生又买不到药去世了。那时还没有我。我这二哥汪大启，原本精精壮壮的一个大小伙子，就因为脸上长了个小红市子，没有药抹，痛痒难受，抓破了引起脸部红肿发烧，求邻居去请了好多天医生，也没请回来一个，就为这，我二哥活活发烧烧死了，我二哥才21岁啊。我爹妈至今一想起他们就眼泪不干。我们这村里还有好几个跟我二哥年龄相仿的人，都是因为小病小灾没有药治又没请来医生，白白丢了性命。疾病就像一个妖魔鬼怪，不知哪天就会出来要人性命，时时刻刻威胁着我们这里的人。为此我打小就立志长大了学医，如果我也有了医术，能给人看病，我们这里的父老乡亲就再也不会眼睁睁地看着亲人病死啊！"

　　谭元甫听汪大德说完这番话，又是半天不说话，也不知心里在想些什么。一时间，屋内的四人都默不作声，静得掉一根针都仿佛听得见。汪大德说了这些心里话，原以为定能得到谭医师的理解和同情，没想到仍然如前两次一样得不到回应。此时，他真正地感到了心灰意冷，于是不再说什么。大家默默坐了一会儿，谭元甫望了一眼没精打采的汪大德，只说了一句："时间不早了，今晚都早些睡吧。"

　　第二天一大早，天刚麻麻亮，汪大德起床时，见母亲已在准备早饭，谭医师也早早地起床了。他见谭医师站在自家的茅草屋前，细细打量，目光停留在门上的两副对联上。

　　这两副对联，一副贴在正屋大门，另一副贴在旁边的厨屋门上。汪大德见谭医师不住地打量两副对联，不知他是何用意，连忙走到他身边问了好，然后问道："谭医师，这对联有什么问题吗？"谭元甫问道："这两副对联的字迹不一样，不是一个人写的，对不对？"汪大德不好意思地抓抓脑门上的头发说："谭医师果然好眼力，正门的对联是请人写的，侧门的对联是我用人家剩下的纸，自己模仿着写的。"谭元甫道："想不到你这娃娃几个字倒写得不赖。"大德听到谭神医如此赞赏自己，顿时心中又升起了一线希望。

　　只听谭元甫道："你若真想学医，有时间了，去我那里，我先给你一本药书看，这书并不是送给你，你看了还要还给我。所以，你最好是自己把这本书手抄下来，需要牢牢记住的，你也最好把它背熟了。抄完了你把这书给我再还回去，到那时我要看你抄的手抄本，还要听你谈谈学习心得，你看怎么样？"汪大德一大早听到这样一个好消息，实在是意外之喜，虽然谭医师并没说收自己为徒之类的话，但他肯借药书给自己，这实在是万里长征迈开了第一步啊！他高兴得连连点头。还有什么事比谭医师的这几句话更让人觉得幸福呢？

这天上午，又有村里人来请谭元甫去就诊。汪大德又自告奋勇地帮着背药箱，跟着谭医师走东走西地看了好几家。

为村里人看完病，谭医师回去了，汪大德的心也跟着谭医师去了。他几乎朝思暮想地想要拿那本药书。

可那些日子，村里天天催着上工挣工分，时间特别紧，没有特殊理由，队长不批假。每天都在忙碌的劳动中结束一天的劳累，时间，在一天天的等待和拖延中过去了。每一天，想着谭医师许诺的那本药书，汪大德就觉得度日如年。

他多么渴望能早日看到那本令自己魂牵梦萦的药书啊！

白芨

第四章
取得药书苦苦读背

1962 年 2 月的一天，汪大德以要给父亲到粟谷卫生院取药为借口，向生产小队请了一天假。此时，距离谭医师让汪大德去拿药书的约定，已有大半年时间。

他一路心急如焚，快晌午时，终于风尘仆仆地赶到了谭医师所在的粟谷卫生院，幸运的是，谭医师这天居然没出诊。谭元甫见到汪大德，得知他这么久才来是因为队上劳动任务重，表示理解，并未责怪他什么。中午下班后，他把汪大德带到粟谷卫生院他的宿舍中。

汪大德一走进谭医师的宿舍，就觉得这个看来并不宽敞的半间宿舍里，从上到下，从里到外，墙壁地下，桌椅床铺，及至桌子上面的茶杯无不洁净之极，一尘不染。这种洁净让汪大德立马有一种自惭形秽的感觉。

谭元甫见汪大德一副拘谨的模样，笑道："别拘束，就当在自己家一样。今中午你就在这里吃饭。吃了饭再走。"大德忙应是，在椅子上规规矩矩坐了下来。谭元甫转身走了出去，不过一盏茶的工夫，只见谭医师已经从医院食堂里买回了饭菜，端了回来。二人就在宿舍吃了午餐。

午餐后，谭元甫从他的书架上取出一本书，递到汪大德的手里。汪大德接过来一看，只见封面上写着"药性阐发"四个大字。他正想打开书翻看，却听谭医师十分严肃地问道："孙思邈曾说过，善为医者，行欲方而智欲圆，心欲小而胆欲大。你可知道这些话的意思？"汪大德摇了摇头。

谭元甫解释道："这句话的意思是说，但凡做医生的，不但胆子要大，心要细，智慧要全面，为人还应行为端正。胆欲大是首先要对自己自信；心欲小是指时时刻刻要记得无论是为人还是行医，都要做到如同在悬崖峭壁上随时可能会失足掉下万丈深渊一般小心谨慎；智欲圆则是指遇事圆活机变，不得过于拘泥，要有举一反三、触类旁通的能力；行欲方则是指做人必须有规矩，不贪名，不夺利，心中自有坦荡天地。人生一世，我们常常会面对许多挑战和机遇，要敢于向一切挑战，但是在做事时，必须要周密安排。一个人的理论与实践一定要融会贯通，不能浅尝辄止、不求甚解，一定要精益求精。把病人放在首位，以治好病人的疾患为己任，有气度，有担当，这才能成为一个良医。既想当医生，就要当一个能造福一方百姓的良医，若不能，还不如不学。如果你有这样的胸襟和抱负，我必将自己一生所学倾囊相授！"

汪大德听了，禁不住一边连连点头，一边在心中惊叹道："我只想着学医给人看病，哪里想到学医还有这许多的道理。不过听谭医师说这一番话，实在有道理。我一定要牢记在心，按照谭医师说的去要求自己。"后听到谭医师说愿倾囊相授，更是兴奋激动异常。

　　谭元甫接着说道："孙思邈还说过做人有五难：名利不去为一难，喜怒不除为二难，声色不去为三难，滋味不绝为四难，神虑精散为五难。又说过，凡欲治疗，先以食疗。既食疗不愈，后乃用药疗。多静坐以收心，寡酒色以清心，去嗜欲以养心，观古训以警3悟至理以明心。我再仔细给你讲解讲解，这些道理你也要明白才是。"说完，又逐句给他解说，每讲一句让他重复一遍，确认他真的懂了，方才再讲下一句，如此这般，整整讲了一中午。

　　上班时间到了，谭元甫站起身准备去上班。汪大德正听得津津有味，但也只得与谭医师依依惜别。

　　回家的路上，汪大德抱着这本书，如同捡到一枚金元宝般爱不释手。一路上，汪大德无数次忍不住打开，一边走一边看，看完一段，合上书本，在心中默默背诵。

　　待他回到家中，竟已能背数十句之多，心中兴奋不已。立马想把此书抄下来，不想在家翻了个底朝天，竟没找到一张纸。

　　几番波折后，终于托得当时在浙峪村里当大队会计的姑爹，想千方设百计才弄了一叠子纸张，不但颜色各异、厚薄不均，而且大小不一、纸质十分粗糙。汪大德仍如获至宝，让母亲用针线缝成一本。因为白天还要和大人们一起去生产队里劳动，不许迟到早退，更不能旷工，所以他每天晚上才有时间抄写。虽然常常要抄到很晚才入睡，但他仍然坚持每天早上天不亮就起来读、背。又把一段段文字，抄在巴掌大的小纸片上，乘着白天干活歇息的间隙拿出来读一遍，然后就一边劳动，一边在心里不停地默默背诵，直到背得滚瓜烂熟为止。

《药性》里有这样的顺口溜："诸药之性，各有其功，温凉寒热，补泻宜通。君臣佐使，运用于衷，相反畏恶，立见吉凶。"又有一些药物的药性之描述："人参味甘，大补元气，止渴生津，调营养卫。黄芪性温，收汗固表，托疮生肌，气虚莫少。白术甘温，健脾强胃，止泻除湿，兼祛痰痞。茯苓味淡，渗湿利窍，白化痰涎，赤通水道。甘草甘温，调和诸药，炙则温中，生则泻火。白芍酸寒，能收能补，泻痢腹痛，虚寒勿与。赤芍酸寒，能泻能散，破血通经，产后勿犯。生地甘寒，能消温热，骨蒸烦劳，养阴凉血。熟地微温，滋肾补血，益髓填精，乌须黑发。"后面还有麦门冬、天门冬、黄连、黄芩、黄柏、栀子、连翘、石膏、滑石、贝母、大黄等，每种药名皆有四句，足有四百四十一种之多。

这密密麻麻的文字，在汪大德的眼里，却是那么的亲切：枯燥无味的劳动是次要的了，身体虽然是机械的，可他的心却在这文字的王国里自由飞翔。

再也不是那么的度日如年了，他的心从来不曾这么平静过，充实过。

他只有一个念头：一定要把这本厚厚的《药性》，用心记好，书还给谭医师时，若是他提起书中某章某节，自己都能应答自如。

父母和姐姐们时常心疼他活儿又重，每天还起早贪黑地看书背书，常常劝他早点歇息。他总是笑着口头上答应，转头又似先前了。

很快几个月过去，汪大德已把这本书记得烂熟于胸。这一天，他终于抽出时间来，把书送还给谭医师。

又如上次，谭元甫见他带了书来，中午下班后又把他带回了宿舍吃饭。

当谭元甫得知，汪大德已把《药性》记熟，心中不由得有些吃惊：医书中那枯燥而晦涩难懂的文字，莫说能把它记熟，便是从头到尾看一遍，只怕也没多少人能坚持下来。为一探真假，谭元甫便随口问了他香附、乌药、枳实、枳壳、白蔻、青皮、陈皮、苍术等几样药性。

哪知，汪大德张口就来："香附苦甘，快气开郁，止痛调经，更消宿食。乌药辛温，心腹胀痛，小便滑数，顺气通用。枳实味苦，消食除痞，破积化痰，冲墙倒壁。枳壳微温，快气宽肠，胸中气结，胀满堪尝。白蔻辛温，能去瘴翳，益气调元，止呕和胃。青皮苦寒，能攻气滞，削坚平肝，安胃下食。陈皮苦温，顺气宽膈，留白和胃，消痰去白。苍术苦温，健脾燥湿，发汗宽中，更去瘴翳。"谭元甫听了，心中十分高兴。又问他是否将此书抄了一遍，他连忙恭恭敬敬地递上了自己的手抄本。

谭元甫见到这五颜六色的本子，十分好奇地望了他一眼。

汪大德一时有些难为情，脸含羞涩地说："乡下实在是找不到纸张，就这，还是让我姑爹费了好大的周折才寻来的呢！"

谭元甫听了，没言语，一页一页地翻看着。

只见这本子的纸质虽然粗糙，但字迹却工整俊雅，连一个小黑点也没有。有些文字旁边还附有他自己的心得体会。

谭元甫心中暗叹：这样漂亮的字写在这样劣质的纸上，实在是有些可惜。这娃子如此能吃苦，又有几分灵性，倒是个学医的好苗子。

想到这里，他又从书架上取出了一本《时方歌括》（即《汤头》），一本《脉诀归正》，一本《黄帝内经》，一本张仲景的《伤寒论》，双手递给汪大德，无限期待地说："好孩子，你把这几本书也带回去，用读《药性》的劲头儿，也把它们给读透了。"汪大德看着手中的药书，如同得到了梦寐以求的宝贝，高兴得不知道说什么好，脸上露出不可抑制的笑。

只听谭元甫语重心长地说："你永远要记着，将来如果能成为一名人民的医生，全是你现在苦学追求的结果。但有一技之能还不够，心里不装德是要不得的，你父亲给你取名汪大德，必也是希望将来你是一个品德高尚的人。所以我也希望你将来能做一个德才兼备的好医生。这个德，就是为人民服务。"汪大德一边连连点头，一边小心翼翼地捧过谭元甫递过来的一摞书。

回家前，他郑重地对谭医师立下承诺："请谭医师放心！我一定按照您说的去学习去做人！"

自从有了这一摞子医书，汪大德的生活不仅变得忙碌，也变得更加充实起来。

那一个个中药的名字，宛如远古时的一个个美女。她们风情万种，她们风华绝代，隔着时光，朝这个心怀梦想的年轻人挥手致意。

　　花开花落，时光荏苒。这个年轻人，在这枯燥无情的光阴里，找到一种清凉而美妙的吸引力。

　　读药书是快乐的，背药书也是快乐的。只是这快乐里，仍夹杂着一丝丝的不安。

白术

第五章
大爷引荐正式拜师

这不安就是，虽然谭医师给了自己医书，但到底两人之间并无师徒的名分，而自己，仅靠几部药书就想成为一名医生，那实在是天方夜谭。

他和父亲说了自己的想法。父亲也认为应该成全两人的师徒名分。再说，正式拜师学艺，在乡下，更算得上大事了，须得准备一份厚礼，四礼八拜才可。四礼自然是四份礼，但家里贫穷若斯，实在是连一份像样的礼也拿不出来，这该如何是好呢？一家人一想至此，无不一筹莫展。于是，拜师这事，只得暂且搁下。

汪大德只有全身心地投入学习和劳动中。那时家贫，又买不起字典，遇到不认识的字词，只有抄下来，打算有机会再去见谭医师时，好当面向他请教。

这一日，汪大德去离家二十里地的白水峪供销社买东西，路过陈大爷家。这陈大爷是汪大德的叔外公，两家素有走动。汪大德买好东西返回时，想着去看看陈大爷，在这里恰好看到前来出诊的谭医师。两人没想到能在这里见面，都十分高兴。

谭医师为陈大爷家人看完病，两人正在一边儿说着话。汪大德发现这陈大爷家门前，居然有好几种中草药，如丹皮、芍药、紫苏、薄荷、旱莲草、灯草等，自己都在医书上见到过，于是便顺口叫出了它们的名字。

陈大爷见这么个半大小子居然还认识中草药，十分惊讶。便试探地问他这几种草药药性如何，能治什么病？没想到汪大德居然张口就来。

陈大爷听了，对谭元甫赞叹道："这娃子聪明，了不得，将来要是学医，说不定也能和你一样，成为一代名医！他这么老远的来，莫非你认识他？莫非你们早就是师徒关系？"谭元甫笑道："我们还没有正式成为师徒，不过我看这娃娃确实机灵，给了他几本药书看，他倒也看得认真，又能吃苦，我倒还喜欢。"陈大爷一拍腿，冲汪大德道："哎呀，既然谭医师喜欢，你这娃娃又有悟性，今儿又大老远地来见到了谭医师，真有缘分！我和谭医师也还有些交情，不如老汉我今儿大个胆，就由我做主，你们就此结为师徒如何？"谭元甫微微一笑，不做声。

汪大德听了陈大爷的话，心中十分高兴，暗想：这可真是无巧不成书！我早就想拜谭医师为师，可惜没个人引荐。今儿陈大爷如此热情，愿意牵线搭桥，真是千载难逢的好机会！可转念又一想：这拜师需要准备的礼物，我该怎么办才好？

想到此，不禁脸上感到热辣辣的："陈大爷，能给谭医师当徒弟，是我梦寐以求的事，不过，按我们这儿的习俗，拜师得有一个隆重的仪式，还得准备几份厚礼，我们家……"说到这里，他不禁难为情地望了望谭元甫和陈大爷。

没想到陈大爷哈哈一笑，说道："你这娃娃，倒是想得周到，拜师准备点礼物是应该的，不过谭医师不是爱财之人，只要你好好学习，谭医师一定会收你为徒的，准备好了约个时间，我陈老汉做你这娃娃的引荐人，让你们成为正式的师徒，如此可好？"

汪大德见陈大爷说此话时，谭元甫一直脸带笑意，说明这师徒名分八成有戏，不禁欣喜万分。他恭恭敬敬地对谭元甫和陈大爷说道："请两位老人家放心，我一定按陈大爷说的去做，到时还请陈大爷给我们做个见证。我这就回去，告诉父母这个喜信儿。"说完起身要走。

陈大爷连忙叫道："你这娃娃，一高兴也不看个时辰了，这都晌午了，你就在这儿吃了午饭再走也不迟，难道你这会子回去，立马就能拿出一份厚礼来？见谭医师一面，也是不容易的事，你们在这吃饭，唠唠嗑，不也挺好的？"

谭元甫笑道："老陈说的也在理儿，你不用这么着急，吃了饭我们一道儿走。我下午在这附近还有几个病人看。"汪大德连忙点头。

吃了午饭，为了能多跟谭医师待一会儿，汪大德跟着谭元甫去诊治了一个病人。在诊治过程中，谭元甫一边询问病人的病情，一边对汪大德说："中医为人诊病，最重要的就是个望闻问切。特别是切，也就是说的号脉，由此才能看出病人最真实的病因。我号完脉，你也可以来帮他号个脉。"然后，又说了许多病因病理之类的话，汪大德心知这是师父在暗自传授自己一些医学上的知识，于是心下暗暗牢记。看完后，两人又一同走了一段路，汪大德连忙乘着这一会儿的时间，掏出自己写生字词的提问本，向谭元甫请教了一路，谭元甫也都一一耐心作答。

在问到某个问题时，谭医师沉思良久，然后对汪大德说："这个问题我也记不准，等我回去查清楚了再告诉你不迟。我若不能给你回答清楚，这个问题在你心中也就一直会是糊里糊涂的。以后只要你有不懂的问题，都认真记下，有机会我就仔细为你解答。"随后，谭元甫又主动和汪大德说起刚才那个病人的脉象，然后教他如何为病人号脉，如何凭断。

汪大德听了，心中暗想：谭医师真是一个在学问上极其认真的医师，不会因为担心有损自己在我心中的威信，而随随便便地告诉我一个模棱两可的答案。但他说回去查了告诉我，这一分手，不知下次何时才能见，他怎么可能会记住我这一个小小的问题呢？

很快，两人在一个分岔口互相道别。汪大德恋恋不舍地目送谭元甫的背影愈走愈远，这才向自家方向走去。

回到家中，汪大德将事情经过给父母一说，父母也十分高兴，但随即又操心起来，不知道要怎么样才能筹得这四份厚礼。

就这样，日子一天一天过去了，全家人也没想到法子弄一份厚礼来。转眼到了年关，有个亲戚是杀猪佬，托他好不容易买了一只羊胯，父母十分高兴，连说这第一份厚礼算是有了。

羊胯在家中如同宝贝似的放了许久，那另外三样又不知到哪里筹得。恰巧春节前，生产队杀了一头猪，汪家可分三斤肉，就商量分肉时割成一个肉吊子。过年时国家供应，每户半斤糖计划。又找亲戚商量讨要了别人半斤糖计划，凑了一斤糖，这样四份礼物有了三份。还差一份怎么办？

思来想去，家里还有两升黄豆准备过年做豆腐的，但也太少，拿不出手。又在已出嫁的姐姐家借了两升黄豆。总算是凑齐四份礼。可谓是事事如意，只欠东风了。

这东风自然是陈大爷。汪家就商量着第二年春节，既是拜年，更是拜师，请陈大爷当个引荐人，带着汪大德亲自上门，四礼八拜，把这师徒名分定下来。

于是，1963年的正月初三，汪大德翻山越岭来到陈家，由陈大爷带着汪大德，拿着现在看来非常寒酸，当时对汪家人来说却十分贵重的四样礼物，前往白水峪谭元甫的家中。

谭元甫和家人热情地接待了他们。在陈大爷的见证下，汪大德献上四礼，又跪在地上给谭元甫毕恭毕敬地磕了头，这爷儿俩的师徒关系就此确立。

行过大礼，陈大爷就按当地的习俗说道："从今天起，大德就改口喊师父师娘了！"谭元甫笑着对汪大德说："孩子，你也不必称我们师父师娘，从此以后，你就叫我谭大叔，叫我老伴谭大婶吧！"汪大德一听，受宠若惊。

要知道，那时候师徒关系一旦成立，师父师娘的辈分大
如天，俗话说一日为师，终身为父。做了师徒，叫师父
师娘可是万万错不得一星半点的。还有另一层原因就是，
在大屋场，许多孩子叫自己的父母也是称叔婶的，如今，
谭医师居然让自己叫他们大叔大婶，岂不是把自己当作
亲生的孩子一般看待？如此一想，心中是既激动又紧张。
汪大德就按师父所教，喊了谭大叔、谭大婶，并向二老
鞠躬致敬。

　　拜师完毕，谭医师当着汪大德和陈大爷的面，再次郑
重地讲道："你今天正式拜我为师了，我就要对你负责。
学医首先要有医德！"他又提到孙思邈医训："凡大医治
病，必当安神定志，无欲无求，先发大慈恻隐之心，誓愿
普救含灵之苦，若有疾厄来求救者，不得问其贵贱贫富，
长幼妍媸，怨亲善友，华夷智愚，普同一等，皆如至亲之想；
亦不得瞻前顾后，自虑吉凶，护惜身命。见彼苦恼，若己有之，
深心凄怆，勿避艰险、昼夜、寒暑、饥渴、疲劳，一心赴救，
无作功夫形迹之心，如此可为苍生大医……"然后又对汪
大德详细解说道，"这话的意思就是：凡是优秀的医生为
人治病，都定要心神合一，心平气和，不可有其他杂念产生。
先要有慈悲之心，救人疾苦，如有患者前来就医，不要看
他地位高低、贵贱美丑，是敌是友，关系如何，也不要想
他是什么民族，是聪明还是愚笨，都应像自己的亲人一样
对待，为他们着想，也不能顾虑重重、犹豫不决，一味考
虑自身的利弊，爱惜自己的性命。见着对方因疾病而苦恼，
就要像自己有病一样体贴他，从内心对病人有同情感，不

要躲避艰险。无论白天黑夜、寒冷暑热、饥渴疲劳，都要一心一意地去救治他，不要借故推托。做到这些，就可以成为人民的好医生。"

在讲医术时，他又强调医术一定要精湛，又引用了孙思邈的训示道："读方三年，便谓天下无病不可治；及治病三年，乃知天下无方可用。故学医者必博及医源，精勤不倦，不可道听途说。一知半解，沾沾自喜，就说医道已了，这是万万不可的。"

在讲到做人时，谭医师又强调说："不能骄傲自满，不能道说是非，不能谈论他人，不能打击别人，抬高自己。古人说得好，有麝自然香。做人最要讲诚信。"直讲到晚饭好了，讲话该收场了，他还又紧赶着叮嘱了一句，"总之，学医要有德行，有良心，有悟性，有恒心，这样才能当好医生。"汪大德一边点头，一边将师父的话暗暗牢记在心。

因是大年初三，虽然那些年日子比较苦，谭大婶还是费心凑了12个菜，说是一年12个月，寓意月月有，大吉大利。谭元甫则拿出了一个用500毫升葡萄糖玻璃瓶盛装的散白酒，请陈大爷坐上席，让汪大德陪在陈大爷身边也坐上席，汪大德谢绝了，请谭医师坐在上席。

于是谭元甫陪坐在了陈大爷身边，并让汪大德紧挨着自己坐下，另有谭大婶及其子女围了一桌。

那年头喝酒很罕见，其他人也都不喝酒。谭元甫便亲自拿了酒瓶，给陈大爷和汪大德斟了酒，然后举起酒杯陪陈大爷和汪大德。

　　汪大德压根没喝过酒，想要拒绝，又觉得不大好。于是不好意思地端起了酒杯，心中想道：让谭大叔陪我喝酒，实在是受之有愧。只好勉强喝了一杯，然后又回敬了谭医师和陈大爷一杯。

　　酒席上，谭元甫一边不时地给大家奉菜，一边和大家谈笑风生。又讲了很多有礼节的话，令汪大德深感"听君一席话，胜读十年书"，从中领悟到不少做人的道理。

　　当晚，谭元甫热忱地留下了陈大爷和汪大德。第二日，吃了早饭，陈大爷和汪大德正欲起程，谭元甫把汪大德叫住，从书架上拿出一本半旧的字典，递到汪大德手里："我知道你读医书，没字典是不行的，我常想着再去买一本给你，但现在买不到。这本字典我用了多年，虽然旧了，但也能解你的燃眉之急。你拿回去，好好利用。"

　　汪大德早就想要买一本字典，现在看到师父把常用的字典送给自己，知道师父待自己情深意重，于是深深地鞠了一躬，然后向师父告辞。

　　在回家的路上，陈大爷和汪大德不止一次说起："我和谭医师虽相交不错，却也不曾来过他家。如今在他家住一晚，看到他家真可谓是礼仪之门，待人接物真客气。难怪人人传说谭家的规矩礼性大，方圆几十里远近闻名，这一见真是大开眼界呀！你看看人家的床铺干干净净，室内的摆设整整齐齐，还亲自为我们倒洗脚水、铺床叠被。谭医师真是一个十分讲究的人啊！"汪大德点头称是。

　　他想起师父对他说过的一句话："器具质而洁，瓦陶胜金玉。"师父说的话果然有道理，再普通平凡的器皿，只要干干净净的，就能胜过宝贵的金子和玉石。想想师父家里，室内室外，窗明几净，餐具、茶具亦清洁干净，床铺被褥也整洁卫生，实在是比金玉还好。以后，我也要做个像师父那样的人。

从此，汪大德开始了白天在生产队劳动，晚上回家抄书的生活。早晨鸡鸣即起床读书，背书，夜间无灯油，就燃亮松子，把要背的书像读《药性》时一样用小本子抄写，白天带在身上，劳动间隙就掏出来默读。就这样，日复一日。在学习的过程中，每当遇到不会的需要请教的地方就抄下来。他想起有一次，曾问过师父一个什么问题，自己几乎已经忘了，但过了几个月，师父一见到自己，便主动说起上次那个问题的确切答案。这让汪大德从心底对师父充满了敬意。

出于对师父的敬重，汪大德对自己也严格要求：问过老师的问题，知道了答案，一定牢牢地用心记住，绝不再问第二遍。只是心中可惜：一年也才能见他老人家一两回。

在读医书的日子，汪大德忽然想起，自己有一个家叔，名叫陈永文，他是祖传的儿科医生，十分擅长小儿推拿，在东西二河一带颇有名气。在缺医少药的大山中，这样的治疗方法无疑是深受欢迎的。于是又缠着家叔，拜其为师，一有时间就跟着家叔学习小儿推拿，还从他家借了一本《幼科推拿大全》和一本《幼幼集成》，并熟背了其中许多重要章节。在学中医的基础上，学习小儿推拿，汪大德常常感到事半功倍。每当在学习中有了一些心得体会，他都会认真仔细地记在本子上。

　　他觉得，单是做笔记，也是一件值得高兴的事：最起码，字也写得越发好了。

半夏

第六章
机缘巧合领导识才

　　1964 年春，生产大队发展共青团员，思想进步的青年都以能成为一名共青团员而感到光荣。当时和汪大德同龄的青年有很多人写了入团申请书。汪大德也兴冲冲地写了入团申请书。

　　按照自己的表现，汪大德非常有信心，对自己也能成为一名光荣的共青团员志在必得。

　　然而，令他意想不到的是，有些能力和表现还不如自己的人都已经被批准入了团，而自己写了入团申请书，却石沉大海。汪大德不明白是怎么回事，为此很有些闷闷不乐。后来才知是负责批准入团的人起了嫉妒之心。汪大德虽然觉得可恼，为入不了团而可惜，但又没有办法，于是入团之事不了了之。

　　没过多久，到了 1964 年 6 月，全国开始搞第二次人口普查。

　　做人口普查，需要填写登记表。登记表是要上交的，能写一手好字的人，才能胜任此事。于是，大队通过调查了解，抽选到汪大德和另一位叫方毓茂的老教师，两人负责完成登记工作。表格填写要求十分严格，除填写表格普查内容外，每张表上还要注明填表人的姓名。

汪大德本来字写得好，做事又认真，又吃苦耐劳，经常加班加点，而方老师也十分认真负责，两人很快就完成了普查登记任务。

这事过了没多久，有一天上午，粟谷区有个人来幸福三大队（那时村子已改名为幸福三大队）办公室说要找汪大德，让大队派人把汪大德从七八里远的高山上找到，找到后让他去大队办公室。于是汪大德来到了大队办公室。

办公室里坐着一个干部模样的人，他把汪大德上下打量了一番，问道："你就是汪大德？"汪大德心想，这是怎么回事？我没犯啥法吧？嘴里答道："我是汪大德。"此人又问道："你今年多大？家住哪里？家里有些什么人？读了几年书？"汪大德一一作答，对方一边听，一边微微点头。问完话，又没说别的什么，就让汪大德回去了。

汪大德好生纳闷，不知这人是谁。想了半天，毫无头绪，于是也不去想了。

哪知这事没过多久的一天上午，大队又有人带话，让他去幸福三大队办公室，仍说有人要见他。

汪大德又连忙来到了大队办公室，又见到一个干部模样的人。见他进来，亲切地招呼他坐下，说道："你叫什么名字？家住哪里？读了几年书？家里有些什么人？"

汪大德一听，这人怎么和上次来的那人问话差不多啊，也不知老问这话是个什么意思。虽然心中存疑，但还是回答得详详细细。这人听了，望着他笑了笑，也没说什么话，然后又让他回去了。

汪大德被人这么莫名其妙地问过两次话，回家和父母说起，一家人都百思不得其解。

这一天刚吃过午饭，家中来了两位不速之客。一个是东河小公社的主任刘志凤，另一个汪大德也不认识。刘志凤对汪大德的父母说："我们想推荐你儿子汪大德去当兵，你们做父母的，有没有什么意见？"汪母一听让儿子去当兵，心说这当兵就是要上前线去打仗呀，我通共就三个儿，已经被病魔夺去了两个，打死我也不愿意失去我这唯一的儿子呀！所以还没等汪父答言，就一把鼻涕一把泪地哭起来，说打死不想让儿子去当兵。汪大德看到老娘哭得如此伤心，知道他舍不得自己离开，也不敢多说什么。

刘志凤一见汪母态度坚决，又如此悲伤，只得说道："既然你们当父母的不同意，那这事以后再说算了。"说完和同来的人面面相觑，告辞尚去。

过了些日子，汪大德听人说，因人口普查表交到区政府，区领导见汪大德填表字写得很好，但对汪大德这个人却又十分陌生，因为当时在山区非常缺文化人，字写得好的人更是凤毛麟角，所以区里派人来了解他的情况。前两次来找他问话的，一个是粟谷区肖道军副区长，另一个是粟谷区组织委员包顺海。两人来见他，是有意让他去参加随州的大社教工作，有意在政治上培养他。大社教是当时上至中央，下至地方的全国性大规模的政治运动，而随州大社教则是湖北省委在随州举办的湖北省社会主义大教育运动的试点，从全省各部门抽调工作人员，同时从农村选拔少数优秀青年组成社教工作队，历时 8 个月。后又听人说，东河小公社的文书职位也有意让他去做，但最后也没了后文。

汪大德听说了这些情况后，虽然为自己没能去参加大社教工作感到可惜，可又想到"父母在，不远行"的古训，于是安慰自己：一家人在一起过平常日子也挺好的。自己一个穷苦人家的孩子，谈何政治呢？

恰巧这事发生不久，刘志凤负责各个大队发展团员的工作，让符合条件的年轻人都踊跃写申请。汪大德又写了一份申请上去。刘志凤很纳闷像汪大德这样的青年居然没入团，就私下去调查是怎么回事。当明白原委后，没通过大队，直接在东河公社通知汪大德去参加团员宣誓。就这样汪大德在刘志凤的推荐下，1964 年冬顺利地入了团。

汪大德此时想到年初入团所经历的风波，不禁想起在书上看过的一句话：能受天磨是英雄，不遭人嫉是庸才。不由感慨一番。

入团以后，虽然也还参加生产队里的劳动，但政治生活发生了变化，虽然自己并无一官半职，可常常会以团员的身份去参加各种会议。那个年代，会议名目繁多，隔三岔五就要参加一些会议。

参加会议也就免不了上台发言。发言多了，汪大德也从刚开始的胆怯变得落落大方从容不迫起来。

没多久，粟谷区召开了"四清运动大会"。这个大会县委派有驻区的工作组，还有粟谷区全体行政干部和全区56个大队的五大员（大队书记、大队长、大队会计、贫协主任、民兵连长）共千余人。汪大德虽不在大队五大员之列，可上级领导早已把他作为重点培养对象，所以区里开重大会议都会通知他去参加。此次会议长达二十余天，首先大会动员，提高认识，大会讨论发言，其次开展批评与自我批评。所谓的四清（清政治、清思想、清经济、清作风），是20世纪60年代席卷神州大地的一场运动。运动期间各级领导亲自挂帅，领导四清；数百万干部下乡下厂，开展革命；广大工人和农民也参与其中，积极响应；"四不清"干部轻的作检讨，重的免职、开除党籍等。这场运动在农村就被称为四清，统称"社会主义教育运动"。

汪大德参加了此次会议，并在大会上发言。他用自己独特的视角，勾画出一个山区青年对未来美好生活的向往，同时也提出了自己对于山区发展建设的想法和建议。他以朴实的语言，令人耳目一新的观点向与会人员娓娓道来。听的人一改喧闹的氛围，偌大的会场一瞬间安静下来。

这一讲，足足讲了一个多小时。发言结束，会场上响起了热烈的掌声。

当时县人民武装部副政委姜筱锐，即县委派驻粟谷区社教工作队组长。在听了汪大德的发言后，对他印象特别深，十分赞赏。之后居然就着他的发言内容，又发表了一个多小时的讲话，对汪大德的发言进行了充分的肯定和表扬。

会议结束后，汪大德往会场外走去。前后左右的人都向他伸起了大拇指，不约而同地对他说："你这娃子不简单！

了不得！讲得好！"

　　经此会议，汪大德开始被一些人认识。他自己并不飘飘然，依然悄悄地怀揣一个"不为良相，当为良医"的梦，读着、背着那一摞摞厚厚的医书。

北五味子

第七章
考核合格首治亲人

转眼，到了 1965 年。他不但背熟了《药性》《汤头》《脉诀归正》《伤寒赋》，还背熟了《温病条辨》《幼科推拿大全》的重要章节。但这一切都是汪大德悄悄地进行的，除了家中人，并不敢让外人知道。在那个劳动至上的年代，人人想法单纯，只知道按照村里干部的命令参加劳动，根本不敢想去学什么其他的技能。汪大德担心自己一旦被人知道在学医，不但会有许多人说风凉话，还会有许多人批评自己就是想逃避劳动，想吃轻省饭，想脱离光荣的劳动阶级。好在汪大德都是在完成了村里的劳动任务之后抽时间学医的，鲜为人知，故未在村里引起任何风波。

有一天，汪大德见到谭医师后，说了自己的心里话："谭大叔，我跟着您老人家学了三年多，心里觉得也敢给人看点小病小痛的了，我什么时候才能出师，试着给人家看病呢？"

谭医师听了这话，沉思了一会儿，说出了一番令汪大德兴奋不已的话来："你虽自学了三年，又勤奋肯吃苦，我很高兴，但不知你掌握了多少。今天上午我抽半天时间，好好考考你，你意下如何？你答得好了，才能出师啊！"

汪大德一听，高兴地说："好！请谭大叔尽管问！"

谭元甫见他一副不惊不惧反而胸有成竹的样子，心中倒也欣慰，但转念一想：虽说他是跟着自己在学医，也认真，可这一年到头难得见自己两面，自己虽然也为他尽心尽力地解惑，终究不是日日在身边，究竟学得如何，不考他一考，自己也一样没谱。再说他也只是看书，心中只有理论，并没有实践过。这个师能不能出，只怕还是难说。毕竟是人命关天，当医生可不是儿戏啊！

想到此，就把一摞子药书搬到面前来，让汪大德在对面的椅子上坐定了，开始提问。就这样，这一老一少，一个提问一个作答。一个波澜不惊缓缓提问，一个行云流水应对如流。谭元甫无论把哪本药书拿在手，无论提问到哪个章节，汪大德都能一字不差地答出来，没有任何迟疑。待得谭元甫问及药书某些章节里面的意思，汪大德也一样能明明白白地讲述出来，有时候，还能加入自己的见解。一个上午就这样不知不觉地过去了。在此期间，谭元甫所在医院的朱福忠院长恰巧来找谭元甫，见师徒二人一问一答忙得不亦乐乎，也不多言，和谭元甫点头示意后，便坐在旁边的椅子上静听，听了一会儿，情不自禁地微笑，面露赞赏之色。

汪大德虽然对自己的表现还满意，但不知师父是否满意，因此暗自忐忑。

只见谭元甫合上书本，对汪大德说道："答得不错，理解得也很好，更难得的是，还有你自己的见解。做一个医生，能按照老祖宗的药方治病救人固然好，但能在老祖宗的药方上加以揣摩，甚至能够做到改进，并取其精华去其糟粕，更是一代良医的必备素质。任何一个领域，都是学无止境的。知道得越多，越知道自己的不足。人常说活到老学到老，实在是一条颠扑不破的真理。"汪大德听了师父这一番话，更是心悦诚服，连忙点头称是。

这时，谭元甫方笑着扭头对朱院长说道："朱院长，这个孩子叫汪大德，虽说是跟着我学了三年医，但大多数靠他自学。今日我对他进行了全面的考试，说个公正的话，他现在掌握的医学知识比我们粟谷卫生院的某些医生还要全面得多。这孩子取得这样的成绩实在不容易，一来他肯吃苦够下力，二来他也比较勤奋正直，三来我冷眼旁观了这孩子几年，发现他不爱财不贪财对人富有同情心和责任心，倒是个学医的好苗子，我也挺喜欢。不如这样，我知道他们大队需要赤脚医生，你到时帮忙推荐一下。"朱院长对谭元甫一向敬重有加，听后当即点头笑道："人常说名师出高徒，你谭医师调教出来的学生，自然令人放心。何况我刚才也听了他的回答，这孩子确实不错。有机会我一定推荐。"

汪大德虽然得到了谭医师的认可，大队却不认可。当时大队已培养了一名赤脚医生，但这人并不会看病，只是挂个名而已。周围的乡亲们并不买他的账，也没什么人去找他看病。汪大德心想，如果得不到大队的认可，那就相当于是一个游医。在当时，没有取得行医资格的人，如果敢为病人医治，就只能算是游医。游医在老百姓的心目中就相当于骗子，这种骗子骗的不是金银财宝，却是比金银财宝更为贵重的人命。所以当地人对游医们很厌恶。若是外地来的游医，被乡亲们逮到了，就会送往区派出所接受处置，或就地罚他在生产队被人监视做苦工。

汪大德想及此，一筹莫展。

这一天，天刚擦黑，出嫁几年的二姐哭哭啼啼地回来了，向父母哭诉：三岁的女儿也不知得了什么病，现在一天比一天严重，瘦得皮包骨不说，最近又一直高烧不退。今儿晚上瞪着眼，张着嘴，竟是连哭都哭不出来了。娃子爹也有毛病，走路都艰难，家中又穷得叮当响，也请不起医生看，实在没有办法，虽然知道弟弟这几年在自学医术，也不知会不会看病，于是只好回来向父母求救。

汪父见了眼泪直流的女儿，也是心酸不已，他沉吟了一会儿，把汪大德叫到面前来："大德，你也学了几年医，你听你二姐说的，你外甥女的病，你有没有把握看呢？"父亲一向严厉，此时却温言细语地和自己商量，汪大德知道父亲心中的悲痛，自己也是感同身受，只得依言答道："爹，我不敢看，我心里没有把握，再说虽然我学了这几年医，可学的那都是理论，又没有实践过。外甥女病得如此重，我担心……"父亲不等他说完，打断道："凡事都有第一次，有什么好怕的。你不会，书总会。这几年，你读的医书可不少，你瞧着你外甥女的病症，你倒是在书上见过没？"汪大德答道："见是见过，《幼幼集成》里，有一种说法叫仙传神火，是老祖宗传下的一种治这病的方法，上面写道："仙传神火天然理，始自角孙癥脉起，听宫曲鬓本神旁，次及天容仍右取……'"汪父道："此时谁有心听你背这些，再说我们听了半句也是不懂，我只问你，你倒是知不知道这老祖宗说的法子到底怎么用？"汪大德听了父亲的话，答道："我心里倒是觉得明白……"看到父母二姐无助而充满期盼的眼神，他忽然鼓起勇气道："我可以试试！"二姐来不及和父母多说，擦了一把眼泪，拉起汪大德就没命地往家中跑去。

此时，天已黑得严严实实，让人几乎透不过气来。两人走得急，手电筒也没顾得拿一个。二姐一怕汪大德摔跤受伤，二怕他摔伤了孩子的病更没着落了，于是拉着汪大德不撒手，也不说话，只是大步流星往前赶。

二姐家离娘家还有段路程，黑天黑地的不说，两旁高山上偶而响起一两声猫头鹰叫，在空旷的山谷发出回响，令人不禁毛骨悚然。或是一阵风起，满山的树叶子哗哗乱响，更是让人汗毛倒竖。汪大德强压心中害怕，也不敢和二姐多说。

好在再难走的路，也有走完的时候，就像再黑的夜，也会等到黎明的到来。

两人到得二姐家中，汪大德一看躺在床上的外甥女，果如二姐所言，又黑又瘦，神智也已陷入半昏迷。

大德连忙让二姐准备黑棉线和香油。他一手提着黑线，把黑棉线的另一端在香油里蘸一下，用灯火点燃，找准小女孩身上的穴位，头、胸、腹、腿，飞快地从头顶一一点燃到脚背。这一趟下来，一共要找准63处穴位。他虽对穴位记忆清楚，但为防万一，还是把书本图像摆在眼前桌子上，边烧边核对，一穴不漏地烧了 63 处灯火。

这就是古书里曾记载过的仙传神火。古时候，人们因为手边没有医药，才研创出这样不用医药却能治重病的秘方。汪大德此时心中也极其紧张，虽然药书上的记载烂熟于胸，自己也按上面的方法进行施救，毕竟从未试过，是以一边烧灯火，一边浑身冒汗。燃到一半的时候，小女孩"哇"的一声哭出来，汪大德心中松了一口气，好歹娃娃从半昏迷中醒过来了，于是全神贯注，继续一路烧下去。

等 63 路神火一一点完，小女孩估计也哭累了，渐渐地睡着了。此时，汪大德方才察觉自己浑身衣服早已湿透。因为这书中记载，烧灯火的时间有极其严格的控制，每个穴位必须找准，稍有不慎，就有可能把病人烧成哑巴。此时，眼见着孩子从昏迷中清醒，又安静地睡去，二姐高兴异常，连夸弟弟没有白学医，欢喜地去弄饭了。

吃了晚饭，二姐躺在外甥女旁边睡下，汪大德却再也睡不着了。夜里，他无数次悄悄地去观察外甥女的睡眠情况，见孩子虽然睡了，还是感觉睡得有些不安静。

他一直担心着一件重要的事：虽然外甥女在烧灯火时清醒了，可此刻又睡下了，一直睡了这么久，自己这第一次烧灯火，全是凭着悟性与胆大，究竟有没有闪失，会不会在哪个环节发生了不应该有的失误呢？若如医书所记载，真因不慎外甥女被弄成个哑巴，这可如何对得起二姐？二姐该有多伤心多痛苦？我又该有多后悔多自责？眼看着自己学了几年医，想要出师看病，如果自己没把亲人救好，传扬出去，还有谁敢找自己看病？又怎么对得起师父？但此时自己的担心又怎敢告诉二姐，让她与自己一样担心受怕？思前想后，由近及远，忽又想起病逝的大哥二哥，一夜辗转反侧，诸般事端，在心头纷至沓来，不禁泪下。

二姐却并不知这其中的要害。

第二日晨起，二姐早早地做了早餐，喊大德吃。大德却一脸愁容，无心饮食。二姐还以为他昨晚用尽全力给女儿治病给累得够呛，也不以为意。这时，只听睡在床上的小女孩叫了一声："妈妈，我要吃奶！"二姐连忙去抱孩子起床。

汪大德听了外甥女这一声喊，却如听到一声惊雷，而且喜极而泣。一夜的担忧如一块沉重的石头压在他心上，心脏每一下的跳动都让他清楚地感知到那块巨石的重量。

孩子能开口说话，说明自己并没失误，第一次的实践居然能顺利地成功，而且还是如此严重的病症，这给自己多大的信心和勇气啊！汪大德打心底里高兴。

这次看病在不经意中被二姐传扬了开去。有些人慢慢听说了汪大德把病重的外甥女医治好的消息，但因是道听途说，又不曾亲眼瞧见，多半还是半信半疑。也有人说，都没听说过他学医，又怎么会看病？

汪大德决定"主动出击"。那时天天生产队里劳动任务繁重，大家都是早出晚归在一起干活，干活的时候，难免会有人有个头痛脑热的小毛病，汪大德就主动地问询对方的不适症状，然后告知对方应该怎么缓解。天长日久，大家有个什么小病小痛的，都爱问问他，他从来都是有问必答，十分有耐心，还告诉人家这是什么原因引起，应该如何预防。

这样过了一段时间，就有稍远一点的人听说大屋场有个汪大德，会看病，又不要钱。乡下的贫困人家大都如此，得了病痛，无钱看医买药，何况这医生也不容易请。既然有免费会看病的人，自然都乐意来找他。汪大德也一概来者不拒，只要有人请，不论多远必上门。

有一次，村里有个小伙子，脸上也长了个小疗子，一抓破，就会流水流脓，连忙来找汪大德。汪大德一看，这人的病症和二哥那时一模一样啊。他当时开始学医，就想弄明白二哥那究竟是个什么病，所以对这个病症特别上心，医书上亦有记载，说在鼻梁旁的位置上长的疙瘩容易感染，这属于危险三角地带，不能轻易地去抓。不然一感染，就比较麻烦。这种情况，初期并无大碍，如果把一种叫作七叶一枝花的草药磨汁，敷在小疗子上，很快就会好转。

汪大德记得在医书上曾有诗曰："七叶一枝花，深山是我家，痈疽如遇者，毒似手拈拿。"他发现在自家不远的地方，到处都是这种草药。在为同乡小伙轻易地治好了病后，他不由得伤心至极。如果当初这山中有医生，懂得用这样的草药救二哥，二哥怎么会丢了性命呢？

汪大德用七叶一枝花，轻易地救治好了这个小伙子和村中十余人的小病痛后，他慢慢地有了些能给人看病的名声。

区里的领导得知汪大德在生产队劳动积极，还义务出诊，如此年轻，在医术上还小有名气，开始不断给大队里做工作，说汪大德这个青年不错，有培养前途，应该发展他入党。

于是，经人介绍，在1965年的7月1日，他顺利地加入了中国共产党，成为一名光荣的共产党员。

　　汪大德当时和另外的十几位年轻人一起，在粟谷区大院，庄严地宣誓："我志愿加入中国共产党，拥护党的纲领，遵守党的章程，履行党员义务，执行党的决定。严守党的纪律，保守党的秘密。对党忠诚，积极工作，为共产主义奋斗终身，随时准备为党和人民牺牲一切，永不叛党！"宣誓完毕，汪大德又代表新党员发言表示决心，他说："我志愿加入中国共产党，我要热爱中国共产党，热爱祖国，热爱社会主义，热爱人民，热爱山区，建设山区。热爱自己的事业，要全心全意为人民服务，要为共产主义事业奋斗终身！"

　　神圣的誓言，让汪大德心中油然升起一种强烈的使命感！是啊，自己成为一名骄傲而自豪的共产党员，更加的任重而道远！由于领导对他重点培养，入党后汪大德曾多次参加粟谷区委扩大会。他除积极参加生产劳动和完成领导交给的工作任务外，一心扑在医学事业上。他想，能当好一名医生，就能更好地为人民服务。

　　从此，汪大德开始留意山中的花花草草，他发现这山中许多的草药都与书中记载的相符，于是开始留心地收集，有把握的就采一株用书夹住，等干了，成了标本，就写个名字——想办法保存起来。汪大德看着眼前青山，禁不住在心中激动地感叹，生于斯长于斯的大山，这真是一座迷人的药材宝库啊！

　　那年头，生产队里生产劳动抓得特别紧，倘若有人旷工迟到早退都要受到惩罚，甚至批斗，有个别社员对汪大德有嫉妒之心，向大队干部反映汪大德为人免费看病，质疑他会不会耽误生产劳动。大队干部倒也没加干涉，只是说，只要汪大德和所有人一样，照常参加每天的劳动就行。

就这样，汪大德每天白天和别人一样劳动，晚上放工别人都回家休息，他却跟着来请的人一道儿去帮人看病，有时病人的家相隔十几里，他也仍然坚持去帮人家看，看完又独自一人返家。当时有人笑话他傻，早出晚归，劳动照常干，还免费给人看病，累得要死，不知图个什么。

汪大德总是憨厚地笑笑，并不为自己辩解什么。

1966 年，"文化大革命"爆发了。

"文化大革命"开始不久，有造反派把区委办公室给抄了，将区委原来拟定的培养接班人员名单视为黑名单，公布在区大院的墙上。有造反派去嘲笑谭元甫说："你的徒弟汪大德还是区委培养的副区长角色，这个黑名单已公布到区大院的墙上了，你可脸上无光啊！"

谭元甫郑重地回答说："只要干正事，什么黑名单不黑名单？有什么可笑的。"

后来汪大德也得知了此信息，他想：区委原来确实是在着力培养自己，至于打算叫我做什么，我也不知道。我加入中国共产党是我的信仰，是为了更好地为人民服务，并不是想升官发财。我就只想当一名好医生，为人民服务一辈子。至于组织的培养，我应该一切交给党安排。

因为"文革"的原因，组织培养之说后来也就不了了之，但汪大德心里坚持刻苦学医并为此努力的决心却更加坚定！

第八章
赤医例会学习针灸

1965年年底，经谭医师考核合格，准予出师；又在朱院长的极力推荐下，终于得到了卫生部门的许可，汪大德接到了东河卫生所的通知，正式参加了赤脚医生例会。在例会上，汪大德认识了卫生所的韩所长。

韩所长名叫韩学祥，他身材高大魁梧，为人正直，说话声音洪亮。一见汪大德，韩所长就笑着说："这次我到区卫生院开会，朱院长特地给我说，你是谭医师的徒弟，说你学习很认真，学得也不错，同意你担任幸福三大队赤脚医生，这次开赤脚医生例会，就通知你来参加学习。"汪大德忙点头应是。这时，在场的其他赤脚医生也都把目光投向了汪大德，偷偷地打量他。

会议正式开始了，韩所长传达了区卫生工作会议精神，讲了国际国内的大好形势，又讲了社会主义教育运动的必要性和重要性。他说卫生工作的主要方向是预防为主，作为一个赤脚医生，我们也可以很好地为人民服务。说到这里，韩所长特别强调说："刚才说的汪大德的师父，名叫谭元甫，那可是我们全区卫生工作者学习的榜样，无论是医德医术都是值得大家学习的。下面我为大家介绍一下今天的学习内容——关于针灸的神奇魅力。"

汪大德记起曾在为二姐的小孩治疗时用过烧灯火和艾灸，心想这针灸定与艾灸有异曲同工之妙，今日可要好好听讲学习，不但又长一大见识，还能学到治病救人的新招。

只听韩所长对大家说："针灸是我国古代中医的主要组成部分，博大精深，仅凭一枚纤纤银针，就能直达患者病灶，为其减轻病痛，治好顽疾，其功效实在令人匪夷所思。针灸的神奇之处，不但能调和阴阳，还能扶正祛邪，最重要的还能调养精血。所以有句话就叫'小小银针，一用就灵'，你们可不要小瞧了这针灸。"话音刚落，下面听会的赤脚医生们有的不以为然，有的嘻嘻哈哈，有的悄声笑说，"我们当个赤脚医生，有啥必要学这针灸呢？"还有的说，"我不一定以后还做这一行，这赤脚医生不过是暂时的，学这玩意儿有何用？"

唯汪大德不出一言，认真地听韩所长的讲解并认真地记下笔记：针灸能调和阴阳的原因，就是可使机体从阴阳失衡的状态向平衡状态转化。疾病发生的机理是复杂的，但从总体上可归纳为阴阳失衡。针灸是通过经络阴阳属性、经穴配伍和针刺手法完成的。说到美容，针灸可适应于痤疮、黄褐斑、皮肤过敏、荨麻疹等，但出血性疾病及心脏病患者禁用，一般采用补泻法，平补平泻。常用穴位有合谷、曲池、血海、风市、肺俞、肾俞、足三里、三阴交、长强及阿是穴等。说到调养精血，中医认为，五脏藏精而不泻，六腑传导而不藏，通过经络、穴位调理脏腑功能，做到收藏有节，使精血各有所藏，精足而养，精足而化气，才能得以有一个健康的身体。

最后，韩所长说："针灸对我们人体来说好处非常多，许多身体部位疼痛的小毛病也可以通过针灸迅速得到缓解。下面我教大家如何认穴，如何进针，如何运针，如何取针，教大家背一首针灸的歌诀，然后再教大家几个治牙疼头疼肚子疼的针灸治疗法。"说完，就把自己当试验品，拿起银针往自己身上一一刺去。大家都不禁停止了喧嚣，认真地看了起来。汪大德对韩所长油然升起一股敬佩之意。他想到师父说的，做医生就是要为病人操心，这韩所长为了教这些赤脚医生医术，居然把自己当成试验品来教大家，可见做一个好医生，不但要有一颗赤诚之心，还应有为病人牺牲奉献的精神才行。

韩所长认真地教了大家几路针法，见大家点头说理解了，又念出几首歌诀来，说是《马丹阳针灸十二穴》歌诀，汪大德连忙认真地记下来：

三百六十穴，不出十二诀。治病如神灵，浑如汤泼雪。北斗降真机，金锁教开彻。至人可传授，匪人莫浪说。

三里内庭穴，曲池合谷接。委中配承山，太冲昆仑穴。环跳并阳陵，通里并列缺。合担用法担，合截用法截。

三里膝眼下，三寸两筋间。能通心腹胀，善治胃中寒。肠鸣并腹泻，腿肿膝胻酸。伤寒羸瘦损，气蛊及诸般。年

过三旬后，针灸眼变宽。取穴当审的，八分三壮安。内庭
　　次趾外，本属足阳明。能治四肢厥，喜静恶闻声。瘾
疹咽喉痛，数欠及牙痛。疟疾不能食，针着便惺惺。

　　下面还有长长的一套歌诀，汪大德也一字不漏地抄下，
在心中不停地默念。韩所长解释道：人体三百六十个穴位
的治疗作用，十二穴都能概括。治病效果的灵验，有如开
水泼在雪地上立刻融化一般立竿见影。这是神仙真传，可
以打开治病这把金锁，聪明诚心的人才可以传授。教了你
们这知识，你们也可以在适当的时候进行实践论证。会上，
韩所长还为赤脚医生每人发了一套长短各异的银针。

　　散会后，汪大德回想着韩所长教针灸的场景，反复地
回想他进针的手法，对穴位的把握以及取针的灵敏。他想：
"如果我也会用针灸为病人治病才好呢。今儿韩所长教了
我们治牙疼腹疼的针灸用法，哪天如有这样的病人，我不
妨也大着胆试一下。"

　　这时，汪大德又联想起一年前曾听别人说过的一件事：
东河公社有一次召开队长以上干部会议，公社书记潘大全
作报告。讲到半途，突然牙疼，话也讲不成了。有人帮忙
去请医生，医生一来就连忙给潘书记拿西药，又亲自倒开
水让潘书记服下。潘书记把药服了，等了又等，可疼仍是
止不了。潘书记无奈只好中止了讲话，由其他领导安排了
有关事宜。这时，卫生所的那名医生也很尴尬。有与其相
熟的人，当面就和这医生开起了玩笑："你这医生无能，
连牙疼也治不了，真是个板货！"当地方言，"板货"这

个词是极其贬义的。所以，那医生也只好灰溜溜地离去了。

汪大德想，今天韩所长讲到针灸，治病如神灵，可惜那天韩所长不在，如果他在，潘书记的牙疼不就立即止住了？又想道，这银针真的有这么灵吗？不管怎么着，这针灸我是非要学会不可！于是，汪大德就学着韩所长的扎针手法，在自己身上进行练习，基本掌握了进针、运针、取针的技巧，想着寻机会试试。

说来也巧，没过几天，汪大德正在大队办公室参加小队长会，这天上午大约十点钟的时候，七队队长梁金有，两手捧着肿得老高的右腮帮子，心急火燎地来到汪大德面前，口齿不清地说："汪医生，快救命啊！我这牙从昨天早上发作，到了昨天晚上，可是一分钟也没睡着啊，疼得我哼了整整一夜，再这样疼下去，我宁愿不活了啊，实在是受不了。"

汪大德一见，忙给他让座，叫他坐下，一边安慰他一边找出从诊所领回来的银针："梁队长，你别怕，自古人们就说牙疼不是病，疼起来要人命。虽然牙疼可怕，但并不是不可治，让我来试试，你别担心，很快就好了。"虽然口中如此说，但自己毕竟没用针灸治过牙疼，这法子到底管不管用，心中也无十足把握。忽地想起为二姐小孩初次烧灯火的往事来，那时不也害怕吗？如果不试，就永远不知道有没有用。

想到这里，他反而平静下来。

梁金有低着头，闭着眼，捧着腮，还在那儿哼哼着，听到汪大德走到自己面前来，一睁眼，看到汪大德手上拿着几根银针，一时目瞪口呆，但还不忘哼哼，心里却在寻思不知这汪医生想搞什么把式。

汪大德道："梁队长，你别怕，我给你扎银针，用这银针扎你几个穴位，专治你的牙疼，马上就能不疼了，你愿不愿意试一试？"梁金有早已疼得忍无可忍，一听能治牙疼，莫说用这银针扎自己，就算面前有个油锅也能跳下去，于是冲汪大德狠狠地点点头。

汪大德拿下梁金有的左手，用酒精棉球给消了毒，找准他的合谷穴，便要刺下去。梁金有诧异地道："汪医生，我牙疼，你扎我手做什么？再说就是扎手，那我也是右牙疼，你怎么扎我左手？"汪大德笑着说："面口合谷收，肚腹三里留。这牙疼啊，就必须得扎这合谷穴，才见效！扎你左手却不扎右手，这个治法就叫作左病右治！"说完，一针扎在了梁金有左手的虎口上。梁金有顿时感到一股电流，从银针所扎位置向手腕方向延伸，一瞬间延伸到左肩的位置，忍不住"哎哟"一声。却听汪大德问道："怎么样，有触电般的酥麻感吗？"梁金有连连点头："还真有触电感！"汪大德笑了笑，又拿起一根银针，在他疼痛的脸颊上，扎了一处穴位。这两针下去，汪大德心里本没多大的谱，没想到，梁金有立马就停止了哼哼，一抬身子站了起来："汪医生，我不疼了，一点儿也不疼T！我的妈呀，你可真是一个神医啊！"

他腮帮子上的银针随着他的说话轻轻地颤动着，显得十分怪异。汪大德忍不住笑道："梁队长，你别说话，也别激动，我再帮你扎几个穴位，很快就好了。"梁金有像个三岁的孩童一样，乖乖地坐下，听凭汪大德扎针。扎针完毕，梁金有感慨地说："你这真是针到病除啊！"参加会议的小队长们个个称赞："汪医生，你可真神呀！"从此后，梁金有逢人就说汪大德的针灸技术了不得，几针就扎好了自己的牙疼。

一天，东河公社组织农业生产大检查，汪大德也在其中。一行人走到幸福三大队六组章振才家门前时，忽然听到一阵伤心的哭声。待走到这家人门前，却见是两人抱着一个四岁左右的小男孩哭得死去活来。汪大德认出这男人名叫章振才，女人是他的媳妇，去年春上他曾来给他们治过病的。

女人坐在一把椅子上，怀里抱着儿子，一边哭喊儿子的名字，一边不停地用手去摸孩子的脸，那男孩却一脸黑紫，牙关紧闭，不出一言。章振才坐在一边地上，手拉着儿子的小手，也不停地擦眼泪。

汪大德忙走到章振才身边，询问原因。一行人见此，也都停了下来。经过简单的询问和观察，汪大德断定这小男孩是因为风寒感冒、汗出不来、高烧导致了严重的昏迷，此时如不紧急施治，很可能性命不保。

想到此，他果断地对章振才两口子说："快，找三根葱连须，三片生姜，煎点葱姜汤，我来试试！"然后，使个眼色让众人在外稍等。毕竟人命关天，大家均无异议，都悄声在外候着。

汪大德因今日是搞农业生产检查，身边也没带药，情急之下，只得给小男孩施用推拿大法。推上三关退下六腑，掐内关，分阴阳，揉外劳宫，捧耳提头，幸好在出门时顺手把针灸用的银针装在了内衣口袋，又用银针刺了人中、百会等几处大穴，一番紧急施治后，只听小男孩"啊"的一声哭了出来。章振才两口子惊喜万分，忙不迭地向汪大德表示感谢。汪大德笑着摆了摆手："不用客气，幸好我遇上了，不至于误了大事，孩子既然醒了，就没啥大碍了，你们扶他坐起来，把葱姜汤喝了，再盖严被子，让他好好地出一身汗，就没多大事了。"女人听了，连连答应了几个是，慌忙去盛葱姜汤。章振才千恩万谢地送汪大德出门来。

外面候着的一群人，一见此景，心知孩子有救。想到不过一盏茶的工夫，汪大德居然把一个脸色黑紫牙关紧闭、迷眼不睁濒临绝境的小孩从死亡线上抢救回来，不禁在惊讶之余，纷纷竖起大拇指对其称赞不已。有一个不知汪大德底细的人惊叹道："哎呀，汪同志真是了不得，不但会搞革命工作，还会给人看病，真是一个全才啊！"旁边的人都笑道："人家汪同志看病，早就名声在外啦！"

没几天时间，又陆续来了几个牙疼病人，汪大德也都一一用银针给其治好，这些人个个感激得见人就宣传汪大德。

后来这事传到了汪大德的耳朵里，他想：做一个医生可也不容易啊！只是一个小小的牙疼，治得好就被人称作神医，治不好就被人笑话是个板货。这几个病例，让我觉得不可思议，小小一枚银针，竟然真的那么神奇！我们祖国的医学文化果然是博大精深啊！可惜我只懂个皮毛，若有朝一日，能有机会更好地学习，掌握更多的医术，该多好啊！

第九章
中药治病小试医技

虽然没有机会继续进一步学习针灸，但好在有中草药这样的救命仙草。

这一天，本大队梁国福的妻子抱着一线希望来请汪大德，说是请他去给家中的男人治病。她说："他病了个把月了，不知是什么怪病，浑身肿得发亮，脚肿破皮流水，路都走不了。因为没钱，拖了半个月，实在不行了，才去请医生，好不容易凑了钱，请了个诊所的医生去家里住着，看了半个月，钱花了，病情没有一丝好转，反而越来越严重。"说完，伤心地哭了起来。汪大德知道：五十岁左右的梁国福，原本家境贫寒，连一家人吃饭都是困难，好不容易把三个娃子拉扯大，刚刚有了点盼头，现在又得了这么严重的病。这样一来，这个五口之家，无异于雪上加霜。汪大德看梁国福的妻子又气又急，以泪洗面，想到她的儿子们小也不懂事，一家人笼罩在愁云惨雾之中，无比心酸。于是二话没说，连忙和梁国福的妻子一同来到了她家。

　　汪大德为梁国福作了详细的检查，发现他舌淡而胖苔白，不但全身多处肿破了皮，就连生殖器也肿得发亮，浑身皮肉绷得发亮，疼痛不可言，卧床不起。见所未见，闻所未闻，十分不可思议。汪大德想起了医书里的十问歌诀："一问寒热二问汗，三问头身四问便，五问饮食六问胸，七聋八渴俱当辨，九问旧病十问因，再兼服药参机变。"于是从头至尾问了个遍，寻找病因。

　　汪大德想及此，断定无论任何病，都是有根由的。一般说来，得水肿的病人多与肾炎有关，肾脏不足的病人，外感风邪，常常会先肿眼睑。那么，梁国福的病症会不会也是由肾脏引起的呢？

　　想到这里，他又仔细地对其病史进行了详细的询问了解，并在心中进行了大胆的初步诊断：水肿病，采用中西药共用的方法，先用西药为其利尿消肿，又开出了自采的，车前草、木通、通草、瞿麦、扁蓄、灯芯草、玉米须等"一张中药方，通调水道，利尿消肿。

　　梁国福的老婆在旁看着汪大德开药方，愁眉苦脸地想道："那诊所来的医生在家住了半月也没一点好转，这汪大德又是个赤脚医生，也不知他用的这药方有用没得？要是再花了钱病还照旧，可咋办呢？"汪大德交代了梁国福西药如何服，又再三嘱咐了中药的煎法与服法，然后对梁国福道："这西药便宜，我也不收你钱。这中药呢，是我平时在山上采的，就更不要钱啦。你只管放心地喝药养病就是了。从明天起，你也不必让你媳妇来接，我每天主动来一趟，如有好转，我再另外改药方。"

梁国福的女人正为药钱揪心，想到还要料理家务忙生产劳动，又想到日日要去接请汪大德，正担心分身乏术，忽然听到汪大德说出如此一番话，心口上压的一块石头瞬间落地，所有的担心全部化为乌有，不由得喜形于色，忙搓着双手对汪大德说道："汪医生，这咋要得？这咋要得？不要药钱还麻烦你天天跑来跑去，我们可咋过意得去？"汪大德笑道："嫂子不用这么客气，反正请我来这边为人看病也不止你一人，顺便就来你家了，谈不上麻烦。就这样，我先回去，明天再来。"

第二天吃了早饭，汪大德因为记挂着梁国福的病情，不知有无好转，于是早早地来到了他家。

刚进家门，梁国福的媳妇正在吃早饭，一看见汪大德，便端着半碗玉米糊糊高兴地走到汪大德面前，扬声说道："汪医生，你可真早，这咋要得？吃了早饭没？我给你盛一碗玉米糊糊去，吃了再看。"汪大德忙阻止，说吃过了。不及问，女人喜不自禁地说道："汪医生，你可真是神医，比那诊所的医生强多了。我家老梁昨天晚上就开始消肿，说浑身也没先前那样疼了，你说这算不算是天大的喜事？"

汪大德一听，悬了一夜的心终于放了下来。既然一夜就达到消肿的效果，看来病因肯定是对了，下药也正确。待见了梁国福，见其精神较之昨日果然好了许多。

攀谈过后，汪大德根据梁国福今日的症状又对药方细细斟酌了一番，对某些药物进行了加减，又叮嘱梁国福的女人继续煎中草药让他喝。忙完这些，梁国福的妻子连忙送汪大德出来，难免又说一些感激之类的客气话。

就这样，每天或早或午或晚，汪大德总会在出完诊，处理好一些事情后再抽时间亲自上门，为梁国福检查治疗，开药方，送草药。虽然汪大德家离梁国福家有三里路，汪大德也从来不觉得跑来跑去的麻烦。眼看着梁国福的病症一天比一天好转，一周后大变样，看起来几乎就和正常人没什么两样了。汪大德为了巩固疗效，又开了补肾温阳的"真武汤"加减桂枝、白术、茯苓、熟附、甘草、黄芪、党参、玉米须等以固本。还叮嘱他再坚持喝一段日子的中药，梁国福也欣然答应。

虽然每天白白地往返了三里地免费为梁国福看病，汪大德不仅没喝梁家一口水，也没吃过梁家一顿饭，更没收过一分钱，但不知为什么，汪大德却比他们一家子还要高兴。在他看来，这种自己原本没见过没接触过的病症，能在自己手里一天天地痊愈，对自己来说，这也是多么值得高兴的一件事情啊！

就在汪大德每天还要往梁国福家里跑一趟的时候，又一个重病患者找上门来。原来是幸福二大队的姜正银。

说起姜正银，此时才刚刚四十出头，但早已被家人和认识他的社员们在心里给判了死刑。这又是为什么呢？

原来，按老年人的说法，这姜正银他是得了蛊症。老古话说：寒、劳、气、蛊、膈，阎王爷请就的客。得了蛊症的人哪还能有命呢？那是必死无疑的呀！什么是蛊症呢？

按现在医学上的说法，类似肝硬化腹水。这么年轻轻的就在家等死？姜正银可不想死。自从得了这个病，看的医生可多了，就连粟谷卫生院他也住了好久，却毫无起色。从医院出来，他就天天打听哪儿有高明的医生。不说没有什么高明的医生，就是好不容易听说有医生，待他家人去J说病情，人家医生就不给看了。

后来打听来打听去，没想到由远及近，令人赞不绝口的还是离自己家不远的年轻的赤脚医生汪大德。以前一提到自己这病，人人都说是绝症，不知道得有多大道行的医生才能看得好，如今这访来问去，居然又回到离家不远的一个赤脚医生这里。

姜正银心里本有七分怀疑吧，但听到人人都说这汪大德医术高明，心中暗想：要不就去找他看看再说。反正这病医生都给我判了死刑，大不了"死马当作活马医"，哪怕不能完全看好，只要能拖延个一年半载的，也是值得的了。

于是，姜正银这才让家人找上门来。听了姜正银家人的话，汪大德就连忙来到了姜家。

进门一看，姜正银坐在火笼边烤火，低着头一动也不动。汪大德关切地问道："姜正银，你怎么不好？"姜正银听到有人叫，慢慢扭过头来，见是汪大德，便有气无力地答道："汪医生，辛苦你了，我这是得了绝症。我在粟谷卫生院住了一二十天，医生说我这是肝硬化腹水，没个治。医生叫我回来，我也是没救了，只能在家等死。"汪大德安慰姜正银道："姜正银，话可不能这么说。蛊症虽然被老一辈的人说成是治不好的绝症，难以医治，但也还是有例外，只要你配合治疗，保持开朗的心情，说不定会有奇迹出现。"姜正银抬头看看汪大德，苦笑着摇了摇头，不发一言，又把脑袋低垂下去："我咋恁倒霉，年纪轻轻的却得个要死的病。"

汪大德走到姜正银身边坐下，拍拍姜正银的手："别人不给你信心，你自己也要对自己有信心啊。你放心，经过治疗，你的病情一定会有所好转。虽然不敢说让你痊愈，但能让你尽快好转我还是有把握的！"

其实汪大德心中并无把握，只是见姜正银对病情恐惧，自己也没多大信心，出于安慰才脱口说出此言。毕竟，对一个身患绝症的病人来说，求生的意念也是相当重要。

虽然说了这样的大话，却见姜正银暗淡无光的双眸在一刹那间，闪过一抹亮色，他反复地问道："汪医生，这个病真有好转的可能？你是说，也有例外不一定非死不可？你不是在安慰我吧？"汪大德说："我亲眼所见，我师父谭元甫就给幸福一大队三小队的王兴明看好过类似你这样的病。"姜正银一听，顿时兴奋起来："好，我就先在你这抓药吃！你的师父谭元甫，我在粟谷卫生院住院时也曾听说过，不过给我看病的不是他。如果吃了你这药还是不行，你带我家人去接他，让你师父来给我瞧瞧可好？"汪大德笑着一口应承，然后，仔细地给姜正银做了检查。此时的姜正银，眼黄肤黯，腹部脉络青紫而暴露，且腹胀如鼓，肋下胀满而痛，舌质微紫而胖，苔白腻，脉迟而缓。问起饮食及二便，姜正银说一天到晚不想吃饭，二便也不正常。

汪大德揣摩着他这病确实与王兴明的病症极其相似，于是，便按师父给王兴明治此病的药方：党参、白术、茯苓、草叩、熟附片、干姜、厚朴、砂仁、木香、木瓜、猪苓、焦三仙、茵陈、山枝子、车前、泽泻、肉桂、枳壳、青皮、甘草、姜皮，给姜正银开了5剂中药，让他按时服用。

第六天，汪大德按时去给姜正银复诊。一见姜正银，还没来得及询问，姜正银就主动说起来："汪医生，我说实话，你莫多意啊！我先前真是低估了你，只是想试试，反正我是不得好的病人。哪知你来给我看了，我吃了你的药，还真管用。你也没有骗我，我这精神也好些了，吃饭也多点了，腹胀也好多了，小便次数一天三四次，尿量也多了，大便也好些了。看来我还真是有救了。"

汪大德听了姜正银的这些话，又看了看他的面色和脉象，舌质舌苔也有所好转，两人的心情一瞬间都好起来了。汪大德陪着姜正银拉了一会儿家常，然后又在前方的基础上进行了加减，又开了5剂中药，嘱咐服药方法同前。

就这样，姜正银每天乖乖地吃着汪大德开的中药，想着不好转还能让汪大德带自己去求见谭元甫，一时没了后顾之忧，心情顿时舒畅起来。

汪大德把给梁国福、姜正银两个重病人复诊的时间，计算得好好的，按时去复诊。这两个病人相距十几里路，汪大德每天一边要忙着医治其他的病人，一边还要马不停蹄地出诊，每天的时间都安排得满满的。有时到了饭点，他还在路上；有时想赶回家吃晚饭，却被病人在半路上接到人家家里；为了不误为两人复诊的时间，他甚至有时在黑更半夜，去梁国福、姜正银的家里为他们诊疗。

时间一天天过去。经过一次又一次的复诊，不但梁国福的病痊愈，就连姜正银，这个已被所有人都判了死刑的蛊证病者，也一天一天地好起来，**精神好转**，面色日渐红润，饮食渐增，半年后又生龙活虎起来。

对这两个重症病例的诊治，给汪大德带来的结果却只有一个，那就是病人更多，人更忙，时间更紧。人们私下聊起汪大德，会说这人真不错哩！对病人用心不说，就连必死的绝症也难不倒他呢！

一天，汪大德在姜正银家看完病，回家天已麻麻黑了。在离姜家不远的一个小路上，险些与一个人撞个满怀。仔细一辨认，原来是幸福二大队的陈大叔，就是教自己学小儿推拿的那个老师。陈大叔一见是汪大德，便知他又是为人出诊才摸到这么晚，开口便道："你娃子为人看病这么卖力，你叫这方圆左近的赤脚医生们脸往哪儿搁？你这看了东家看西家，不吃他们一口饭，又不喝他们一口水，还不收他们一分钱，你还傻乎乎没日没夜地干，你说你这到底是为啥子？"汪大德憨憨一笑，说声"大叔你慢走，天黑别摔着"，便往自家走去。留下陈大叔目送着汪大德的背影，心中感叹不已。

当时，邻里大队还有个赤脚医生，人送外号"喜来乐"，人懒散不说，还整天嘻嘻哈哈的。勉强有人来接出诊，不是拉脸子就是摆架子。于是有人对汪大德说："你对病人如此热情，医术又好，又没架子，你算是把那个喜来乐拽垮了。他拼死拼活也比不过你呀！"又有人对汪大德说："莫看你现在给人看病如此热情，把医生二字看得那么真。你会不会像才学剃头的师傅一般，头三年揽头剃，后三年懒剃头！"

　　汪大德听了，同样是笑笑不加辩驳，但他心里却暗下决心，一定要全心全意为人民服好务，只要病人需要，再苦再累也要干下去。记得师父也曾经语重心长地劝告自己："做了医生，就不要怕苦怕累；就要记着，再苦再累都是为人民服务。再者，遇到疑难杂症，先不要惊慌。你慌病人更慌，但凡是个病，就有病根，找到病根，就能对症下药，什么病也都有可能完全康复。医生的信心要远远大于病人，才能在治病期间给病人以心理上的疏导和安慰。"

　　想到梁国福和姜正银的病例，汪大德更对师父的话感到敬佩不已。他想，在以后的行医生涯里，自己应该时时刻刻把师父的一言一行当作自己的榜样，像他老人家一样严于律己，关爱病人。

侧柏

第十章
油茶山下师徒救人

1966 年后，汪大德的名气已经传播到全粟谷区了。东河卫生所有一个医生，就是曾经给东河公社书记潘大全治牙疼的那位，他比汪大德早行医十几年，但医术不行，人也十分懒散。每每村中有一些说话狠的主儿，也不怕那医生下不来台，直接当着他的面说："我们不喊你医生，你就是个板货，你那水平差得很，还不如那个赤脚医生汪大德！我们有了病，情愿找他看，都不情愿找你看！"那医生心中不自在，也很烦，脸涨得通红，又不知如何反驳，只得一言不发扭了身去，不理这说话的人。如果有人偏不放过，再三地奚落玩笑他，他也只得讪讪地用手挠挠脑袋笑道："不找我看，我落得个清闲。"

此时，汪大德已不止给附近的乡亲们看病了，范围也早从十几里扩大到几十里开外了。不久，粟谷街上常有请他看过病的人，只要一听人问起汪大德，就会由衷地赞叹一番："那个汪大德看病确实有两下子，有点真材实料！"

　　谭元甫听到汪大德的名声已传到了这粟谷街上，心中也暗自高兴，却又担心徒弟是否只有虚名儿，医术究竟有没有人们传颂的那样好？即便果然不错，也得教导他不可骄傲自满，医术永无止境，学海同样无涯，何况人外有人，天外有天，医外有医。哪天见了汪大德，倒要和他好好说道说道，也有些日子没见着徒弟了，倒挺想他的。

　　腊月的一天，汪大德路过粟谷，去参加全区在白水峪谭河大队搞的治理油茶山大会战，心中还想着得闲的话，要去看看师父。有些日子没见着他老人家了，心中也十分挂念他。不知师父是否还和以前一样忙碌，年纪大了，得提醒他老人家，再不能像前几年一样为了病人顾不得休息，天天疲于奔命了。但转念一想，依着师父的脾气，一见有病人就义无反顾，必须帮人去看了才心安，又如何能听得进自己的劝告呢？想到心疼师父却又改变不了师父，汪大德不由得叹了一口气。

　　这天不巧，到了粟谷卫生院一问，师父出诊去了。于是他径直到了谭河油茶山，在油茶山上一边开荒，一边为油茶山出工的社员们做保健工作。

　　第二天下午四五点时，见一个满头大汗的中年男子冲到他面前，一把抓住他的手："汪医生，我可把你找到了！求你快去我家给我母亲看看，她病情严重得很！我实在没办法了才来找你的啊！"一边说，一边用袖子擦起眼泪来。

　　一个男人，为了病重的亲人掉眼泪还可以理解，但这数九寒天，天寒地冻，他居然还满头大汗，可就委实令人费解。汪大德一边安慰地拍拍他的手，一边亲切地问道：

"这位大哥，你别着急，有什么事慢慢说。你家住哪里，你母亲得的什么病？"

中年男人一脸焦虑，气喘吁吁地说道："我姓吴，名叫吴子华。我家就住在粟谷街下边的李家沟，我母亲得了中风，病情严重。我早就听说汪医生医术高明，这才连忙来请你，没想到，跑了几十里路四处打听问到了你家，你父亲却告诉我你来到了这谭河的油茶山上。我一听，就急急忙忙折返，翻过西碰子从县厂沟里出来又到这儿才找到你。你父亲真是好人啊，硬是给我做了饭，让我吃了再走。我一大早天不亮就走，现在算起来我走了近百里，你可一定要帮帮我，去给我母亲看看病啊！"

汪大德一听，此人为了找自己看病，居然跑了近百十里路，不由得想起当初父亲中风时自己去求师父看病的往事。当下对他说道："小吴，你别急，我这就去跟他们请假，跟你一起走一趟。"

小吴无比感激，连连点头，跟着汪大德一起去跟油茶山负责的同志商量，说有病人病重，得去跑一趟。负责的同志不批准："你在油茶山上要负责民工的安全与健康，你怎么能走呢？不能批！你还是安心地在这儿。再说了，病人多，医生也不少，你不去帮人家看，人家不会另请别人？"这人话音刚落，汪大德身边的小吴一听，十分着急，连忙对那人求道："这位同志，求求你放汪医生和我走一趟，我家病人病情严重，别的医生没那本事看啊！求求你开恩，给他批个假。哪有什么事还比人命更重要？"负责人听了，仍态度坚决地说："说了不批，就不批。别再多说了，我还忙着呢！"说完，也不听这两人多说，直接扔下他俩，独自走了。

小吴一看那人话说得如此绝，心中又是生气又是着急，却又无计可施，只有不停地求汪大德去救人。汪大德想了想，就带着小吴直接去了油茶山指挥部，把这情况向指挥部的最高领导人讲明，说自己身为医生治病救人是天职，人命大过天，不能置人死活不顾，否则早晚想起来都不会心安。小吴也反复央求，说明母亲的病情，又说了今天跑了近百里路才找到汪医生的经过。那指挥部的最高领导人，听了小吴的话，心有所触，二话不说直接就给汪大德批了假，还嘱咐他一定要尽全力，好好给病人看病，但要快去快回。小吴在一旁不住声地说着谢谢，随后就和汪大德往家中赶去。

冬日的天黑得也早，这时风也大了起来，两人缩着脖子，紧了紧身上的衣衫，加快步伐向山下走去。

没走多远，就飘起了雪花。小吴对汪大德说："天气这么冷，估摸着会有一场好大的暴风雪。"说话间，天已经黑定了。汪大德看着黑蒙蒙的天空，忽然觉得好奇，这人是住在粟谷街附近的，怎么家人得了如此重的病，不就近请医，反而跑这么远的路程来找我呢？于是问道："小吴，你家住粟谷李家沟，粟谷街上有卫生院，离你家那么近，你怎么不把病人弄到医院去，你来回跑这么远，可不耽误了时间吗？"小吴叹气道："他们算是不行，我信不过他们。我早就听说汪医生你的大名，我现在心里就只信你了。"汪大德想起了在粟谷卫生院的师父，师父名气可比自己大啊，于是问道："小吴，你们粟谷卫生院不是有个叫谭元甫的老医生吗？他老人家名气可比我大多了呀，怎么你连他也信不过？"小吴答道："你说谭医师呀，那可是个大人物！谭医师的医术那也是没得说的，人也有威望得很，我当然信得过，可我家境贫寒，我们怎敢请谭医师来家呀！再说我去打听过几次，医院里的人告诉我说谭医师到外面出诊了，我估摸着我们这穷家小户的算是接不起他。这不没办法，才跑了几十里去你家找你，没想到你来到了油茶山。这还要感谢指挥部的领导呀，真是个好心人，肯放你和我一道下山。我今儿运气可是够好了，都是老天保佑呀！"

汪大德听了小吴的话，心想，师父可不是嫌贫爱富的人，外人只道他难请，那都是人们不了解他，其实，他对任何病人都心怀善念，听到有病人要看，一定不会拒绝。想着要为师父辩解两句，又见对方一门心思地挂着自己母亲的病，于是只得将这番话咽了下去。

两人一路急赶，到了小吴家里，已是晚上十点多了。进屋一看，就三间空荡荡的屋子，右边当作厨屋，中间算个堂屋。堂屋放着一个火盆，围着几个人，左边支着一张床，床上躺着一个病人，一动不动，床前也坐着两个人，守候着病人。

汪大德走近一看，这病人一脸蜡黄，口眼歪斜，只有出气没有进气一般，已处于昏迷中。汪大德一看病人病情危急，当下有些担心，这样危重的中风病人是自己以往的病例中不曾有过的。他心里没有十成的把握。救人不同于其他，没有把握的事，不能自作主张，如果这个病人明明能救得了，只因自己医术有限，而误了她的性命，自己怎么过意得去？

当下，他做出了一个大胆的决定。

他要去把师父请来，共同为这个病人治病。有师父在，自己心里终究踏实些。想到这里，他站起身，对小吴说："小吴，这病人的病情十分严重，为了保险起见，我想去请谭医师来一起为她诊治，这样最为放心。你在家照顾你母亲，我这就去请他老人家来。"

小吴一见汪大德要走，以为他是找借口，不想看，急得一把抓住他，死活不松手："汪医生，你好歹给我们瞧瞧。现在这么晚，天又黑，风又大，雪也下得这么大，你怎么可能把谭医师请来呢？你这一走，我母亲不是只有等死的份吗？"话未说完，心中悲痛难忍，哭出声来。

汪大德知道他误会，以为自己不愿意看，连忙安慰道："小吴，你放心，谭医师我一定能请来，看病救人是医生的天职，怎么会舍下病人不管呢？我未当医生以前，曾请过他老人家好几次，从未有过请不动的时候，只是别人听着他名气大，有威严，不敢去请罢了。你等着，反正他老人家只要在卫生院，我一定把他请来。现在天黑看不见，你帮我找个手电筒用用，我就替你走一趟。"

小吴听了汪大德这一番话，倒也入情入理，于是松开抓住他的手，在家中翻了一会子，找到个破手电交到汪大德的手上，还一再叮嘱："汪医生，你们一定要来呀，我等着你们。"汪大德点点头，一面说着让他放心，一面走进苍茫的夜色中。只见到处黑茫茫一片，风刮得更大了，雪也下大了。手电筒微弱的光芒只能照见眼前的道路，汪大德深一脚浅一脚往粟谷卫生院走去。

其时，谭元甫早已歇息，忽然听到有人敲门，还以为是有病人找上门来，打开门一看，居然是自己挂念已久的徒弟汪大德，连忙喜不自禁地迎进门来。

此时，汪大德的身上已落了一层厚厚的雪花，见了师父，许多的心里话来不及说，脱口而出的是："谭大叔，请您快跟我走一趟，离这不远有一家病人，是中风，情况十分危急，人已陷入昏迷，我心中也没把握，所以来请您走一趟。有话儿咱们爷俩路上再说。"

谭元甫一听，连忙穿衣起床，就去背药箱。这时汪大德早把药箱背在身上，两人连忙一起往病人家走来。风雪越来越大，可两人毫不在意，一边讨论着这家病人的病情，一边各自说了不少心里话，两人都知道了对方的牵挂，心里感觉十分的温暖。

一对原本素昧平生的老少，因为医疗事业而结成了师徒，有了深厚的感情，这样的缘分多么难得呀！

当小吴看到两个人影裹着风雪走进家门时，甚至不敢相信自己的眼睛。他还以为汪大德一去不返，自己今天白白跑了一天，母亲的命仍然救不了，还正独自伤心呢。

当看到汪大德果然把名气很大的谭元甫接到家中，小吴高兴得不知说什么好。谭元甫和小吴打了招呼，就连忙走到病床边，观察病人的情况，详细地询问小吴有关病人的病情始末，又给病人诊了脉，然后吩咐道："大德，你赶紧给她扎针。针刺人中、百会、十宣……小吴，你准备到卫生院取药，我这就开处方。"

随即，汪大德按师父吩咐给患者施针。谭医师不一会儿处方开好，小吴速去取药。此时，谭医师又去观看病人的动静，在扎十宣穴时，病人的手抽动了几下。

离卫生院只有一里多路，小吴去得快，来得快，速把中药取回来，当即就把中药倒进药罐放在火盆上煎起来。这时针灸已扎毕。

谭医师把大德、小吴叫到一边说："这病是中风，中风有中经络、中脏腑之分，这病是中脏腑，病人昨天突然昏倒，不省人事，至今不见好转，病人危在旦夕。刚才扎针好在还有点反应，等药煎好后再灌一点药，如明早有好转还是有希望的。如仍无好转，恐怕就难了。"

药煎好后，谭医师、汪大德、小吴三人，一人捧着病人的头，一人撬开病人嘴，一人用调匙灌药水，勉强将药灌下。把病人安顿好，已是后半夜，这时外面雪下得愈发急，小吴家中又无处歇息，生了一大盆火，大家只好围火而坐，随时注意着病人的情况，一夜到天明。

等到天蒙蒙亮时，病人发出了轻微的呻吟声。谭医师说："这病人有希望了。"小吴大喜，不住向二位道谢。这时谭医师又亲自去看了病人，嘱小吴按时再给病人喂药。说完，谭元甫起身欲走，邀汪大德一起去家中休息一下。汪大德还操心回茶山干活。

这时小吴打开门，忽然大叫起来："哎呀我的个妈！好大的雪！"两人往外一看，不禁也愣了。

眼见雪厚过膝，天地白茫茫一片，好一个冰清玉洁、万籁俱寂的世界。这场雪，要算是几年来最大的一场风雪了。

谭元甫笑道："大德，这可好，一夜大雪封山，你也上不去茶山了，还是和我一道儿去我家吃点热乎饭休息休息吧！"小吴一脸歉意，说去做早饭，让二人吃了早饭再走。

谭元甫笑着对小吴说："不麻烦了，让汪医生去我家吃饭。你母亲虽然从昏迷中清醒了过来，但毕竟病情严重，就让汪医生每天来一趟，估计得个几天瞧。"小吴听后，千恩万谢地点头称是。

汪大德一看这么大的雪，也上不了油茶山，只好听师父的话，和师父一道儿去了他家。许久没见面，一场大雪成全二人好好地待两天，汪大德心中暗暗感谢这场大雪。

在师父家住了两晚。晚上，他和师父对小吴母亲的病进行了认真探讨，还对其他病进行了讨教，并说了心里话。白天，汪大德就去小吴家为病人治病。就这样，看了两天危重病人，病人的身体慢慢好转，也能吃点稀粥了。汪大德总算放下心来。他为病人又开了药方，嘱有事再请谭医师。然后就回家了。

后来汪大德听说，他下山来的第二天，油茶山大会战因雪暂停，人们从茶山回家，因为一夜大雪封山，天寒地冻不说，行走极其艰难，不少人都有了冻伤，有一个名叫孙连学的，就是因为这一天从茶山下来，还冻烂了两根手指，终成残疾。汪大德听到这种消息，一面为那人心痛惋惜，一面又庆幸自己早一天下山。可见老天爷这一次终于长了一次眼，如果不是自己心系病患而早一天下山，说不定也会有不幸的遭遇呢。

第十一章
为病人创办卫生室

　　这天，汪大德家中又迎来了一位不速之客，原来是村里的代垂义。

　　说起代垂义，也是一个十分苦命的人。原本家境清贫的他，好不容易娶了妻室，生下了五个儿女，妻子又不幸病故。代垂义一个人又当爹，又当妈，不但每天要干繁重的农活，回到家来，还有五个儿女要看顾。

　　去年，其中一个儿子因病去世，使这四十岁左右的汉子，看上去像个五六十岁的小老头。

　　此刻，他衣衫褴褛地站在汪大德面前，正一脸愁苦地望着汪大德："汪医生，请你去我家一趟，我家又一个娃娃快不行了。也不知得的啥子病，已经几天没吃没喝了，去诊所找了好几趟医生，也没找到，只好来找你。拖了这几天，还以为能好，没想到越来越严重了。你说这可怎么办呢？"

　　汪大德一听，二话不说，提起药背篓装了几碗包谷糁儿就和代垂义一路出门了。

给人看病为什么要带包谷糁儿？莫非这包谷糁儿也是一味药？还能救病人？代垂义想。

其实，自打汪大德为人免费看病起，这带包谷糁儿就成了他的一个习惯。那时候社员们吃粮有计划，人人都只有一份口粮，实行的是基本口粮加工分粮，成人每月30斤到十几斤不等，初生小儿至三岁是九斤。若生产队生产的粮食有多的，那余粮要卖给国家。如果达不到此指标就由国家供应。这叫粮食计划。然后根据各个生产队情况，有按四六开，即60%作基本口粮，40%作工分粮，也有对开的，各占50%。一般劳力多的，挣的工分多就可多分粮食，工分少的分的粮食相对就少，当时很多家庭粮食都十分紧缺，不够吃。所以，谁要是去人家家里蹭吃蹭喝，莫说你是天王老子地王爷，那也是恨你没商量。汪大德自然知道这一点，想当初学医时就怕人们说自己是怕劳动想吃轻省饭，现如今再去吃病人家的饭，难免又让人认为自己是打着为人看病的幌子去骗吃骗喝。加上看到一些病人家里确实是贫病交加，自己哪里愿意再顶着骂名去吃病人家的一碗饭呢？

所以，这包谷糁儿，它虽不是一味药，可有时，却也与药一样有异曲同工之妙。它能医治人们因饥饿而导致的营养不良症啊！

这代垂义的家，住离大屋场十几里的祖师殿高山上，汪大德以前来过，于是两人一路疾行。

到了代垂义家中，汪大德一看，三个年龄相差无几的孩子蓬头垢面地缩在墙角，人人面黄肌瘦，身上的衣服不但比他们本人短了许多，还脏乱不堪，个个脸上糊得分不出个眉眼，鼻涕流多长，根本分不出是男孩还是女孩。看到父亲带了个人进来，原本还在叽叽喳喳的孩子们马上安静了下来，都把目光投向了汪大德。

汪大德看了看这个破旧不堪的屋子，墙边支着一张床。这哪是床啊，分明是用几根木棍绑了个架子，又用藤条把一些细棍横竖交叉系了，上面铺了厚厚的一层稻谷草，半截看不出本色的破床单铺在一小半的稻草上面，稻草上面躺着一个年约三四岁脏兮兮的小孩子，身上搭着半床破破烂烂的薄棉被，从他乱糟糟的短发上判断，应该是个男孩。只是又黑又瘦，只剩了个皮包骨。

汪大德连忙放下背篓，详细地查看了小男孩的病情。只见小男孩已经快进入半昏迷状态，两眼上翻，双手时而抽动，呼吸微弱。汪大德摸了摸孩子的身体，发现他体温不高，肚子胀得老高，肚皮上青筋突显，初步诊断为小儿疳证和慢惊风。他赶紧为小男孩艾灸百会穴。

医书上有记载："百会由来在顶心，此中一穴管通身。扑前仰后歪斜痛，艾灸三丸顶万金。"汪大德小心谨慎地为小男孩施治，约有大半个钟头的工夫，只听小男孩"呀"的一声叫出来，随后睁开了眼睛，流出了眼泪，眼神也慢慢活泛起来。

他疲倦地望了望给自己施治的汪大德，又把目光投向了父亲。然后张嘴对父亲艰难地喊了一声："爹，我饿！"代垂义为难地说："娃，你想吃啥呢？家里也没啥吃的，这可咋办呢？"

汪大德一听，连忙从背篓里拿出包谷糁儿，递给代垂义："你快去烧点开水，把包谷糁儿给他做一碗，慢慢喂他喝。"

这时，墙角三个小脑袋都异口同声地冲着代垂义喊道："爹，我也饿！"

代垂义难为情地望了望汪大德，汪大德说："你烧一大锅水，把这包谷糁儿一起做了，让几个娃娃都吃！"代垂义应了一声，连忙去烧火煮包谷糁儿了。

煮好后，他盛了一碗来，端到病儿床面前，用个小勺子一勺一勺地喂。那几个小家伙不等代垂义发话，一溜烟地跑到了灶台边，争先恐后地拿碗去抢锅里的大半锅玉米糊糊。代垂义吼着让娃子们给汪大德先盛一碗，汪大德连忙推说不饿。他站在一旁，亲自看到病床上的娃娃喝了一点儿玉米糊糊，精神有所好转，方对代垂义嘱咐道："你娃娃的身体虚弱得很，营养极度缺乏，你每天坚持喂他喝三次玉米糊糊。我来看了娃娃，也了解了他的病情，这也不是一两天就能看好的。估计还得几天看。你这里离我家也有点路程，你就不用天天去我家叫我了。我每天忙完事，再晚也会抽时间来一趟，你就放心吧。"说完空着肚子向代垂义告辞。

回到家已是夜里三更了，家人听说他还没吃晚饭，连忙为他做了点吃的。在家人做饭时，汪大德又连忙抽空去翻阅了书籍，查找了给该患儿的治疗方法。在吃饭时，汪大德和家人说起了代家小儿病的事，又说了代家无饭吃的情景。家人也为之叹息不已。汪大德把带的包谷糁儿已煮给代家小儿吃了的经过告诉了家人，并说明天还想再带着包谷糁儿去给那小儿治病，家人也都十分支持。其实当时汪大德家里也并不宽裕。但早上他从家里出发时，家人还特地交代他说："你今天去，记着多带点包谷糁儿给代家娃子们吃。"

令代垂义没有想到的是，第二天一大早，汪大德就自己背着药背篓上门来了。代垂义想到昨天请汪大德来给孩子看病，没给钱不说，一家人还吃了人家带的包谷糁儿，心里着实有些不安。

汪大德虽见那娃娃比昨日好一些，仍有些不放心，又仔细地为娃娃做了检查。结合昨晚查找的书籍，进一步确认了该患儿为疳证、慢惊风。看着代家的家庭情况，给小儿开药吧，明知他家没有钱也买不起药，而且也无人在家照料；给小儿煎药喂药更成问题，可怎么办呢？

他思来想去：前年跟陈大叔学儿科时给本小队付家小儿看的病也是疳证，陈大叔就叫我每天去为这小儿艾灸足三里，艾灸了一个星期左右，小儿的病就好多了。这代家虽然离我家有十几里地，但为了救这孩子一命，无非我天天多跑点路，也得为他治疗。哪怕得一周，十天半月，只要有救，我也要坚持来给他做治疗。想到这里，他决定为该患儿艾灸足三里，以观疗效。因足三里是阳明胃经的穴位，能调理脾胃，能治小儿虚羸，并有强身健体之作用。于是当即给小儿艾灸了足三里，同时叮嘱代垂义，一定要每天经管着喂娃娃吃饭。

为小儿艾灸完，汪大德从药背篓里拿出一袋包谷楼糁儿，递到代垂义手里道："这包谷糁儿原本拿来在你这搭伙吃的，偏生我今儿来得早，这背来背去的也挺麻烦，中

午你给孩子们做了吃吧。趁着天早，家中去找我看病的人
也多，我还得赶紧回去。"说完起身欲走。代垂义知道这
是汪大德可怜自家没吃没喝，为了不让自己面子上过不去，
才如此说，心里感动，偏又口拙，只是拉着汪大德的手，
半天才放。汪大德笑着安慰他："把娃娃照看好，我明儿
再来。"代垂义望着汪大德的背影，眼睛不由得湿润了……

　　汪大德想着代家小儿的病，知道他这病是饥饱失常，
消化不良，寒温不当而引起的，才拖成这样。加之他家如
此困难，买药也不现实。看来只好每天来为这娃娃烧艾火，
灸足三里，估计最少也得一周左右。

　　之后，每天无论多忙，无论早晚，汪大德必去一趟代
垂义家，有时是上午，有时是下午，有时是晚上，有时是
半夜，抽时间去为代家小儿进行艾灸治疗。

　　那个黑黑瘦瘦可怜的小男孩，终于在他的精心医治下
恢复了元气，从最初喝半碗玉米糊糊到一周后能喝一碗，
精神也渐渐好了，手也不抽动了，肚子也不胀了，腹大青
筋暴露的情况也明显好转。看着代家娃娃终于说说笑笑能
跑能跳了，汪大德的心才终于放下。他知道，自己从死神
手里把这男孩抢回来了。

　　以前村里还有些人私下议论，说汪大德出诊，不过是
为了出风头，专给有钱人家的人看病。经过给代垂义儿子
看病，人人知道，汪大德不但照样未收代垂义分文出诊费，
那么远的往返路程，没在代垂义家吃半碗饭不说，还每天
自带包谷糁儿去救济代家。

　　这一次给代家治病的事情传扬开后，一下子终结了某些

人暗地里议论汪大德的流言蜚语，老百姓更加爱戴敬重他。

在汪大德心里，他从来不在乎别人的风言风语。只要自己行得正，走得直，一心为他人好，被人误会有什么大不了的呢？一个人想要干成一件事，就不能被某些人的言论左右了自己的行为！

他想起了代垂义可怜的儿子，如果当初代垂义来家没找到自己，耽误了给这孩子看病的时间，这孩子只怕早就没命了。如今，能有一个卫生室是一件多么重要的事啊！

自从1965年得到东河卫生所的认可，汪大德每每抽空行医，也医治了不少的病例，但他仍然有一个小小的心病：其他村都已有了卫生室，可自己所住的幸福三大队却没有。汪大德也曾找过大队干部说办大队卫生室的事，大队干部总是一句"现在没有房子"把他给打发了。大队的人有了病，就是请到汪大德去诊治，也还须跑到十好几里外的东河卫生所买药。一方面耽误时间，另一方面延误病人的病情，这是极其不便的事。再就是赤脚医生也不好找，没个固定的场所，一出诊就不知道去了哪里，也不知道几时能回来。没办法，病人一般情况下只好找到家里来。可家又住在偏远的高山尖上。如果有了卫生室，卫生室就办在村里人群集中的位置，人们有了病直接去卫生室找医生买药，那不是方便很多了吗？

于是，在一次赤脚医生例会结束后，他和幸福四大队的一位赤脚医生谈了自己的想法："如今我们幸福三大队暂时办不起卫生室，我们能不能联办卫生室呢？我曾在报纸上看到有关联办卫生室的先例。"这个赤脚医生名叫赵永茂，三十多岁，比汪大德大个十来岁，人也精明能干。一听汪大德的提议，感到挺好。于是又找到另一位东河诊所的医生付世堂，三人一起商讨办卫生室的事。

三人中，汪大德最年少，行医资历也浅，能得到这二位的支持，汪大德心里就没有了后顾之忧。于是大家兴致勃勃地开始张罗创办卫生室。

首先，得有个场所。一商量，汪大德说幸福三大队没有房子，能不能在幸福四大队找房子？他二人也都同意。

第二天，他们三人就一起去幸福四大队办公室找大队干部，幸好大队书记王仲山、大队会计童锡武都在办公室。二人一听由东河诊所医生付世堂、本大队的赵永茂、幸福三大队的汪大德三人来负责联办大队卫生室，十分高兴，也表示要大力支持。

王书记说："我们早已打算办卫生室，有你们三人来办我们表示欢迎。我们可以将办公室的房子腾两间做卫生室，但药柜家具则由你们自筹木料；木工问题由大队负责找木匠，木匠我们大队也有，工分由大队给他们计分。不过，药品问题也由你们自筹。你们看怎么样？"三人一听，非常高兴，想想这办卫生室可就指日可待了。

于是，三人进行分工合作。首先，每人做一套桌椅板凳。桌椅各自办公用，板凳为病人候诊用。至于药品嘛，可先到卫生所赊，药卖了再去以钱领药，等于让卫生所先帮忙铺底上点药品。商量完毕，大家决定立即行动。

说干就干。第二天，办公室的房子也腾了出来。他们也筹到了木科，木工也都带了木工工具，就在这腾出来的房子里开始了桌椅板凳的制作。一切进展得十分顺利。

不几天，东河卫生所知道付世堂在与大队联办卫生室，严肃地批评了付世堂，并责令他速回卫生所。

汪大德与幸福四大队联办卫生室虽给幸福三大队打了招呼，大队也并未阻拦，但因办卫生室耽误了几天生产，生产队长找到大队说："汪大德去办卫生室是想脱离生产。"

大队干部说："管生产队劳动力是你生产队长的事，你看着办。"

这时刚好生产队办了个砖瓦窑厂，窑匠也向队长提过要换徒弟的事。队长一听大队干部的话，就在心中打起了小九九：反正那个汪大德总是不想参加生产队劳动，就让他去窑上，我也不得罪他，由窑匠管他。

汪大德得知消息后也非常烦恼，但还得在生产队挣工分养家糊口，又有什么办法不服从生产队安排呢？汪大德也只好退出联办卫生室。

这一次的联办卫生室就这样不了了之了。

柴胡

第十二章
服从安排窑场学艺

帮生产小队烧窑制砖瓦的高窑匠，是河南人。那时山村人基本都住的茅草房，房顶都是用质量比较好的茅草秆苫成的。如果换成砖墙瓦房，会更结实也更能防风吹雨淋日晒，还安全美观，所以高窑匠在生产队里很受欢迎，队上不但供给高窑匠吃住，还给一定的工钱。高窑匠有什么需要帮忙的地方，队长也是尽量帮忙满足。

高窑匠来生产队不久，队上安排了几个劳动力，把窑场建起来了，另外还给高窑匠安排了个小徒弟，跟着高窑匠学技术。两个月过去了，这小徒弟却啥也没学会。

这高窑匠气得没法，再次找到队长，要求队长给他换个人来学。队长就问高窑匠，想让队上哪个人来换掉这个小徒弟。高窑匠张口就说："我看上了你们队上那个汪大德，我瞧着这娃子勤快，能吃苦下力，人看着也聪明机灵，说话也挺知书达理的，我就想要这个汪大德。"此话正中队长心意，当下一口应允。

　　汪大德来到窑上，见高窑匠十分喜欢自己，还要让自己给他当徒弟，心里也挺高兴，反正都是出力气干活，又能多学个手艺，有什么不好？随后一想，原本我跟师父学医，现在又跑去学窑匠，师父知道了会不会不高兴呢？思来想去，学医是我个人愿望，生产队劳动是生产队的安排，我也不能不服从。只要自己钻心学医，到窑场说不定会有更多机会看书学习，一是有个固定场所，看书写字方便，二是下雨天窑场干不成活，更能抽空学习，只要把医术学好了，总会有用武之地。晴天做瓦坯不能出诊，下雨天可以出诊。白天不能出诊，夜晚总能出诊。世上无难事，只怕有心人。

　　于是，第二天早晨吃了早饭就来到窑上。

　　首先，听高窑匠讲：学窑匠说难也不难，只要人聪明，肯下力，学会和泥、做坯、装窑、看火就行了。汪大德此时方知，烧窑制瓦原来还是挺复杂的，有挖土、和泥、造砖坯、造瓦坯、筑窑、装窑、烧窑、看火等程序。

　　砖坯是用稀泥和麦草混合在一起，用木制的砖模子夯实，再脱出坯框，存放在窑场上，风干后收藏到窑棚里即可。这制砖说来简单，但做瓦坯可不是这么容易。单说这和泥，首先就要挖土、打碎、过筛，浇水把土泡透，再用脚踩，铁锹不停地捣砍和匀，还要干湿适中。太干了泥不相黏，瓦坯做不拢，太湿了做的坯子会立不起来。待泥土稠腻适中了以后，开始用瓦桶子（一种专门用来制瓦坯的工具）制瓦坯桶，并把瓦坯桶整齐地排放在坯场上。到了下午，等瓦坯桶有点干了，就赶紧将瓦坯桶架起来，吹一个晚上，第二天就可以把瓦坯桶磕破成四片瓦坯，收入瓦坯棚中风干，干这活全凭腰功与力气。

　　做了足够的砖瓦坯才能烧窑，一般土窑都是用砖头砌成的。土窑内圆外方，只有四边的墙，也没有顶。土墙两边用沙土堆成较长的斜坡，主要是上窑顶抬砖、瓦坯时用。窑底有三条炉道并行，用来烧柴。窑的南北两头，还各有一个烧火坑，用来观察窑内的火候，火不行了好往里添柴。码砖装瓦也是一门技术活，在窑内把砖坯层层码高，不能倒塌，还要留有四通八达的空隙当作火道，炉子的上面搭出个尖形的拱横，砌成火道，再把瓦坯码好，封顶，压土，在四个角都要留下烟道。

　　烧窑一般是连续进行的，日夜要留人添柴，随时观察窑内的火候，烧到一定的火候时，温度极高。那些砖瓦坯在高温的燃烧下，就都开始自燃，烧得通红，如同炼炉里的钢铁。然后就是保温，把窑的温度逐渐降下来，接着分批出窑，砖瓦就算烧好了。

　　汪大德跟着高窑匠在窑上刚干了半天，吃过中午饭，正准备接着干活，天忽然下起了大雨，本来大家还想着这雨能停，没想到越下越大，转眼间就如瓢泼一般，哗哗地下个不停。那几个干活的人和原来的小徒弟都回去了。高窑匠让汪大德也回去，说完自己就走了。

　　汪大德看了看空荡荡的窑棚，心里想着，这做瓦坯看上去倒也不怎么难，不如我自己来试着做做。做坏了大不了毁了泥巴重新来，除了损失一把子力气，又不损失别的什么，反正我有的是力气。

　　想到这里，汪大德一个人就开始模仿着高窑匠做瓦坯的技巧，学着做瓦坯。反正和好的泥一大堆，又有做瓦坯的瓦桶子，上午看了一上午，程序心里也明白，于是就开干起来。

才开始做了十来个，也不知怎么搞的，明明就是和高窑匠一样的做法，怎么到了自己手里偏就不行了，后来又做了十来个瓦坯，但没有棱角，还歪歪扭扭的。汪大德一边做一边在心里想是什么原因，一边琢磨一边改进。他忽然发现，除了那十来个不行，后来做的这些瓦坯居然有模有样，他把自己做的瓦坯拿了去和高窑匠做的相比，居然分不出高低。当下心中极其喜欢，把那十余个毁了，又重新做过。做好的瓦坯他放得整整齐齐。越做越有经验，越做越来劲。

等他忽然觉得腰疼得有些站不住的时候，才发现雨不知何时停了，天也不知何时黑了。当他的目光扫过窑棚内一大片整整齐齐的瓦坯时，高兴地笑了。原来很多事是看着难，只要肯钻研，就没有学不会的呀！可见学医也一定如此。如果我在以后的学医道路上，不怕苦，肯学习，哪怕一天只进步一点点儿，日积月累，医术一定也能像师父那样高超。想到谭元甫师父，那个慈祥、严肃对自己如同父亲一般的老人，他的心中感到无比温暖。

第二天，人们一大早来到窑上，高窑匠看着一大片整齐漂亮的瓦坯，惊讶得张大了嘴巴，不敢相信自己的眼睛。高窑匠记得自己走时只剩下汪大德没走，就难以置信地问道："这地上的瓦坯，是你做的？"汪大德看到高窑匠一脸的不可思议，不禁心中暗觉好笑，于是羞涩地点点头。

高窑匠激动地拍拍汪大德的肩膀："你娃子真了不得！做啥像啥！以后肯定能成个人物！我果然没看错人！"说完哈哈大笑起来。后来就由汪大德天天做瓦坯子。一天，幸福四大队的董窑匠来到窑场（高窑匠、董窑匠都是河南人，两人既是老乡又是朋友），他对高窑匠说："你的徒弟瓦坯做得特漂亮。"高窑匠说："他做得不仅漂亮，还做得快呢，一天能做八百多个瓦桶子，比我的速度还要快。"两个窑匠师傅交口称赞。

每次瓦坯做够一窑了，便会烧窑。汪大德听别人说："你学做瓦坯那是看得见的活，一学就会。可烧窑看火候那就有诀窍了。师傅一般是不教人的，往往师傅趁徒弟不在，他把窑上的火就调整了，你是不知道的。"

汪大德心想，既如此，就得把师傅跟紧，寸步不离才行。

在筑窑时，他看着高窑匠选址，建窑。他把规格大小一一牢记在心。装窑时，师傅和汪大德各装一半。他看着师傅的手法，同时也谦虚地请教，师傅也不时地对他进行指导。汪大德生怕自己装得不好，把窑烧坏了，负不起责任。

窑装好了，点火了。这时汪大德就一刻也不离开高窑匠。虽然师傅对他诚心，但汪大德仍怕错过了某个重要环节。就这样，他跟着高窑匠同吃同睡。夜里睡觉，他也时刻保持警惕，生怕高窑匠趁他睡着了，起来去把窑上的火给调整了。就连高窑匠上厕所，他也一起跟着，形影不离。

就这样，直到闭窑，汪大德才算松了一口气。在短短的一周时间，汪大德就学会了烧窑的全套手艺。后来开窑一看，瓦质非常好，全青瓦，高窑匠和生产队的人都十分高兴，汪大德也十分兴奋。

虽然在窑上做活比生产队要辛苦得多，但这并不影响汪大德读书学习，为病人出诊。汪大德时常觉得又学会了一门技术，说不定以后还能派上用场呢，心中也自是欢喜。

在窑场学艺时，汪大德每天坚持读书、抄书、背书，一有人来请他看病，他总要抽时间前去出诊。他一腔热情，虽未办成卫生室，但并未灰心，同时他还暗暗下定决心：首先还是要学好医术，总有办成卫生室的那一天。他知道这是队长在摆调他，把他安排到窑场上。学窑匠虽不是他的本意，但他想，既已安排到窑场上，就要好好干，要干一行爱一行，做一行像一行，不让别人看笑话，不让别人看不起。

但过了没多久，汪大德被抽到大队担任学习毛主席著作宣传队的宣讲员了，就此结束了烧窑的经历。后来，高窑匠也不知什么原因离开了生产队。队上的窑场便从此停办了。

车前草

第十三章
积极分子初次进城

　　1966 年 5 月底，全国掀起了学习毛主席著作的热潮。汪大德也积极投身于学习毛主席著作的热潮中。他熟读并背诵了《毛主席语录一百条》和《老三篇》，并结合实际搞好毛主席著作宣讲工作，参加生产队劳动，时常在劳动结束后的夜间义务出诊，对病人极其负责，对医术精益求精，真正做到了全心全意为人民服务。汪大德的出色表现，受到了当地老百姓的普遍认可，加之他经常在粟谷区或东河公社的大会上发言，因而受到各级领导的欣赏和关注。1966 年冬，经东河公社武装部长高光才、粟谷区武装部长张国友推荐，汪大德作为粟谷区民兵学习毛主席著作积极分子，去参加谷城县民兵学习毛主席著作积极分子代表大会。

　　1966 年阴历冬月二十二，是汪父的生日。说是生日，却也还是和平常一样过。刚吃过晚饭，家里就接到大队通知，说是让汪大德第二天去谷城县人民武装部参加全县学习毛主席著作民兵积极分子代表大会。

听说要去县城开会，一家人也都十分高兴。能去县城开开眼，还是以积极分子的身份，这在家人的心目中，简直就是无上的光荣，是多少人梦寐以求的事。母亲忽然想起一件事，急急忙忙地走到里屋开始忙活起来。原来，她生怕儿子出远门饿着，在里屋忙着给汪大德准备二十斤苞谷，好让他第二天一大早到东河的粮管所去兑换支拨。

当年阴历冬月二十三的这一天，年仅十九岁的汪大德，天不亮就背着二十斤苞谷出了门。

为什么出门要背苞谷，什么又是"支拨"呢？

原来，早从 1954 年开始，国家对粮、油、肉、糖、蛋、布、棉花等物质实行统购统销，凭票购买。国家职工外出就餐，每餐交半斤粮票。社员按年龄定量，成人每月三十斤口粮，小孩从九斤到十几二十斤不等。如因开会或因公外出携带粮食不便，可到当地粮管所以粮食换"支拨"到指定的会议地点交"支拨"就餐。如因公外出没有固定的地点，可凭政府部门证明以"支拨"兑换全国或全省流通的粮票，方可凭粮票在外地就餐。

汪大德背着二十斤粮食，一路疾行，来到东河粮管所时，天刚蒙蒙亮，粮管所有个工作人员也才刚刚起床，一看来了个兑换"支拨"的，也没多问，脸也没顾得洗，就连忙帮他称苞谷兑换"支拨"。

汪大德把"支拨"在怀里揣好，就急急忙忙地向城里赶去。冬日的清晨，山风袭人，脸被冷风吹着，感到像有一片片细薄的刀片轻轻地划割着脸上的皮肤，但他毫不在意。因常年在农村劳动或夜间出诊，他经受的风雨寒暑实在是太多了。

　　汪大德走在这寂寞的山中道路上，没有别的行人。他急急地行走着，仿佛幸福就在前方，他每向前走一步，就感到与幸福更近一些。他想起了年少时二哥经常对他讲起的一件事：1952年大屋场土改时，县里一个叫熊子勋的秘书，曾向二哥许愿，将来有机会，一定带他去县城玩。那个熊秘书说了，县城里可热闹了，想买啥就去店铺，想看戏就去戏院，想看病就有医生。县城里有药铺和诊所，可方便了。可惜熊秘书土改工作完了就回县城了，临走时还约二哥去他那里玩，到时带二哥去逛县城。

　　如今，二哥去世了，再也没有机会去他向往的县城里看一眼了，可是，自己却能代二哥走这一趟。这不是自己独自去参加会议，冥冥之中，他仿佛觉着也同时是替二哥完成一个未尽的心愿。熊秘书口中那个热闹的县城，究竟是个什么样子？他一路胡思乱想着，只顾着埋头往前赶，恨不得三步两步就赶到县城。

　　大约走了有两个时辰的样子，天方才大亮，路上也出现了稀稀落落的行人。有早起的鸟儿在林间树梢轻唱，山风阵阵，空气格外的新鲜。汪大德走了这半天，却不觉冷，心里也热乎乎的。

　　他想，自己第一次出远门，这县城又不知还有多远，也不知道个准时间，万一误了可怎么办？自己须得加快速度才行。怎么才能让自己步行的速度加快呢？他望了望路上的行人，灵机一动：就把这前面的每一个行人当成自己要追赶的目标吧。

想到这里，他加快步伐，很快追上了前面一个人的背影，并加快速度超越了这人。他只顾急匆匆地走着，旁边的人却忍不住疑惑瞅了他一眼，不明白这个两手空空的年轻人，走得这么急是为了什么。

不一会儿，汪大德便把不少走在自己前面的路人都远远地抛在了身后。

当他赶到县城时，太阳还有一竿子高，整个县城也笼罩在一片金色的光辉中。街上人来人往，很是热闹，街道两旁还有一些小店铺。

汪大德正看得入神，忽然想起莫误了时间，也不知道此时是几点几分了，于是他忙向人打听到谷城县人民武装部的地址，有人告诉他就在城内街原簧学处，于是忙找了过去。

簧学是以前的老学校，它坐北朝南，主殿两边有着二十余间单独的小房间，前边一座五余亩大的院子，院子的中间是半亩荷花池。因此时正值寒冬，荷花池里一片萧索景象。荷花池的中间架起了一座状元桥。簧学的大门朝西方开，出门就是十字大街。在大门上挂了一个用毛笔写的木牌子，上面写着"谷城县人民武装部"的字样。门前那站着笔直的两个军人，连忙挡住汪大德的去路："你有啥事？你找谁？"汪大德忙道："请问，到人民武装部开学习毛主席著作积极分子代表会是在这里吗？"其中一个军人回答道："是！"然后允许汪大德进去。

汪大德走进去，一看，正好有个值班人在座。值班人问："你是哪个区的代表，叫什么名字？"汪大德回答："我是粟谷区的，我叫汪大德。"汪大德一看室内仅一个值班人，未见其他参会的人。值班人说："你先坐，我去叫首长。"汪大德坐在凳子上后，浑身像散了架一样，但还是鼓足勇气，端端正正地坐着。

　　只见值班人走到里面一间办公室门前说道："报告首长，有人见！"里面应声走出一位四十岁左右的军人，五官端正，中等身材。只见他头戴五星军帽，身穿一套军绿色呢子军装，脚穿军用黑色皮鞋。他径直走向汪大德，面带微笑，温和地问道："小伙子，你从哪个区来的？叫啥名字？今年多大了？"

　　汪大德答道："我是从粟谷区来的，我叫汪大德，现年19岁。"这人微笑道："你真不简单！从大山区跋山涉水步行一百多里来到县城，参加学毛选积极分子大会，一般的年轻人可吃不了这个苦。"然后便自我介绍道："我是县武装部政委王利华。现在天色已晚，你人生地不熟的，今天又是星期天，机关食堂也没开火，你就在我家吃晚饭吧。你在这办公室先休息一会儿，待饭好了我让孩子过来接你吃晚饭。你看行吗？"汪大德见王政委如此和蔼可亲，心中对他顿生好感，于是点头答："那不好意思，太打扰你了。"王政委指着后面的一平房道："小汪，那就是我的家，我先回去做晚饭，你随后就来。"正要跨出门槛，又反身问道："小汪，今晚上咱们吃肉丝面好不好？"汪大德听王政委这一问，心里一惊：什么叫肉丝面，肉丝面是啥样的？我可是从来没听过也从来没见过，更别说吃了，但又不能让人家王政委觉得自己这个山里人是个没见过世面的人，于是腼腆地点头笑道："行啊，麻烦王政委了，您先回，我这就来。"王政委笑着去了。

汪大德意欲起身礼送，身子却不听使唤，根本动不得。他使劲挣了挣，手撑着两条大腿往起站，还是不能动。这是怎么回事啊，他大惊失色。忽而想起：有可能是自己今天走了一天的路没有歇息，太过劳累所致。于是休息了片刻，再试着往起站，站不起就继续歇了一会，并用双手轻轻捶打着自己不听话的双腿，如此折腾了约有半个小时，方才能扶着墙站起身。

他刚站起来，忽然看到窗外有个小女孩的脑袋晃了一眼，心中正纳闷，却见那小女孩走进屋来，脆声对汪大德道："汪叔叔，我爸让我过来喊您去我家吃饭！你快过来哟！"汪大德答应一声，那小女孩蹦蹦跳跳地回去了，头上的两个羊角小辫也跟着一晃一晃的。

汪大德这才一步三挪慢慢地到了王政委家里。

汪大德走进堂屋一看，王政委住的屋子也不宽敞。里面摆放着一个小方桌，几把椅子和一个小柜子，小柜子上放着一个时钟。

汪大德看了看柜子上的钟，在心里算了算时间和路程，方才惊诧地发现，自己在将近十个小时的时间里面，居然步行了一百六十五里。

这时，王政委的夫人连忙打来了一盆热水，里面放着毛巾，让汪大德洗脸吃饭。等他洗完脸，便看到小方桌上，已放好了王夫人端出来的三碗冒着热气的面条。面条里放了肉丝和香油。油珠浮在面汤上，有一层诱人的金黄色，几片嫩绿的菠菜叶和一撮葱花与雪白的面条交相辉映，一种销魂蚀骨的香味扑面而来，汪大德立刻感到自己有了一种前所未有的饥饿感。

王政委把盛放最多的一碗面条推到汪大德面前，笑着说："别客气，我孩子已吃过了，今晚上就我们三个人吃饭。没炒什么菜，将就着吃碗面，小汪莫见怪。"汪大德连忙感激地说："给你们添麻烦了，这就好，这就好。"

吃完饭，王夫人起身捡碗去厨房洗。忽然听她"哎呀"一声，复又坐了下来，两手扶着腰，一脸痛苦的表情。

汪大德一见，知道这王夫人是一时站起得急，闪了腰。汪大德连忙站起来走到王夫人身边，小心地问道："王夫人可是闪了腰？你先别动，我随身带了银针，给你扎扎针行吗？"

王夫人以前也闪过一次腰，她曾三番五次到县医院吃药按摩，可总也不见好转。此时听汪大德如此说，心中倒有些动心，却又不太相信眼前这个毛头小伙子，万一他扎不好，倒把自己扎得更疼了，那岂不是自己没事找事？可要说不扎吧，又驳了这小伙子的面子。

正自为难，只听王政委笑道："你别看人家小汪年轻，那治病的本事可不小，我常听武装部的姜筱锐副政委他们夸他呢。你不妨试一试。"因工作关系，王政委和武装部的姜筱锐算得上是工作上的老搭档了。

王夫人听王政委这么一说，就忍着疼点头同意了。

汪大德让王夫人慢慢起身，趴在床上，用手在她腿弯处按摩了一会儿，又用银针在腿弯处各自扎了一针。然后对王夫人说："过一会儿就没事了。医书上有句歌诀叫腰背委中求，说的就是腰腿疼的病人，扎针时要扎委中穴。这个委中穴就在腿弯的正中间。"王夫人听他如此说，心想这小伙子倒不是乱来，人家是有根据的呢，顿时放下心来。随后，汪大德又给她扎了手背处的腰痛穴。

过了一会儿，汪大德取了针，示意王夫人起身。王夫人下了床，双手扶腰，扭了扭，高兴地说："小汪，你有两下子哎！我这腰还真不疼了！"王政委在一旁也高兴地说："小汪，不错不错！只要好好干，一定有前途！"

第二天，各个区的、县直的、工业部门、农业部门、林业部门等来了有几十人，主持会议的看人差不多来齐了，宣布会议开始。王政委首先做了简短的报告，然后由各个代表上去发言。

各代表上去，大多讲述的是如何成为学习毛主席著作的积极分子，自己又是怎么成长起来的，学习了毛主席著作有什么感想，比以前有什么进步，又如何提高了自身的思想觉悟、如何活学活用毛主席著作等等。

这三四十人轮番发表演讲。有的人拿着稿子照着生硬地念一遍；有的人没拿稿子的却神情慌张、词不达意；更有甚者，因为紧张而导致结结巴巴；还有的人讲到一半忽然忘了台词；也有人发言东扯西拉不慌不忙却又没说到正经点上的；也有人高谈阔论、不结合实际大吹大擂的。总之人人都要发言。

轮到汪大德发言，历经会场锻炼而又思维敏捷的他，因之前就在小公社学习毛主席著作宣讲团多次做过演讲，因此他的演说显得淡定从容，一点儿也不怯场。他不仅条理分明、言语清晰，而且声音洪亮，中气十足，加之又长得英俊潇洒，越发显得文质彬彬风度不凡。在满屋与会人群中，立马给人一种鹤立鸡群的感觉。他重点提到了山区人缺医少药的窘境，这一点引起了其他贫困地区代表们的极大共鸣。所以，他话音刚落，整个会场都响起了热烈的掌声，王政委也不停地为他鼓掌，旁边的几位领导也微笑着冲汪大德频频点头。

此次会议历经两三天方才结束，又要从农村代表中推选三人去襄阳军分区参加"民兵学习毛主席著作积极分子代表会"。大家首推汪大德，另外又选了两人，一个叫陈桂枝，一个叫王华堂的，由人民武装部领导带队，还有驻军代表、人武部代表、驻军家属代表一共七人，去出席襄阳军分区为期九天的会议。

七人结伴前往，坐公共汽车来到了襄阳。中午住在省一建新建的一栋四层楼的楼房里。那时二层楼房都极其少见，所以眼前的楼房吸引了汪大德的目光。他在心中暗想："这楼房盖得这么高，要是倒了可咋办？"又怕说出口不对，反惹得别人笑话，就没作声。却听到别人也和他一样，初见高楼，不由得也都是议论纷纷："这工人可真胆大，敢盖四层楼房，这要是塌了，咋得了？再说，他们也不怕这么多层房子把地基压坏了，房子要是陷下去了可咋办？"也有人说："这是地质队勘测好了的，为什么不在别处盖，别处地基承受不起，就这儿行。"其他人听了也都将信将疑。

一路风光不提，到了襄阳。感到襄阳比起谷城，又气派了许多。接待规格也高了：住的是新房子，盖的是新被子，屋子宽敞又明亮。大伙儿真是高兴极了。

中午进餐时，汪大德发现餐厅很大，能摆一二十桌酒席。里面已经摆好了十余桌，清一色的红方桌，红独凳。桌上摆的是八大盘，有荤有素有汤，还有米饭，有面条、馍馍和包子，愿吃啥就吃啥。要知道，以当年的生活水平，眼前的这一切，对普通人尤其是从大山里出来的人来说，简直是不可思议。

吃饭时有领导讲："下午自由活动，各县带队的做好安排，这次会议就在这儿就餐。请各位按时作息，明天上午八点正式开会。会址在军分区礼堂，请按时到会。"

汪大德下午就在城区里就近活动，按时回去吃了晚餐，晚餐和午餐一样丰盛。晚餐后各自回去就寝。

第二天一早，大伙儿又来到了餐厅吃早餐。早餐也有七八个菜，有馍馍、包子、油条、稀饭、饺子、面条，仍是各取所需，吃饱就好。他看到了一种黑黑咸咸的菜，不知是何物，尝了一点，居然满口生香，这时，旁边有人说道："我就爱咱们襄阳的大头菜，莫看它不好看，就着稀饭吃着它，却是舒服得很。要不，怎么算得上是咱全襄阳都有名呢？"汪大德好奇地问："哎呀，这名字可真怪，怎么叫个大头菜？"那人胃口好，谈兴大发道："说起大头菜，可有一番来历。相传，其本为山野之物，具有两千多年的种植史。三国时期，因蜀军长年征战，士兵苦于吃不到下饭的菜，军师诸葛亮灵机一动，将他在襄阳隐居时的芥菜进行腌制。这就是现在襄阳大头菜的来历。"汪大德笑着点头。他想：上学时听一位老师说过，诸葛亮曾在襄阳的古隆中隐居过。汪大德做梦也想不到，自己居然也能来到诸葛亮曾经生活的地方，不禁感到兴奋不已。

吃完早餐后大家排好队，前往军分区礼堂开会。上午听襄阳军分区蔡德清政委作政治报告，主要讲了国际国内形势，又讲了全国学习毛主席著作活学活用的典型人物或事例，最后又讲了襄阳的大好形势，同时也提出了要求，要如何紧跟毛主席伟大战略部署等等，对与会的民兵学习毛主席著作积极分子进行了表彰。下午又聆听了襄阳地区其他领导所作的政治报告。

第二天，分县学习讨论。第三天，即是1967年的元旦To元旦休息一天。这一天，伙食特别丰盛，饭菜又增加了许多花样。每桌还放了一瓶普通白酒。那年头饮酒很稀奇，领导还为庆元旦，在餐厅发表了演讲，说希望大家热热闹闹地过好元旦。

1月2日会议继续，由各县推选出大会发言人，在军分区礼堂进行大会交流。发言人有军代表、军人家属代表和民兵代表。汪大德以谷城县民兵代表身份在大会上作了发言。大会发言进行了两天，会上由襄阳报社邀请每县一名代表去报社参加座谈会，座谈的主题是"如何面向社会、面向工农兵办报，如何突出政治"等，并请代表们提出意见和建议。

汪大德被推选为谷城县代表，于次日前往襄阳报社参加座谈会，受到报社领导热情接待，报社并授予各县派的代表为襄阳报社通讯员。座谈会为期一天，晚餐后回到原会场住所。最后一天是军分区领导作总结报告。

本次历经了谷城县武装部民兵学习毛主席著作积极代表会，被推荐参加襄阳军分区民兵学习毛主席著作积极分子代表会，并在会上代表谷城组在大会上发言，又被襄阳报社邀请参加座谈会，成为襄阳报社通讯员，是汪大德一生中最难忘的记忆。

这长达半个月的会议，尤其领导们的讲话，令汪大德开阔了眼界，也学到了很多知识，最后还获颁最心爱的毛主席纪念章和毛主席著作精装本。汪大德觉得实在是受益匪浅，不虚此行。

会议上别人具体讲了啥，自己又讲了啥，因为年代久远，大多记不起了。唯有那些天神仙般的生活，在汪大德的记忆里永远是那样的鲜活如初。对于把玉米棒儿当主食的他来说，第一次吃到这么多的美味，真是何其满足。他甚至在想：以后的有生之年，不知还有没有今日这样的口福？生在这城里的人，果然就是生活在天堂啊！天堂只怕也没这么多好吃的呢！他又想到，不知家乡的人何时才能过上这样的好生活，如果能，便是一生不出大山也无遗憾了。如果今后全国的人都能过上这样的生活，又该有多好呀！

会后回到粟谷区，汪大德给区武装部长张国友作了详细汇报，并谈了个人体会。汪大德谦虚地说："荣誉是大家的，任务却是任重而道远的。只要我们大家共同努力，克服眼前的困难，将来我们山区一定也能过上县城人那样幸福的生活！"

从襄阳归来，汪大德就有了更大的荣誉。不久，中共襄阳地委书记特致电粟谷区政府表扬了汪大德，说这小伙子提出的山区就医条件差的问题，上级领导一定会重视。
随后，有好消息传来：鉴于山区人民缺医少药的情况，军分区将马上派出由医生和教授专家组成的医疗队，到汪大德的家乡送医送药，并指定让汪大德给他们做好向导工作。

　　没多久，0245 部队和某医科大学的师生所派驻的医疗队便入驻东河卫生所。汪大德开始和这些人整天在一起，他热心地为医疗队做好向导。医疗队的许多人也和他成了朋友，教会了他许多病症的治疗方法，特别有一位针灸很高明的部队军医高教授，不但教了他新针疗法、快速进针法、提插捻转法，还送了他几本针灸方面的专业书籍，有《针灸学基础》《针刺手法一百种》《中医针灸大全》等。

　　此后，汪大德参加粟谷区、东河公社各级政务会议多了，参加生产队劳动相对少了些，但他仍旧免费为社员们看病，日夜忙碌，认识汪大德的人也都对他更加敬重。

刺五加

第十四章
医治患儿感动领导

医疗队走后，汪大德又拿起了老军医送的针灸书籍，一头扎入对针灸的学习中。他想着师父谭元甫常说的医无止境的话，拿出了当初背中药书的劲头儿，用心地看起针灸书来。他想多学点医学知识，这对自己将来的行医生涯，总是好的。

20世纪50年代，粟谷区里已经办起了卫生院，各个小公社办起了卫生所，60年代各个大队办卫生室。

汪大德原本认为：自打从1965年经师父考试准予出师，一直以来，自己以生产劳动为主，劳动之余和夜晚义务行医，所付出的努力，人们应是有目共睹的。能在幸福三大队办个卫生室，方便大家看病，这本是一件顺理成章的好事，没想到，总是事与愿违，领导不同意。

汪大德想，既然领导不同意，那就去找领导说说好话。当时说话最当事的领导是大队书记。于是，他一次又一次去找大队书记，大队书记说："现在条件差，大队里也没有房子，再说也没有资金。如今，社员们连饭都没有吃得，哪有闲心办什么卫生室！人不吃药得过，不吃饭可不行！"就这样，大队总是一拖再拖。

事情终于有了转机，是缘于大队书记儿子的一次意外事故。

1968年冬末的一天，大队书记年近十岁的儿子小宝，吃了早饭去学校。因为天气奇冷，小宝的母亲就让他带了一个火笼缸。上了些年纪的人都知道这个，就是有个提手，用陶瓷或是泥巴烧制的，有如饭钵大小，小巧玲珑，下面放一半锯末或是未着的火炭什么的，上面则是灶口里烧过的明火炭，明火慢慢渗透，又不至于烧得太快，准备一次能管半天或一天，用来取暖。

说是个火笼缸，但这玩意儿在当时，那也是身份和权力的象征，家贫的小伙伴们可是万万用不起的。

小宝提着热乎乎的火笼缸，和几个小伙伴一起去学校。

去学校有一个必经之路，是一个大山坡。山上树木很多，夏日里郁郁葱葱，遮天蔽日，可到了冬天，便一派枯黄，地上也积起了一层厚厚的树叶子。几个小伙伴一路有说有笑地向学校走去。

走在离家不远的山坡上，小宝忽然抓了把树叶子放在火笼缸里。风一吹，当即燃出了火苗，惊慌失措之下，小宝滑了一跤。火笼缸里的火立刻引着了小宝身上的衣衫，转眼烧伤了皮肉，小宝疼得哇哇大哭起来。同伴们连忙帮他灭了火，并大声呼叫小宝的父母。等小宝的父母来到，一见刚刚还活蹦乱跳的儿子身上转眼被烧成了这副模样，小宝妈顿时哭得死去活来。

　　两人迅速把儿子抱回家，书记立刻让人去请相熟的诊所张医生为小宝疗伤。张医生来一看，小宝的右手和右腿，伤得尤其严重，一大块一大块的皮肤完全破溃，惨不忍睹。小宝也一声接一声地惨叫，书记和媳妇听到宝贝儿子的叫唤，心如刀绞，只盼张医生妙手回春，能快快帮儿子止住疼痛治好烧伤。

　　却见张医生把随身携带的药箱打开，来来回回翻腾了半天，竟不知从哪里开始下手治疗。书记原与张医生相熟，平时有点头疼脑热的也都爱找他，所以小宝烧伤后立马就想到张医生。原本满怀希望能由他之手，尽快为自己的宝贝儿子治伤，此刻见张医生折腾了半天，脸色尴尬，毫无头绪，不由得气上心头。正要指责张医生两句，张医生却说道："书记，小宝这烧伤实在严重，我们这小诊所的药又不全，依我想，还是尽快送到粟谷卫生院住院为好，如果耽搁了病情，可了不得！"

　　小宝妈原被小宝的哭叫弄得心烦意乱，此刻听张医生如此一说，顿时又急又气，不禁落下泪来，没好气地说："你好歹也是个医生，这烧伤你先给他消个炎止个痛也好，怎么张口就让我们送粟谷卫生院？不说这小宝疼得哇哇大叫熬煎人，就说这天高地远路又难走，我家小宝可怎么挨得了那么远的路程？"张医生见书记媳妇动了气，立马闭口不言，手足无措地站在一边，直恨这地下没个地缝，不能钻了进去。书记想了想，问媳妇："送卫生院太远，确实也来不及，不如去找汪大德看怎么样？"小宝妈一听，忙擦眼泪："哎呀，这咋好去找人家？人家早就说想办个卫生室，你就是不松口，人家心里怎么想？唉！管不了这么多了！我这就去喊他来！"说完，不满地望了张医生一眼，起身就往外走去。张医生十分难为情，连忙灰溜溜地走了。

小宝妈把汪大德喊到家中。汪大德一见孩子腰部、屁股、大腿、手、足多处烧得如此严重，不禁感到心惊，于是细心地为其诊治。

可他药箱里也没有治疗烧伤的药，情急之下他想起了一个民间土办法。他问书记："你家有没有蜂蜜和香油？"书记说："两样都有。"汪大德连忙说快快找来。他接过小宝妈递过来的蜂蜜和香油，按比例调和后，用鸭毛蘸敷在小宝的烧伤处。

小宝火辣辣的患处顿时感到一种舒适的清凉，先前的惨叫马上变为了轻声的呻吟。小宝妈一见，顿时安心不少。过得三两日的光景，小宝已不再连声叫唤，皮肤溃烂处也在慢慢结痂。为了防止感染，汪大德又为小宝开了清热泻火的中药，嘱咐小宝妈每日为他煎服。

其实，大队书记也知道汪大德为了办卫生室一再去找他的事情。可在大队书记心里，抓生产才是头等大事。汪大德找他汇报上级开会精神，详述各个大队都要办卫生室的事，但在他心里却认为吃饭比看病更重要。

汪大德来家里给儿子治烧伤，大队书记心想，这是他应尽的义务，再说他不还求着我想办卫生室嘛？我也不用多搭理他。要是看得好，这办卫生室的事还可以商量，要是看得不好……

所以，每当自家女人见汪大德来给儿子治病，都是热情地打招呼，书记却仍是满不在乎，心情好的时候冲汪大德点点头，心情不好，装没看见，拉个脸子只顾做自己的事。

汪大德心中明白，在这大队书记的眼里，抓生产是大事，自己一个小小的赤脚医生，没资格和他们谈论工作上的事。

虽见书记如此冷淡，汪大德并不在意，他想不管怎样，治病救人是医生的天职，小宝的烧伤无论如何我也要帮他治好。所以他照样每天细心地为书记儿子疗伤治病。

大队书记的爱搭不理，汪大德可以理解。他私下想：只要自己以诚待人，总有那精诚所至金石为开的一天。我对所有的病人一视同仁，既不嫌贫也不妒富，只要看好他们的病，做好我应尽的工作，我就问心无愧了。至于别人如何评我待我，那是人家的事，我只需做好自己就是。今天他对我如此冷淡，如果我把他儿子的病看好，也许他就会改变看法。我何必与他斤斤计较呢？他越对我冷淡，我越用十二分的热情来对他们。我就不信，人心都是肉长的，将心比心，他还会永远对我如此？古人常有以德报怨的诸多故事，今日我也如此，也算是向古人学习了。

的确，一个人想要成就一番事业，做一个与众不同的人，就应该有博大的胸襟，异于常人的气度。

就这样，汪大德无论多忙，每天都抽时间来书记家为他的病儿诊治，换药。孩子的病情从严重烧伤到渐渐痊愈，转眼时间已有月余。书记眼见着自己的宝贝儿子一天天恢复健康，对汪大德的看法早就发生了天翻地覆的改变，但面子上一时不好意思急转弯儿。

这一天，汪大德又给小宝检查，然后开药方。大队书记亲自泡了一杯茶，端过来递给汪大德笑着说："汪医生，这么些天，麻烦你天天朝我家跑，真是难为你了。"汪大德见书记一改往日的大大咧咧和冷淡，不但亲自泡茶，还和自己拉起家常来，明白书记的心被自己的行动感化了。他笑着说："做医生的，一心只想让病人恢复健康，哪里会想到麻烦不麻烦呢？"

书记拉把椅子在汪大德面前坐下，又问道："早就听说你跟着谭元甫学医，你这也算是自学成才啊！那谭医师可是个人物，名师出高徒，你的本领自然也不在话下。我只知道中医常说什么望闻问切，不知这四个字有什么讲究没有？"

汪大德心想，这书记的问话莫非是想考考我？当下神态自若，张口答道："说到中医，那可是极其渊博，我如今只能算是会点皮毛。我师父才算得上有真本领。这望闻问切四个字，是古人总结出来的。望是用眼对病人的神、色、形、态、舌以及分泌物，排泄物的色质等进行观察，以测定患者病之深浅；闻是用嗅觉和听觉，闻其味，听其声，以辨病人的气息和寒热虚实；问是通过询问了解病之起因、经过，问病是诊病之要领，临症之首务；切就是人们常说的号脉，以了解病人邪之盛衰，脏腑病变之所在，阴阳表里之所辨要根据四诊搜集的资料进行综合分析、判断，才能决断病之脏腑、经络、部位、性质。分清了这些，了解了病因病机，才能给病人开药方。这药方万万马虎不得，有些药的分量也有严格的要求，人常说是药三分毒，药能救人，却也能害人性命，所以多一分少一厘也都是要不得的。"书记听到汪大德不仅尊师重道，并且谦虚谨慎，又将这医理说得通俗易懂，心里不由得对汪大德刮目相看。交谈良久，汪大德方才脱身离去。

汪大德想：这大队书记和我一番交谈后，好像脸色和缓了许多。也不知他会不会改变以前"药可不吃，饭不可不吃"的想法，同意我办卫生室呢？

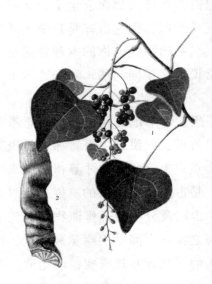

粉防己

第十五章
日夜奋战建卫生室

这一天，汪大德从大队长家门前过。大队长老远看见他，不停地向他招手。汪大德心中纳闷，这大队长从来不曾如此热情地招呼过自己，今天这样，莫不是家中有人生病？于是走进去。

大队长对汪大德说："汪医生，恭喜你，大队批准你办卫生室了，你准备准备吧！"汪大德心想，这里面肯定有大队书记的功劳。于是对大队长道："这可太好了，感谢你们的关心，这得首先考虑房子的事，有了房子就好办了。"大队长道："房子的事我们正在考虑，你先做好思想准备吧。房子的事定下来了我再通知你！"汪大德一听到这样的好消息，心中不知有多高兴，连忙加快步子向家走去，他要把这好消息告诉家人，大家也都一直为这事悬着心呢，如今，总算有眉目了！

隔天，大队长对汪大德说："大队开会讨论了，就将办公室前面郭清文的两间房子腾出来，你看行吗？"汪大德知道，这办公室的房子，原来是大地主的四合院子。办公室在正屋，郭清文住的是大厅东头一间和一间厢房。这样好是好，可那郭清文咋办？想到此，他就问道："郭清文住哪儿？"大队长说："由大队安排，叫他搬到六组那儿去住，房子由大队落实，你就别操心了。"汪大德一听此话，连忙高兴地道："有房就好。卫生室若和大队办公室安排在一块儿，人们来看个病也挺方便，挺好。那郭清文什么时候搬走？"大队长说："我这就去做他的工作。"

又过了两天，郭清文搬走了。大队长把汪大德叫来说："对了，还安排了大队的社员余贵启给你打下手，帮你把卫生室办起来，要干啥活，由你安排就行。这办大队卫生室的事儿就由你负责，办起了卫生室也方便了大队的社员，有啥需要，你尽管提！"汪大德连忙冲大队长说了好几声谢谢。

自打说把大队办公室院里郭清文的两间房子做卫生室，汪大德就高兴得走路都脚下生风，眼瞅着都到年关了，能在年里头把这卫生室办起来，开春就能投入使用，这该多好。

久久盼望的卫生室，终于有了着落，汪大德想不负众望，同时也不辜负大队领导一片好心，尽快把大队卫生室办好，一来好好为社员们看病，二来做好疾病的预防及宣传工作。

眼前的这两间房子，据说有上百年的历史。虽然破旧，建得却十分结实。汪大德想看看里面的情况，于是抬腿向屋内走去，没走两步，被地上一堆乱板子绊了一下，他低头一看，原来是个红薯窖，上面用几块乱板子胡乱盖着。红薯窖直径有一米开外，目测有两三米深的样子。地上也

一个坑一个洼的。一抬头，映入眼帘的便是房顶上和四周
墙壁上几个大大小小的窟窿，还有几处七零八落的蜘蛛网。
靠大厅一方连堵墙也没有，是用一排木棍夹起来作隔墙的。
屋子一角还有一个烤火的火笼，又大又深。在另一角，还
有个大灶台，用来切菜做饭用的案板连着墙壁，楼板也被
油烟熏得结了寸把厚的扬尘灰。

　　汪大德看了屋里屋外的情况，心里便有了打算：首先，
红薯窖要填平夯实，地上的坑坑洼洼必用三合土做成地面；
其次，这墙上和楼板上的油垢得想法子清除，墙上的破洞
得补上，房顶也需修缮。他望了望空荡荡的屋子，心中又
想：对了，我再在这大厅砌一道墙，外面当作病人的等候
区，里面好放药柜、给人检查病情，这男女老少病情不一，
检查多有不便，隔一下最好。

　　心中有了计划，汪大德就直接去找了余贵启。余贵启
一听办卫生室，加之大队上的干部也提前给他打了招呼，
又给他多记工分，挺高兴。两人商量好第二天开始修整房屋。

　　第二天，天没亮，汪大德就拿着铁锹、挑着筐来到了
大队部。他到旁边的山坡找了个好挖土的位置，便开始一
锹一锹地往筐里上土。等他挑了五六筐的时候，天方麻麻
亮。这时，余贵启也拿着铁锹，挑着筐来了。余贵启一见
汪大德早来了，又听他说挑了几趟了，不由得对汪大德说：
"汪医生，你虽然是个医生，可这干活一点也不比哪个差，
我还说我来早了，没想到你来得更早。你可真像个干事的！
打今儿起，你说咋干，我余贵启就咋干，全听你的安排！"
汪大德笑着说："什么安排不安排的，这活呢，我们俩一

起干，有什么问题，咱俩也商量着来。我想着，别的大队早都有卫生室了，唯独我们大队没有，这乡里乡亲的，看个病，跑东跑西有时还接不到个医生，挺不方便的。如今，大队允许我们在这里办个卫生室，我就想着快快搞好，这样，大家看病也方便些，你说对吗？"余贵启连连点头："谁说不是呢？上次我娃子发烧，我去你家接你，又说你去别处出诊了，我找了好几圈才找到你，你可不知道，当时我那个心急呀！这卫生室要是办起来了，你就天天在这坐诊，哪家有了病人直接到你这儿看，这可不方便太多了！我们俩说是说，笑是笑，可都得把活抓紧了！"汪大德听了余贵启的这番话，也笑着点了点头。

　　两人你来我往，有说有笑，一心想着快把那门口的红薯窖给填平。等两人都觉得饿，问起时间来的时候，才惊觉这都到了傍晚，好家伙，中午饭就这样省了。两人约好回家吃饭，吃了再来接着干。余贵启心想难道不睡觉？但看汪大德认真的样子，可能是吃了晚饭再来加个班再回去。于是两人分别回去吃饭。

　　吃了晚饭，两人又都来到这破屋。汪大德说："小余，天也快黑了，外面也看不见了。红薯窖也填得差不多了，明天我们一人再挑几筐土，估计就能填好。我来时就把大队办公室的煤油灯借过来了，准备晚上加班，今晚我们就把这屋里的地给铲平了，好不好？"余贵启说："好酾！"二人把灯点上，便开始拉家常，铲地下。也不知过了多少个时辰，余贵启说："汪医生，我这肩膀头子今儿磨了一天，现在还疼着，这又铲了好半天的地，胳膊也疼得要不得，怎么看你一点事儿也没有一样？你不累？你是个铁人？"
汪大德笑道："我心里只想着快点把这点活儿干完，心里
倒没想着累啊疼啊的。再说了，这人啊，最不能想那不好
的事，你想它哪儿疼，它可就越来越疼，你不去想，它自
个也忘了疼了！"一句话倒把余贵启说笑了。两人于是一
边说笑，手里一边用劲，眼看着屋里坑坑洼洼被搞得整整
齐齐，都禁不住高兴地笑了。余贵启不经意往外瞄了一眼，
乖乖，天都放亮了！

　　汪大德一看天都亮了，心想这时间怎么这么不经用，
于是说道："小余，累了这一天一夜，辛苦你了。我看着
也剩不了多少活了，不如今儿白天我们俩也不用补觉，把
那墙上的洞给填了，蜘蛛网搞干净，再把这墙上和楼板上
的油垢给清理了，说不定后天这两间破房子就能漂漂亮亮
地大变样，等弄好了，我们再好好地睡他个一天一夜，好
不好？"余贵启原本给汪大德打下手，一切听他指挥，如
今见他好言好语和自己商量，人家也和自己一样干，比自
己还卖力，自己怎么好意思拒绝呢？再说汪大德说的也有
理，把墙洞一补，屋顶上的洞再一补，墙上的油垢一除，
至于那蜘蛛网，能叫个事？等全部完工了，再痛痛快快地
睡他个一天一夜，有什么不好？当下满口答应。

　　二人把墙洞、蜘蛛网统统搞定，轮到清除墙上和楼板
上的油烟子时，两人不禁傻眼了。原以为用铲子能轻而易
举地把油垢弄掉，后来才发现，任凭二人使了九牛二虎之力，
那油垢如千年的老蘩筋，打不死的程咬金，攀附在墙上死
活不下来。二人你望望我，我望望你，看着四面墙如一个

黑锅贴，楼板也黑黢黢的如同上面放了一张大黑饼，实在是不美观。

汪大德突发奇想："小余，要不这样，我们烧一大锅开水，先把它铜软，然后再铲，你看咋样？"余贵启一听，这倒是个好办法。于是，二人把老郭扔下的一个破锅放到火笼处，添满水，捡了一堆烂板子，烧了起来。还别说，这招真管用，油垢一经泡化，铲起来就比先前容易多了。总算是把那些油垢全部除掉了。

原以为看上去不过一天的活，二人硬是又干了一天一夜。

待到第三天，余贵启看着焕然一新的屋子，高兴地说："汪医生，这大功总算告成了！我们可得好好休息休息了，两天两夜都没眨眼，我简直快站不住了！"汪大德笑说："按说确实该休息，不过我还想在这屋子大厅砌一堵墙起来，你看要是没一堵墙，怎么能当卫生室呢？要是你坚持不住了，你就回去休息，我接着慢慢整，这卫生室一天不弄好，我就吃不下，睡不香。"余贵启一听汪大德这样说，也不好意思说坚持不住，只得问道："要砌墙，哪来的砖？我们俩哪个会砌墙？"汪大德说："这个你放心，我曾跟着窑场里的高师傅学过做砖坯，也看过几个师傅砌过墙，这墙不高，这事难不倒我。就是咱们这没有石灰和沙石料。"余贵启听到这，不禁高兴起来，这没石灰和沙石料，还说个啥，还不赶紧回去睡一觉去？

没想到，汪大德接着说："没石灰，我们就到泥水沟茶厂那儿去挑石灰垮底子。至于沙石料，就到离这里一里多路的河滩里去挑。黄土嘛，这里多的是。有了这些，才能和成三合土铺地坪。我想着用半干的湿砖坯砌墙，完了再用三合土在两面糊一层搪平，做起了才整洁好看。"余贵启一听这话，又一次傻了眼。

要知道，汪大德所说的石灰垮底子，那是以前人们用石灰泡竹麻做火纸用的，竹麻泡好了，捞起来做火纸，而石灰沉积在泡麻珥里，人称刘底子，可当石灰用。不说这垮底子难得打上来，单说这泥水沟茶场，距这儿就有四五里路。全凭两人肩挑，这能是个小工程？

余贵启张了张嘴，想说一句费这力做啥，一看汪大德一脸的认真，又想道：我这都坚持了两天两夜，剩个尾子活莫让汪大德说自己做事虎头蛇尾，再说这汪大德除了和自己一样干活，趁这干活间隙有人来请他看病，他也是速去速回，分秒必争。这么辛苦他都能坚持，我就不信我坚持不下去，于是接口说："汪医生，就按你说的来，今天我们就去挑石灰和沙石料，然后做砖坯，再砌墙，如何？"汪大德连忙说好。

人常说站着说话不腰疼，果然不假。眼看着没多少活，可从四五里地挑回来这石灰垮底子，可太不容易了。直把这二人累得个死去活来。一天各挑了四趟，两人的肩膀都磨破皮了。这还不说，要比起再铺地坪，糊墙所需要的仍然是相差甚远，怎么办？

汪大德忽然想起，大队长不是说有啥需要只管提吗？于是他又去找大队长，要求再添劳动力，专门帮挑石灰垮底子、沙石和收拾屋顶。大队长满口答应。

第二天，从各生产队抽了四个劳动力挑石灰以底子和沙石料，又抽了两个劳力收拾屋顶。汪大德则和余贵启腾出手来做砖坯，用活砖砌墙。等墙砌好了，三合土料也备齐了，然后用三合土做了地坪，糊了墙。

当一切妥当，半堵漂漂亮亮的墙体也立起来时，两人甚至不曾察觉，他们已是七天七夜没合眼了。汪大德终于露出了满意的笑，却听余贵启"扑通"一声，仰面躺倒在火笼旁："我说汪医生，经此一事，我算是对你佩服得五体投地！这大屋场的棒劳力你要是排第二，只怕没哪个排第一！我受不了啦，我要睡……一会儿……"话没说完，居然打起了呼噜。汪大德哭笑不得，生怕他着了凉，连忙推搡叫他起来。余贵启却浑然不觉，睡得那个香甜。

汪大德顿时也感到筋疲力尽，强忍着困意把火笼里架了几块破板子，引燃了，也挨着余贵启在火笼旁的地上睡了起来。

后来二人忆起此事，都笑说这是一生中最难熬的时光。七天七夜呀，还做着那么重的体力，简直不敢想象是怎么熬过来的。但这七天的朝夕相处，却让二人结下了深厚的友谊。

卫生室房子迅速建好，大队干部和社员争相围观，都高兴地说："这么快就把房子整理得如此漂亮。在这儿办卫生室，可是天大的好事呀！以后请医看病，再不会恁作难了！"

第十六章
发动群众采药献药

　　在汪大德和余贵启不眠不休紧锣密鼓的操劳下，卫生室终于有点像模像样了，汪大德别提多高兴了。

　　汪大德忽然想起大队长曾说有需要可以再提，也不知是真是假，想着大队书记对自己前后判若两人的态度，心中倒有七分把握。

　　于是在第二天专门去找大队书记，向他请求说，想做中药柜和桌椅，不知大队能不能给予帮助？大队书记一听，二话不说，立马应承下来："汪医生，你开卫生室也是为了大家嘛，大队出点力是应该的。你放心，我明天就安排人去请木工来做药柜和桌椅，大队部里还有些能用的木料，我喊人搬到你卫生室去。早点让卫生室开张，这是大家都盼望的好事嘛！"汪大德一听十分感激，连忙向书记表示感谢。

　　第二天，在书记的安排下，来了七八个人。三四个人从大队部里搬来了足够的木料，三四个木匠也拿出了工具，热火朝天地干了起来。这两间焕然一新的屋子里顿时人声鼎沸，你来我往。汪大德忙着给大家烧水泡茶，又交代师傅们中药柜要靠哪里摆，做多高多宽，桌子要几张，椅子要几把，看到哪个师傅要用个什么工具，他也连忙帮着打下手去取。

没多长的时间，卫生室所需之物，如药柜、办公桌椅、候诊椅等一应俱全，这就开张了。这时，汪大德也终于有了一个像样的红十字皮药箱。

虽然卫生室赶在年前开张了，但因交通不便，消息闭塞，等大家都知道大屋场也成立了卫生室时，已经是1969年的春天了。

有了卫生室，看病的乡亲们有了不舒适，也不再在家硬挺了，都会相约到汪大德的卫生室来。求医的人多了，汪大德发现，仅凭自己采的中草药已经无法满足大家的需求。当时虽也有少量西药，基本上都是他先去小公社卫生所按定额领取，回来卖给需要的病人，收了钱后下个月去领药时再交纳上次所欠的款项。山中人大多贫穷，西药虽然在当时并不贵，但汪大德用自己的草药给大伙看病却不收一分钱，所以人们不到万不得已都不愿意用西药。他想，这可怎么办呢？我一己之力实在是太单薄了，日夜不睡地去采草药也不够大家用啊。根据自己这几年的经验，咱们这高山，中草药资源十分丰富，我为什么不号召大家一起认草药、采草药，自力更生自给自足呢？想到这里，他不禁兴奋起来：这的确是个好办法！

想到就行动，这是汪大德的一贯作风。于是，汪大德每日无论是在卫生室为大家看病，还是背着背篓和药包出诊，他都会用心地和大家做思想工作，教社员们认草药、采草药。平时还亲自到田间地头给老百姓做宣传，对采中草药积极的、上交中草药数量多的社员，还用心地编写大字报进行表扬，贴在卫生室的墙上，供来往的人观看。一时间，男女老幼无不欢欣鼓舞，都相约趁休息时间上山或在田间地头去找药草，并以多采多交中草药为光荣。

而汪大德呢，就把每种不同的中草药用两层皮纸黏合在纸板上，用针线缀在上面，并写明药名、用途，做成简易的标本，挂在大队办公室的墙上，先后挂出中草药标本470多种，每逢大队开会，汪大德就趁机讲解、宣传。这种办法无形中让许多社员认识了各种各样的中草药。

有一次，卫生室里看病的大人们带来了几个小学生。汪大德为了提高小学生对中草药的兴趣，就为他们讲了一个关于中草药的美丽传说：

从前，有一位名医，被人请去为一位生了重病的人诊治。这病人感到胸背憋痛，一直发着低热不退，又总咳吐一些似脓非脓的脏东西。请了许多医生，都没有效果。这个名医为这病人进行了详细的诊治，一时之间却找不到任何恰当的治疗方法，就感到十分的着急，于是伏在桌子上就睡着了。不一会儿，一位身穿白衣的美丽女子飘然而至，对名医说道："你现在诊治的这个人，是个大好人，心地善良，乐善好施，又极爱帮助穷苦人家，先生一定要精心救治，想尽一切办法救他的性命。"名医向女子诉说了自己的苦恼，说并非自己不愿意治，而是实在没有好的药方啊。白衣美

女听说后，轻声对名医说："请跟我来！"名医随女子来
到大门外的墙角边，正要询问，却见白衣美女飘然而去。
他正纳闷，却见在白衣美女刚才所站的地方，有一条白花
蛇，蛇舌吞吐处，顿化作一丛丛小草，娇嫩欲滴。正惊诧间，
名医被脚步声惊醒，原来是这家病人的家属喊他去用饭。
名医说："且慢，请随我来。"说完，和病人家属来到大
门外的墙角边，果见此处长着许多与梦中所见一样开着小
白花的纤纤小草。于是便采了些，嘱即煎服。病人服后果
然觉得心胸宽了许多。次日连饮几碗，没过两天就完全恢
复了健康。名医翻遍了当时的药书，也没有查出这种小草
属于何药，他十分感叹，为此还写了一首小诗呢。

　　汪大德讲得声情并茂，不但几个娃娃听得神魂颠倒，
连大人们也被这有趣的故事打动了。有个娃娃迫不及待地
问："汪医生，那白衣美女是不是神仙？"另一个娃娃不
屑地打断他："没文化，一听就知道这白衣美女肯定是嫦
娥呢，还用问？"另一个娃娃道："汪医生，咱们这大山
上也有这开白花的小草吗？我们也能采到这种药草吗？"
汪大德笑着说："咱们这山上，什么仙草都有，只要你们
肯用心啊，一定能采到许许多多的仙草！"还有一个好学
的娃娃道："汪医生，这个名医写了一首什么小诗，你说
给我们听听嘛！"汪大德笑着说："好！这位名医当时写
的是：白花蛇舌草纤纤，伏地盘桓农舍边，自古好心多善报，
灵虫感德药流传！说的就是只要人们多采草药多救一些病
人，将来就有好报。听懂了吗？"几个娃娃争先恐后地答道：
"听懂了！我们也要多采中草药多救人！"满屋的大人们

听了，都禁不住哈哈大笑起来。

汪大德发动乡亲们采药献药的一系列宣传措施早已深入人心，此时又赶上全国各地推广利用中草药治病，整个大屋场以汪大德卫生室采献中草药为中心，几乎变成了人人参与上山采药的一场运动。有一些老人和小孩因为不识药物，把一些无用的野花野草也一背篓一背篓地采了背来献，汪大德虽然心里哭笑不得，知道没用，但为了不打击他们的积极性，还是当着大伙的面对他们进行了充分的肯定和表扬。一时之间，卫生室你来我去，除了看病的，几乎全是献药的。那场面，真是令人叹为观止。

没过多久，中央和地方政府通过组建医疗队、科研小分队到农村进行巡回医疗、中医药调研，还以开门办学等方式进行中医药的推广。随着中草药推广运动的深入，地方性的合作医疗制度，成为推广运动的主体。他们以"中草药展览"帮助普及中医药知识，指导基层医务工作者从事中医药医疗实践，极大地推广了这场中草药运动。

当时，全国各地医院、医学科研所纷纷组建医疗队到农村进行巡回医疗，医疗队深入农村治病救人除送医药上门外，往往就地取材，运用当地所产的中草药治疗疾病。

很难相信，那些年代，中国能消灭和根除多种危害人类的恶性传染病；也很难相信，在那样的情况下，中国农村实现了合作医疗，数百万像汪大德这样的赤脚医生能活跃在广大农村，把药送到田间地头，送到老百姓的身边，解决了数亿农民的看病就医难问题。

当年，来到赵湾公社的医科大学师生组成的医疗队驻扎在赵湾赵胡子坪。汪大德理所当然地成了他们的向导，在采药的过程中与他们互教互学，又认识了许多以前自己不知道的中草药，也听说了许许多多疑难病症以及治疗方法。在此过程中，汪大德也认识了一些针灸技术十分高明的老医生。他谦虚好学，又踏实肯干、吃苦耐劳，许多医生乐于和他交朋友，主动教他许多医疗知识。在与这些人的朝夕相处中，汪大德博采众长，不但加强了自己针灸方面的看病技巧，综合医术也迅速地得到了提高。

没过多久，因为汪大德的卫生室中草药品种齐全，群众采药献药积极主动，又挂出了那么多的中草药标本，粟谷区卫生院还专门组织全区医生和赤脚医生来参观学习。邻村和远隔几十里地也常有人来就诊或请他出诊。

1969 年年底东河公社评先进，大家一致认为，汪大德不但能积极地参加生产队上的劳动，还没日没夜风雨无阻地为大家看病，吃得苦，下得力，评他为先进个人，他的卫生室也被评为先进卫生室。可汪大德的心里明白，虽然做出了一点小小的成绩，但医无止境，除了要更加努力地学习，没有什么捷径能造就一个出类拔萃的医生，他的目光眺望到了更远的地方。

第十七章
治好烂眼声名更远

1970年春季的某一天，二十三岁的汪大德去离家三四十里之外的西河一个亲戚家为其瞧病，邻居青年席某听说来了医生，就心怀试探来找汪大德问问自己的病情。

一见面，席某就向汪大德诉起苦来：不知什么原因，得了眼疾都有上十年了，一天到晚迎风就流眼泪，原本的一双大眼睛如今变成了一线天不说，脸上的皮肤因为天长日久年复一年地流眼泪，也粗糙不堪，眼角内外布满了密密的皱纹。这些年到处求医问药，一听说哪个人会看眼病，不管多远都会跑去找人家医治，不承想医来医去，完全没有一点效。如今身边人送了个"烂眼弦"的外号给他，一提起这眼疾就唉声叹气。现在对自己这眼疾简直是失去了能治愈的信心，不知汪医生有没有见过自己这样的病例。

汪大德见了这个小老头一样的人，心想他一定有五十岁左右，就问他今年有多大？席某说今年二十多岁。汪大德不由得在心里吃了一惊，小小一个眼疾，居然让一个风华正茂的年轻小伙子变成了一个面容枯槁的小老头，真是令人心生同情啊！如果这眼疾伴他终身，该是多么痛苦。

为了让席某首先放下眼疾难愈的心理包袱，汪大德当即和颜悦色地对席某说："你不用太担心这个病，虽然困扰了你多年，也称得上是个疑难杂症，但好在它对你的身体健康没有太大的影响。如果你相信我，我可以帮你开个药方，你先吃个三剂，如果有好转，我再给你换药方。"

席某一听汪大德说可以试试，也挺高兴，把药方拿到手，见上面有一行写着什么龙胆草什么的，也不知是个什么意思，心里就有些犯嘀咕："我为了这眼疾，吃了多少药，看了多少医生，这汪医生却说让我喝了这三剂药看有没有效果。也不知他有没有说大话，只要有一丁点的效，莫说喝三剂，便是喝十剂，又有什么关系？虽然心里不抱希望，但既求人家开了药方，好歹也试它一试，治不好也正常，那么多医生不也没有法子吗？这汪医生他也不是个神仙，能让我药到病除。万一好了，虽然没想过还能有个万一，但若真能好，那该当是怎样的可喜可贺呢！"内心虽波涛汹涌思虑多多，面上却不动声色，只连声对汪大德道谢不已。

这席某喝了二剂药，也没多大效果，内心也就泄了气，想着一个小小的眼病，受了这多年的折磨，看到东来看到西，都遇不到一个好医生，禁不住感叹，不知什么时候才能遇到一个良医来解除自己的痛苦。

剩下的一剂药，想要扔了不喝，又可惜了买药的钱。左思右想一番，终于硬着头皮勉强喝完了。

说来也怪，到了晚间睡觉，平日里总是感觉眼睛不舒服，

往往都要用热毛巾热敷一番才好过一点，今晚却没有这样
的感觉。躺在床上，没一会儿就进入了梦乡。

　　早上起来，走出门，迎面一阵风来。他习惯地用手去
擦眼泪，却发现今晨虽然有风却没如以往一样泪流不止。
心中先还纳闷，后来一想，莫非喝了这汪医生的三剂中药，
自己的眼疾得到了改善？又寻思着今晨没流泪说不定是个
偶然，如果今儿吹一天风，还是不流泪，指定是那药起作
用了。

　　三剂中药喝完后，没过几天，席某泪再也不流了，粗
糙的脸庞因为没有了泪水的整日浸扰，也变得红光满面滋
润起来。席某长达十来年的"烂眼弦"彻底地痊愈，熟悉
他的人都惊讶他的变化，整个人不但精神多了，简直又回
复到了年轻人的样貌。

　　席某难掩心中高兴，每当到生产队干活时，他就主动
向别人述说汪医生治眼病的经过，不住夸说汪大德的医术
高超，简直就成了汪大德的活广告。别人一看，席某也真
的从一个"烂眼弦"小老头变成了一个精神抖擞的小伙子，
活脱脱地变了个人。就这样，东河幸福三大队汪大德的医
术如何了不得的说法不胫而走，社员们你传我，我传你，
一传十，十传百，在西河乐元三大队轰动起来了。

　　一次，西河有个病人来请汪大德去出诊。周围群众知
道了这个消息，汪大德刚一到西河，立马就被围得水泄不
通。他只好让主人家搬了一张桌子和椅子，放在主人门前
的稻场上，让人们排队一个接一个看。

　　这一看，连中午饭都没顾上吃，一直看到天黑人群才

渐渐散去。汪大德虽然疲惫不堪，但想到自己如此受欢迎，大家对自己的医术如此信任，心中十分兴奋。作为一个医生，有什么能比群众的欢迎更让人受用呢？同时心中又生起一种隐隐的不安：山区人们不但缺医少药，更需要医术高明的医生啊！以我一人之力，使出九牛二虎之力也心有余而力不足啊！改变山区医疗环境多么迫在眉睫，但是，有什么好办法呢？

在开卫生室当赤脚医生的几年间，汪大德已不记得为多少人看过病，方圆几十里的人家，没有他不如数家珍的。哪家住哪里，哪家有几口人，哪个人生过什么病，他的心里都跟明镜似的。他心里装着大伙儿，大伙儿的心里也装着他。无论他到哪里去出诊，虽然不改随身带着包谷糁儿的习惯，但常常被多家争抢着接去吃饭，也没人肯再收他的干粮。背的包谷糁儿有时被迫重又背回家，有时他百般谎称太累背不动才得以让病人家留下。人们当时都知道毛主席说过军民一家亲的话，此时的汪大德与乡亲们的关系，完全就是医患一家亲了。人们对他的爱戴和尊敬，都深藏在人们对他期盼而感激的眼神中。

当时大队部和卫生室是一个院的。有一天下大暴雨，县工作组驻队的赵连河半夜里起来上厕所，看到汪大德看完病人此时才回到卫生室，连连摇头说："小汪啊小汪，哪儿有你这样下力的医生啦？你这没日没夜地干，还下着这么大的雨，衣服都淋湿透了，身体怎么吃得消啊？"汪大德笑了笑，却没多说什么。

在办卫生室长达八九年的时间里，最不能让汪大德忘

记的，是连续三个原本应该一家人热热闹闹团团圆圆的大
年三十，都是在别人家中度过的。

何首乌

第十八章
连续三年除夕出诊

那是 1968 年的腊月三十上午，天下着小雪，汪大德被一个住在雨淋寨下面的亲戚请去给其家人看病。他刚走不久，家中又来了一位"不速之客"。

汪父一细问，原来这个五十来岁的高姓老人，家住祖师殿附近，年仅二十来岁的儿子高运禄，因得了伤寒病，已经高烧陷入了昏迷。

老人一脸焦急，说完儿子的情形后，又心怀歉意地说今日是过年，家家都要团圆，按理不该上门来打扰，但为了儿子的性命，也就顾不得这个理了，只好天不亮就出发来找汪医生。当下就央求汪父能让汪大德去自己家给儿救命。听得汪父说汪大德出了门给人诊病，一下子惊慌失措，加之心急赶了这半天路，竟一屁股坐在了地上。

汪父一见，一面安排家里给他做饭吃，一面端杯茶水递给老高："你莫着急，走了这一路，一定渴了，先喝口水歇歇。这雨淋寨离这儿不远，我去跑一趟，把大德叫回来，

你们吃了饭就走。"老高一听，这才稍稍心安，方觉口渴
难忍，连忙喝起茶水来。汪父便去找汪大德回家，没一会
工夫，汪家父子就返回家中。

眼看天色不早，病人危急，两人也心急如焚，一起随
意地扒了两口饭，碗一搁，汪大德就和老高一起往祖师殿
方向急赶。

没走一会儿，夜幕便已降临，眼前的景致渐渐模糊起来，
山石树木影影绰绰，幻化出狼蛇虎豹之状，张牙舞爪伺机
而动。偶尔有猫头鹰很突兀地叫上一两声，在这静寂的深山，
越发显得可怖。好在两人都是久居深山，不以为意。

但让人没料到的是，一阵寒风过后，林中叶随风动，
天上竟飘起了鹅毛般的大雪花。雪渐渐下大了，地上的雪
也慢慢厚了起来。

老高一见风雪大了，不禁满怀歉意地对身旁的汪大德
说："汪医生，你看这老天爷也不开眼，这眼见着要摸黑
赶路不说，偏又下起了大雪，今儿还是大年三十，害你还
要为我儿走这一趟，受这番折腾，可真叫我心里过意不去。"

汪大德笑着说："高叔，您老人家可别想多了，哪个
人也不能控制自己的身体，疾病来了，那是没办法的事。
这当医生的，一切以病人安危为前提，能救好病人，是每
个医生的职责。至于这天气，算得了什么呢？这再一落雪，
天黑路滑，更不好走，我们还是快些走吧！"老高听得汪
大德如此说，对他心生佩服，现在能吃苦又能如此心平气
和的年轻人可不多呀！

雪越下越大，转眼间地上已积上了厚厚的一层。空旷

的山野，万籁俱寂，只剩两人拼命赶路的急促喘息声，还有踩在雪地上咯吱咯吱的脚步声。

待走上黄梁，路也看不见了，到处白茫茫一片，地上的雪也没到了两人的小腿，每走一步都显得有些吃力。汪大德想着老高年纪大，于是用手一直牵着他，几乎是凭着记忆中对路的印象在摸着走。过了一道干沟，两人往沟上面的斜坡走。这个斜坡在天好的时候都要小心翼翼才上得去，现在地面被尺把厚的雪掩盖了，又光又滑不说，旁边连个能拉拽的树木藤条也没有，两人只好互相拉扯着一步步往上爬。眼看着快要爬到坡上去了，老高脚下一滑，拉着汪大德一起骨碌碌头上脚下仰面朝天跌入了下面的干沟里，两人灌了一脖子的雪。好在雪又深又厚，沟里没水也没山石，所以两人没有大碍。从干沟里翻身爬起来，二人又连忙向斜坡小路爬去。

等到了高家，已是后半夜，两人顶着一身风雪泥泞进门，高运禄的母亲正焦急地围着儿子转，一见到两人进来，高兴地说："哎呀，汪医生，你们可算回来了！我儿算是有救了呀！我想着今儿可是大年三十，我还怕我家老高接不来你呢，快洗个热水脸，我去给你们弄饭吃！"

汪大德连忙说："婶，你别忙，我们吃了晚饭的，你给我打盆热水洗个手就好！"洗完，连忙给高运禄检查，一量体温，高达 40℃，果真是伤寒。汪大德连忙给他打了退热止痛的安乃近针。过了大半个小时，高运禄开始出汗，慢慢从昏迷中清醒过来。汪大德又开好了之后的药，叮嘱他家人按时给高运禄服用。大家这才放下心来。

第二天一大早，汪大德看高运禄精神有所好转，想要赶回家去陪家人过年，却又担心他有所反复，眼瞅着外面雪深难行，又加上高老汉两口子一再挽留，汪大德最终决定留下了。虽然高家并不富裕，但为了感谢汪大德对儿子的救命之恩，还是准备了非常丰盛的一桌饭菜。席间，两位老人不停往汪大德的碗里夹菜，一直说着感谢的话，汪大德的心也被两位老人的热情温暖了。这个大年三十和正月初一就成了汪大德第一次在别人家过的年。

第二年的腊月三十，天气奇冷，落雨成冰。眼见着快到晌午了，汪家午饭也快好了。这时，家住祖师殿下殿扒的高连科老队长找上门来说，儿子高彩江今早在外扛柴，不慎溜倒，柴压到身上，一根尖细锋利的柴棍子插入了肛门，人抬了回家，正趴在床上不敢动，等着医生去救命。

汪大德一听，背起药包就要和高队长去。一低头，却发现高队长脚上穿着铁打的脚刹子，用草绳捆在脚上，正待问，只听高队长说道："汪医生，不瞒你说，我这一路急赶全靠了这脚刹子，这外面在下凌冰，到处都滑得不得了，没有这个，别说走不快，那根本是走不了，一步一打滑啊！还麻烦你也穿个脚刹子才好。"汪大德一听，连忙把家中的脚刹子找出来穿上，也用草绳在脚上捆好，然后和高队长一起手拉手地向他家赶去。

因为路滑有凌冰，一二十里路两人走了半天，等到了高队长家，早已过了中午饭的时间。想当时，人们吃团圆饭的时候，汪大德正和高队长手拉手，肩并肩，穿着脚刹，一步三滑地行进在山野小路上呢！

高彩江的母亲忙着去给两人做饭，汪大德则连忙去检查病人的伤情。好在病情虽然惊险，但这插入的细棍并不太深，汪大德小心翼翼地把它取出，又进行了清理、消毒，病人也敢活动了，一家人也都安下心来。高队长一家子想着大年三十把汪大德接来看病，害人家中午大过年的饭也没吃，心里特别过意不去，所以执意留汪大德晚上在他们家过年。

虽然习俗腊月三十中午吃团年饭，但因中午高队长去接汪大德，所以高家就把团年饭留在晚上吃。高家做了一大桌子丰盛的饭菜，汪大德就留下和他们一起吃了。

腊月三十晚上有守岁的习惯，汪大德就和高家人一起坐在火笼旁，一边烤着火，一边拉家常，一直到后半夜才去睡了会儿。

第二天大年初一，高彩江的母亲又做了一大桌子丰盛的饭菜，逼着汪大德吃了两大碗饺子，还唯恐他没吃好。

吃完早饭，汪大德又从祖师殿下殿扒顺着凌冰路赶回了家。在路上，汪大德想：虽然今年又没有安生地过一个团圆年，但病人对自己的感激和信任，早已铭刻在他们那精心烧制的饭菜中，铭刻在他们那打心底里升起的满目温情里，这是多么让人难忘啊！

连续两个年都没在家好好过，原以为第三个年头总能和家人一起好好享受过大年了。没想到在腊月三十的上午，汪大德正在给大门贴春联，刚贴完横批和左边，右边还没来得及贴，汪大德认识的一位名叫关中有的中年人匆匆忙忙地找上门来，说自己的儿子今年六岁左右，今早上首先是肚子疼，不一会儿就手足发凉，面色苍白，已昏迷了，求汪医生快去救救他儿子，现在说不定是啥样了。

汪大德一听，二话不说，把贴了一半的对子一扔，拎了药箱就和关中有一起去了他家。

因为关中有的家在幸福三大队八队，离汪大德家十六七里地，到关家时，已是半下午了。汪大德仔细询问了孩子的母亲，孩子母亲说："儿子昏过去好久，才慢慢醒过来，起先身上都冷了，现在又暖和了些，仍是一阵阵的肚子疼，也不知是咋了？"汪大德经检查诊断：孩子得的是蛔厥病。于是，他首先用西药灭虫灵先驱蛔，又开了安蛔温脏的乌梅丸（汤）加减的中药，然后叮嘱他们好好调理。

关中有家大口阔，比较困难。虽说今日是腊月三十，可家中无一丝一毫的过年氛围，加之儿子病重，更是雪上加霜。等到给关中有的儿子看完病，处理好，天已黑了。他家又无处歇。汪大德准备连夜回家。

关中有的邻居以前也曾请汪大德看过病，听说汪大德来了，就过来请他去家里吃晚饭，到他家住宿。汪大德仍坚持要回家，可邻居对汪大德十分热情，再三挽留才留下他。吃完团年饭，大家围着火笼聊天聊了很久。

汪大德看着大家被火焰映红的笑脸，想着自己今日并不曾为这邻居一家人看病，却照样被他们待为上宾，心中十分感激。可见人与人的感情从结下的那一刻，便就如根般深深地扎下了。山中村民朴实，知恩图报，你对他们的好，他们虽然没有挂在嘴上，但是如果他们有机会就会报答，就会永远地牢记在心里。

　　山中村民有个顺口溜："大夫门前过，喊到屋里坐。虽然不用他，是个冷热货。"这简短直白的话语里，有着老百姓对医生们最起码的信任和尊敬。

红花

第十九章
丢下面子帮请西医

　　1975年的一天，汪大德出诊刚回家不久，家中便来了一个客人，他是本大队十小队的社员王贤文，走进门见到汪大德，一把拉住他的手："小汪，我来了好几趟，总算见着你了，麻烦你去给我媳妇看看病，她还在坐月子，洗三那天得的病，也不知怎么搞的，着了风，一直高烧不退，持续好几天了，我都快急死了！我听老人们说过，月子里的产妇得了病，那是难好的，我一天到晚悬着心，急得吃不好睡不下。来了几次，都听你家人说你出诊了，只好天天来你家找你。"

　　汪大德一听，他家可离这儿不近，于是连忙背着药背篓和包谷糁儿跟着王贤文一起出发了。

　　到了王家一看，王贤文的妻子吴祥翠躺在床上，侧着身子一动不动，怀里一个小猫崽儿一般瘦弱的婴儿，还闭着眼用力地吸着一个奶头。看起来吴祥翠病情已十分严重，不仅脸色十分难看，人也有气无力，抬一下眼皮都仿佛要使出全身的力气。

汪大德给吴祥翠做了检查，量了体温，发现病人还在高烧。汪大德对王贤文说："她这病是因为才生了孩子，原本气血亏虚，加之在月子里没有注意保暖，遭受风寒邪气侵袭，又没得到及时的治疗和调养，才导致病情越来越严重。"

汪大德意识到产后发热，如热不退，很容易引起痉症，出现抽搐，那可就麻烦大了。他立即给吴祥翠开了药方，叫家人速去东河诊所取药，取回药后速煎，亲眼看着吴祥翠服下。

汪大德一则见她这病实在严重，二来离自家又远，于是把包谷楼儿拿出来，递给王贤文："看样子，你媳妇这病不轻，我也不敢走，我就在你家住两天，看她好些了我再回，这包谷糁儿你先收下，算我与你们搭伙。"

王贤文拒不接收，便说："哪有为人看病还自带干粮的呢？我们接你来看病，感激你自不必说，管你吃饭也更是应该，哪能接受你的干粮，你又说什么搭伙的话来，这叫我脸往哪儿搁？打死我我也不得收你的粮食！我要知道你还带了粮食来，说啥我也给你拿出来放你家里！做医生再好，那也不能做到你这份上啊！"

汪大德见王贤文不收，于是说道："王大哥，我一直都是这样，到哪一家去看病，都自带粮食，现在这年代，口粮是有计划的，我可不能多吃多占啊！都不容易。再说，这么远的路程，我背了来，你再让我背回去，这不是白费力气嘛！你先收下，我也不说搭伙的话了，以后哪天来你们这一方给别人看病,我直接来你家吃就是了,这总行吧？"王贤文听他这样说，又推辞半天，这才说道："那就暂时放到这吧。"

就这样，汪大德在王贤文家，随时观察吴祥翠的病情。不料，两天后，非但没有好转，反而越来越严重。

汪大德想：自己虽然对中药略知一二，但对西药并不在行。眼瞅着吴祥翠的病情越来越严重，为何不像梁国福那样也给他来个中西药结合治疗呢？目前她病情危重，实在耽搁不得。看来，只有请一位懂西医的医生来，一起治疗才是上策。

请哪个西医呢？他忽然想起一个人来，这个人是粟谷卫生院的陈天军医生。

说到陈天军，那是在几年前，给社员代垂德的儿子治小儿肾炎水肿病时，汪大德束手无策，只好亲自去粟谷卫生院帮接医生。接的就是陈天军，他来后住在代家，第三天，小儿病情就明显好转。

在这三天里，陈天军见汪大德肯学，也就毫不保留地教他了不少西医知识，临走时还叮嘱汪大德如何用药。从此陈天军就成了汪大德的西医老师。汪大德运用中西医结合给梁国福治疗水肿病能顺利奏效，也多亏了陈天军的教诲。

汪大德想到这里，不顾天色已晚，当机立断地对王贤文说："你媳妇的病比我想象的还要严重，光用中药治疗怕还不够。我打算去请我一个要好的医生，他叫陈天军，是粟谷卫生院的医生，对于西医他十分精通。你在家好好照顾她们母子。我现在就出发。"说完，站起身便走。

　　王贤文忙说："小汪，你白天行医，晚上又走这么远的夜路，太辛苦了！这如何使得？不如我去接！"汪大德挥手，斩钉截铁地道："你对他不熟，又不知道他在哪儿住，找他不方便不说，又说不清病情，必定会耽搁不少时间，还是我去比较稳当！就这样，不必多说了！"说完，一转身便要走出门去，王贤文连忙拿了把电筒给他，转眼汪大德便消失在朦胧的夜色中。

　　在当时，当医生的为了自己的病人，又再去接别的医生，简直是不可思议的事情。别说没有这么负责任的医生，就是有，只怕医生在心里也担心会毁了自己的名誉，无论如何也不肯以一个医生的身份去接另一个医生，这要是传扬开去，分明就是个笑话嘛！王贤文心暗想：这小汪难道没想到这一层？又想到粟谷卫生院离这里足有三四十里路，路程远不说，还要过十几道河，还要走很远一段小路。那小路可是一条要绕过长岭梁子、姚家场子、马山坡的阴森荒野小道，有十几里路都是荒无人烟的丛树密林。白天一人走着都心生恐惧，更何况是黑夜。小汪可别出什么岔子才好。

　　汪大德要接陈天军，就必须路过长岭梁子、姚家场子、马山坡、马场、两河口、粟谷电站，然后才能到粟谷卫生院。他这两天为了吴祥翠的病，劳心劳力，日夜不安，白天里都感到十分累，这又趁黑走了几十里的路，加之夜深人静，一人行走，冷不丁听得几声鸟叫，不禁毛骨悚然。虽说此时汪大德已是个年方二十多岁的棒小伙儿，心中却也难免害怕，虽已筋疲力尽，却又不敢往后看，只好不停往前走，想歇又不敢歇。

好不容易又支撑着走啊走，终于来到了离粟谷街三里多地的小水力发电站。汪大德走到水力发电站的门口，见到了灯光，胆子大了些，才敢歇息，因实在累得够呛，就一屁股坐在地上，想着歇一会儿。

谁知刚一坐下，两只眼皮就打起架来，他揉了揉眼睛，在心里说："可千万别睡着了，这可是人命关天的事呢，我得快点去找到陈天军，马上把他带到王贤文家，不然……"心里虽是如此想，意志也坚定，奈何神智却在不知不觉中失去了清醒，这瞌睡来了，那可是神仙也抵挡不住的啊，不经意地一低头，坐在冰凉的地上，居然睡着了。

也不知过了多久，忽然一阵冷风袭来，汪大德打了一个激灵，猛然惊醒，他一见自己居然睡着了，不禁有些埋怨自己，一个病重的人正等着救命呢，自己怎么不分轻重地坐在地上就睡着了？

他望望空无一人的水力发电站，夜色如水，万籁俱寂，只有发电机发出的轰鸣声。

他拍拍屁股上的灰尘，连忙快步向粟谷卫生院的方向赶去。

好在陈天军这晚在粟谷卫生院，汪大德以前来过，所以十分顺利地找到了陈天军的住处。陈天军早已熟睡，听到汪大德的叫门声，忙穿衣起床，一看手表已经半夜一点多钟了，连忙询问何事。

听汪大德一说情况，陈天军连连感叹道："一直知道你为病人不遗余力，如今才知你竟还能为到这个份上。自己身为医生，却为了病人去请别的医生，要说咱们这地方，自古至今，也唯有你一人！这叫我如何能不去？走！"话未说完，药箱已背上身，汪大德忙夺下药箱自己背上。两人乘着夜色一同向吴祥翠的家中赶来。在路上，汪大德详细地和陈天军商讨了病人的情况。

两人来到王贤文家，已是凌晨五点多了。王贤文又感激又不敢相信：有几个行医的，能像小汪这样下力呢？这真是把病人当作了自己的亲人一般啊！心中感激，溢于言表。

陈天军为吴祥翠做了仔细的检查后，说："这病人是产褥热。"于是决定首先采用西医抗炎抗感染的药治疗，汪大德也十分赞同。刚给吴祥翠挂上针，孩子不知为什么却叽叽哇哇地哭将起来。王贤文只好抱着娃娃在屋里走来走去地哄。

眼看着天亮，娃娃方才安静一会儿。吴祥翠打完两瓶消炎水，看着觉得好一些，体温也有所下降。汪大德想着她气血亏虚，几日没有吃饭，就让王贤文去熬点稀米汤，将就着喂她一点儿，好让她得谷气，养胃气，尽快恢复一点儿体力。

王贤文刚把稀米汤煮好，娃娃又开始放声啼哭，王贤文只得放下手中的碗，去抱娃娃，汪大德顺手端起碗，坐在床边，一勺一勺地把稀米汤喂进了吴祥翠的嘴里。

王贤文感激不尽，一句一个："汪医生，这咋能劳烦你？这咋要得？你别管，一会儿我来喂，你先吃饭去。"他开始叫小汪，此时却忍不住改称汪医生。汪大德听了笑道："喂个饭，举手之劳，给病人喂饭这也不是头一回，这有什么要不得的，你不必过意不去。"倒把那王贤文着急得不得了，十分地过意不去。

陈天军虽用了西药给吴祥翠治病，但由于病情危重，好转亦慢，所以他也住在王家观察了一天，后因为工作忙就先回了粟谷卫生院。

汪大德看到吴祥翠还没有大的好转，仍然不放心，就又给她开了中药处方进行调理，直到她能坐在床上自己吃饭了，方才放心。汪大德又开了几剂药留下，详细地嘱咐如何熬煎，应该注意的事项，这才放心回去。

过了些日子，汪大德又前去为吴祥翠复诊，发现她浑身褪了一层皮，头发也掉光了。最令人称奇的是，两只脚居然还褪下了两张和脚掌一般模样完完整整的硬皮来，让人瞠目结舌。

至今吴祥翠还保留着那两张脚皮，一是自己和身边的人皆觉神奇，从来没听过也没见过这样的奇事；二来时时向人证明，自己这条命可是赤脚医生汪大德从鬼门关给救回来的。

厚朴

第二十章
暴发麻疹幸遇贵人

1979年的春天，谷城县原粟谷公社暴发了麻疹。

麻疹俗称"疹子"，临床表现为发热、咳嗽、畏光、流泪、流清鼻涕，发热2—3日后开始出疹，出疹时发热更高，咳嗽加剧，嗜睡、烦躁、食欲减退，一般出疹2—3天，即可退疹，出现糠麸样皮肤脱屑，农村亦称"出懿子"。轻者可自行向好，重者如不及时治疗，或因发热而用退热发汗药者均可造成疹出不来，或疹出不透，疹毒内陷，合并成肺炎，会导致高烧不退，直至昏迷、抽搐、死亡。大多发于半岁以上至5岁儿童，成人也有发病者，潜伏期在7—10日本病发病一次可终身获得免疫。

《中华人民共和国传染病防治法》把麻疹列为二类传染病。后来因加强了防疫工作，广泛接种了麻疹疫苗，近三十年麻疹未再流行。

粟谷暴发麻疹时，汪大德所在的幸福三大队也是麻疹暴发的疫区。这时的汪大德，没日没夜地忙碌在治疗和预防麻疹病人之中，一是走村串户给麻疹病人治病；二是用土方法积极预防麻疹，迅速采取隔离措施，又发动群众就地取材，充分利用山区药材资源丰富的优势，教群众认药，让群众自采中草药预防麻疹。如利用菜园自种的芫荽，野生的葛根、二花、桑叶、西河柳等即可预防，又有透疹解表的功效。

他在每天忙着对付麻疹病的同时，还要诊治一些常见病。因此他的身后时常都会跟着几个接出诊的人。汪大德忙得焦头烂额，只恨自己分身无术。

在麻疹暴发高峰期，尤其对麻疹重症患儿，要随时、及时多次复诊，以防不测。但不幸的是，家住祖师殿高山处九小队的胡某，他三岁的小孩原患有先天性心脏病，本次又染上了麻疹，高烧惊厥，后又请诊所医生会诊，无效，不幸丢命。这更引起人们对麻疹的恐慌，求医的人越来越多。

这天刚好大队卫生室所在的三小队一病人家属把汪大德请去，他顺便去卫生室拿药品，一进卫生室，就被人们里三层外三层地围了起来。

汪大德一见这情况，迅速作了安排，他让一些慢性病人在卫生室等候。然后去就近的几户麻疹患者家中诊治，麻疹病人不可外出走动，因为要避免相互传染或着风病情加重，而且刻不容缓必须及时诊治。

等他诊治完后再次回到大队卫生室，已是中午过去了。汪大德见到仍在卫生室等候的众多病人，顾不上吃午饭，又忙着给病人看病。

正在他给病人看病时，卫生室忽然来了几位陌生人，都对汪大德横眉冷对。有一位走到汪大德面前声色俱厉地问道："你就是这大队的赤脚医生？"汪大德一看来人一脸怒色，不知出了什么事。于是一手给病人搭脉一边答道："我是这大队的赤脚医生汪大德，请问有什么事？"

来人用手指着身边一人道："我们是县政府派来的医疗队，他就是我们卫生局李局长。因接到消息说你们大队因得脑膜炎已死了三个儿童，县领导极其重视，连夜组织一百三十多名医生赶到这里来，其他医生已分赴其他各个大队，我们专门来问问你们大队究竟是怎么回事，你是赤脚医生，你知道你们大队发病情况吗？"

汪大德一听立马放下正在诊治的病人，站起身来。他既感到突然，又惊讶。他对政府如此关心山区十分欣慰，但想不到的是这些人何以会一脸怒色，横眉冷对。难道我为人看病还看错了不成？

想到这儿，汪大德对来人不卑不亢道："各位领导同志，你们辛苦了！我们大队的情况是这样的，最近确实出现了麻疹流行，截至今天全大队共有麻疹病人六十余人，各小队均有分布。其中六、七、八、九四个小队发病比较集中。"随后，他又将各小队发病人数各有多少，哪些户有严重患者等情况一一向来人进行了详细的介绍，其中九组胡某3岁男孩，因原患有先天性心脏病，本次又感染麻疹不幸于前天死亡。但至于说三个儿童死亡的事，暂时不知道。

汪大德话刚说完，在旁边等候看病的一位老婆婆，见这些来人个个一脸怒色，心里有些看不惯，心想这当官的怎么来了不问青红皂白就开始训人，于是忍不住帮汪大德说："领导们，你们可不要责怪汪医生，别人不敢为他说话，我这个老婆子可要为他作个证，我们汪医生是个好医生，一天到晚忙得饭都顾不得吃，不停地为大家看病，我们看着就心疼。为了不让更多的人得上麻疹病，汪医生连夜给我们找预防这病的中草药，还叫我们赶紧告诉没被传染的邻居和亲戚朋友早早预防，以免也被传上了麻疹。这不今天中午他又没有顾上吃中午饭。这又有麻疹病人，又有我们这些慢性病的病人，这么多的病人，医生却只有他一个，你们说，这咋能怪人家汪医生啊？"这时旁边等着看病的人，也都七嘴八舌地跟着说：这可不能怪汪医生。

那些人听了汪大德的详细介绍，又听到在座的老百姓都为汪大德说话，当下没再多言语，脸色也缓和了很多。

正在这时，外面又来了个陌生人，向李局长报告说：经我们了解，这次暴发的是麻疹不是脑膜炎。死了一名姓胡的小孩，不是没有医生看，大队赤脚医生汪大德和诊所医生都去看过好几次，这个小孩本身就是先天性心脏病，这次得了麻疹高烧抽搐而死亡，至于说死了三名儿童的说法也不属实。

李局长听后，一脸歉意地对汪大德说道："小汪，现在情况了解清楚了。刚才又听了你的介绍，我们又亲眼看见了你为大家看病到现在连午饭都顾不上吃，也听到了群众的呼声，你可别背包袱，我们看到的和我们之前听到的情况完全不一样，之前对你有所误会。你是个好同志，你放心，我们会向上面如实反映你的情况。"

过了两天，李局长又找汪大德谈话，道出了这个误会的原委。李局长说："这次经过详细调查，是你们公社办公室接到下面一干部打来的电话说：幸福三大队发了脑膜炎，因接不到医生，无医无药，已经死了3个小孩。公社立即向县委作了报告，引起了县委高度重视。脑膜炎是一类传染病，死了3个小孩为什么还无人上报，那是要追究各级政府和卫生主管部门以及医务人员玩忽职守罪的。所以县政府立即从县直医疗单位和驻县厂矿医院抽调一百三十多名医生连夜赶赴粟谷。因粟谷不通公路，县政府派车将医生送往玛瑙观，又联系船只，将医生由玛瑙观从南河水路运送至粟谷。我们在公社简单地吃了饭，速将医生分赴到疫区各个大队。我们是奉命令下来执行任务的。经过亲临现场了解到是麻疹，不是脑膜炎，也不存在无医无药，更不存在玩忽职守，你的工作做得很好，群众非常信任你，你就不必再有什么想法，要和以前一样努力工作，我们会心中有数的。"汪大德真诚地对李局长说道："我的目标只有一个，继续当好赤脚医生，更好地为人民群众看病，以实际行动报答领导，回馈群众。"李局长听后，赞赏地点了点头。

李局长的一番话深深地打动了汪大德的心，他想这次真是因祸得福，如不是有那位干部说谎，不可能引起县政府高度重视，也不会派这么多的医生来到山区。此次疫情流行，虽不是脑膜炎，但麻疹暴发也一样对群众健康威胁巨大。如没有医疗队的到来，这些病员仅靠少数医生和赤脚医生，得不到及时解救，而且自己的压力不知有多大；

自己的黑锅还不知要背多久，更别说还能见到和结识这些大领导，还能得到这些领导的安慰与鼓励。他觉得能得到上级领导的肯定，自己的所有付出都是有价值的。

此次暴发的麻疹事件，邻近其他大队流行得也很厉害。但在幸福三大队，除了胡姓小孩，再无其他死亡病例。原因是汪大德凭借其扎实的中医功底，找到了治疗和预防麻疹的良方，使得此病没有进一步蔓延，并在医疗队的帮助下得到了很好的控制。

一个月后，县医疗工作队工作结束。结束的前一天，医疗队组织粟谷公社卫生院的医生和东西河的赤脚医生，还有医疗队的一部分医生，到东河管理区开会。由旭东职工医院的院长姚谦给参加会议的医生们讲卫生防疫知识，这是一个中西两通，在襄阳地区十分出名的医生。

会场就设在东河管理区卫生所门前的大场子上，姚谦准备好了黑板正要开讲，忽然扭头问大家道："请问，哪位是汪大德？"

汪大德一听，心想：我可真倒霉，怎么又叫我的名？这是又要批评我呀？我可又犯了啥法呢？心里如此想，嘴里却不得不应声作答："我是汪大德！"没想到姚谦却从讲台上走下来，笑容满面地握住了汪大德的手："汪医生，你是个好同志！我在东河卫生所看了不少你开的处方，既按君臣佐使，又能灵活多变，群众反映也很好。在这次的麻疹暴发事件中，你配合我们医疗队做出了很大的贡献，山区需要你这样的医生！我们大家都应该向你学习！"众人愕然，汪大德也不禁有些受宠若惊。

一个山村里的赤脚医生，受到城里名医的夸赞，这带给了山里的医生们很大的触动，也让大家觉得，好好为人民治病行医原来是这么光荣的事。

开完会后，姚谦对汪大德说："你有什么困难，需要我帮忙的，只管向我说，我能帮上你的，绝不推辞。"汪大德笑道："对我来说，目前书是最重要的。一是无钱买，二是有钱也买不到。如果能买几本好的医书，对我来说，就是帮了我最大的忙了。"姚谦道："这有什么难的，你闲了来找我，我送你几本，准保你喜欢。"

后来，汪大德求书心切，果然去旭东医院找了姚谦，并受到了姚谦的热情接待，还在姚谦家住了一晚。姚谦亦不食言，送了汪大德好几本书，有《寿世保元》《医宗金鉴》等，另外又向他传授了许多皇室秘籍，令汪大德受益匪浅。两人以后还成了十分要好的朋友，结下了深厚的友谊。

汪大德心想：这暴发麻疹原本是坏事，如今因这麻疹之事而结识了姚谦这样的好老师，这坏事又变成了好事。不但学到了不少防疫知识，也促进了山区人民对疾病的防疫意识。

更令汪大德想不到的还有，因这次的麻疹事件，他还结识了县卫生局李定昌局长、县医院曹文治院长。后来在不同的环境中，他们都对汪大德有过很大的帮助，这些人都成了他今生难忘的贵人。

第二十一章
中医招考合格转正

　　1978年秋，妻子刘林翠有了身孕，每天拖着沉重的身子操持着家务。汪大德常常感到很内疚，自己工作繁忙，不但不能为妻子分担一丝一毫的家务，反而还常因早出晚归导致妻子多做一些额外的劳动。但面对这一切，知书达理的刘林翠从来没发过半句埋怨，相反，她常为丈夫能为众乡亲解除病痛而深感自豪。在汪大德的心里，刘林翠就是一个最好的贤内助。汪大德虽然从未对妻子说过感谢的话，但在心里，他感谢这个伴他一路艰辛的爱人。如果没有她，就没有自己参加中医招考，也不可能有成为国家正式职工的机会。

　　1979年正月儿子出生了，儿子刚满月不几天，大队召开群众大会，正好这天大队办公室送来了一份《襄阳报》。在这交通不便的深山里，别说是什么刊物，就是一份报纸，也极其少见。对于爱看书爱学习的汪大德来说，即便是一份报纸，也十分珍贵。他拿起报纸便如饥似渴地看起来。

《襄阳报》原文转载了《（1978）56号文件关于从集体所有制和散在城乡的中医中吸取一万名中医药人员充实加强全民所有制中医药机构问题的通知》一文，文章映入了汪大德的眼帘。文章称，凡符合资历的从医人员通过报考，经过卫生主管部门考核通过后，会被录取为全民制正式职工，将成为一名正式医生。他心情十分激动，可当他又仔细一看，离报上所登的报名时间只剩几天了，现在还能不能报上名是个未知数。

回家的路上，汪大德的心一直被招考的事充斥。对自己来说，这是多好的一个消息啊！可是眼下父亲年迈多病，儿子又刚刚满月，妻子一人怎能担起照顾家庭的重担呢？自己去参加报考，必定会离家一些时日，为了自己的理想，就此丢下老父妻儿一走了之，却又如何忍心？何况去报考出门在外，还需要一定的开支，家里又如此贫穷，自己怎么张得开嘴说出自己想要报考的事。若考不上，就是劳民伤财，若是考得上，真正成了一名正式职工，离家又很远，怎么能照顾家庭呢？但能成为一名国家认可的正式医生，那可是自己毕生的追求啊，他打心底里不甘心放弃这样的机会。

究竟何去何从？汪大德心里不禁纠结万分，就像走在了一个十字路口，一边是家庭对自己的需要，一边是自己对未来的追求。在心里权衡良久，终于下定决心：常言道，人往高处走，水往低处流，我一堂堂男子汉大丈夫，现又正当盛年，明明眼见有机会来临，为什么不放手去搏一把呢？说不定，自己因此成了一名正式的医生，还能有更好的学习环境，还能为更多人解除病痛，能成为更有用的人呢！成不成，先和家人商量商量，看看家人的意见，总比自己这样闷在心里要痛快得多。

于是，在当天晚饭后，他主动和父亲谈起了这件事。父亲问："如果你去报考，考上和考不上有什么结果呢？"汪大德说："如果考得上，能转为全民职工，成为一名国家承认的正式医生。如果考不上，别人笑话是小事，最主要的是浪费时间，花费钱财。能不能考上，我也不知道。全国这么大，只招一万人，虽然机率很小，但我想去试一试！"父亲听后，磕了磕烟灰，吐了几口烟子，望着汪大德的眼睛说："既然你想去试一试，你就去考！考上了就好，考不上也没啥大不了！古人常说，求不来官还有秀才嘛，还怕别人笑话咋的？"

得到了父亲的首肯，但是妻子能同意吗？又不知几时去参加考试，如果考取了，转正了，这么重的家庭重担，她会同意吗？好几次，话到嘴边，汪大德又把自己想要报考的事咽到了肚子里。

刘林翠见丈夫好几次欲言又止的样子，十分纳闷，于是就问他有什么事。汪大德这才把自己憋在肚子里的话说与妻子听。

没想到，知书达理的刘林翠只说了一句话："只要你考得上，再困难我们都支持你！你只管放心去考！家里的事有我呢！"

得到了妻子的支持，第二天汪大德就连忙去粟谷卫生院报名。一进卫生院，见到粟谷卫生院伍军清书记，汪大德连忙问："伍书记，报纸上登载了全国中医招考，果有此事吗？"伍书记说："有，你是来报名的？来得正好，已经报了33人，名单明天就送县卫生局。"汪大德一听，高兴极了，自己刚好赶上了报考的最后一趟末班车。报完名后，伍书记让汪大德回去等考试的通知。

汪大德离开粟谷卫生院后，随即去了一趟师父谭元甫家，告诉了师父自己报考的事。谭元甫赞赏地说："这是好事，能发挥你的特长，你回去了好好地准备一下。"说完，又指点了许多医学上的知识，留他吃完饭后方让他回去。

在经过一段时间的学习后，4月7日，汪大德参加了以县为单位的全国统考，谷城的考场设在谷城卫校。当天参加考试的有三百多人，本次考试全县录取中医医士三名，汪大德成为三名中的一员。

8月1日，湖北省卫生厅、湖北省人事厅联合正式下达录取通知，而汪大德接到通知的日期却是10月中旬。因为这个通知是从省里到县再到区，而汪大德所在的地方交通不便，医院通知到了村里，村里却没有通知他。后来医院直接把电话打到村里来要人，村里才通知了汪大德。面对省卫生厅直接发来的录取通知，区里有很多人十分纳闷，不明白这个大山深处的赤脚医生为啥能够转正。因为汪大德平素为人一向低调，也对自己能否被录取心存疑虑，所以当初报考之事从未声张，所以别人都不知道。

汪大德终于被湖北省人事厅、湖北省卫生厅录取为全民所有制正式职工，分配在粟谷卫生院从事中医工作，成为一名正式的医生，月工资24.5元。卫生院安排他从事门诊、出诊医疗工作。

告别了没日没夜三餐不继的赤脚医生生涯，汪大德终于和自己的师父谭元甫成了同事。想到能经常见到自己尊敬的师父，他的内心就有说不出的激动和兴奋。学医之初，几时敢有过这样的梦想啊？

汪大德十分珍惜这样的工作机会。他一如既往，没日没夜工作在出诊医疗的第一线。在搞好出诊之余，他坚持以院为家，奋发努力，遵章守纪，刻苦学习，积极工作，争先劳动。自从上班发现师父来得比别人都早，还每天扫院子，扫厕所，他就决心也要做师父那样的人。

每天早上，汪大德提前起床，主动把卫生院院子打扫干净后，又把厕所打扫干净，又挑来几桶水把厕所便池里的粪便也冲干净。那时医院只有公厕，职工家也没有卫生间，卫生院也没有自来水，用水全靠肩挑。在他看来，卫生院不但是自己工作的地方，同时也是自己的家。为自己的家打扫一下卫生，也没什么不可以。反正一大早的，自己活动活动筋骨也挺好。后来，因为汪大德常常起得最早，他把打扫院子、厕所当成了自己上班前的一个习惯。大家开始都惊讶赞叹，后来也就司空见惯了。

没多久，卫生院领导便找到他，说有个任务要交给他。

第二十二章
修筑驳岸戒掉香烟

　　原来，汪大德上班没多久，卫生院伍军清书记便发现汪大德不但医术颇精，为人谦和，对待病患如同亲人，而且时时做到尊老爱幼，与同事之间的关系也处理得特别好，于是心中十分欢喜，打算委以重任，但在这之前，还想再对他进行考验一番。

　　粟谷卫生院背靠青山，山不是石山，山上全是黄泥土。一旦下暴雨，山上的泥土就会被水冲下来，医院的墙基时时刻刻都有被淹没和坍塌的危险。医院领导班子经过研究协商，决定在靠山的那一面砌一层挡土墙，于是请了一些工人施工，伍书记把这件事交给汪大德去督办，且让他同时担任出诊医生。

　　汪大德去现场看工人施工，马上就发现他们的施工方案存在很大的问题。砌挡土墙在山里人来说，就叫作打驳岸，因为汪大德在农业学大寨治大寨地时打过驳岸，在家里时也曾为房前屋后打过驳岸，所以他比较有经验。好在施工的人刚好是老家东河人，自己老乡，说起话来比较方便。
于是，汪大德就和领队的施工老乡商量，说出了他们如此
施工不妥之处，并提出了整改方案。老乡一听，深感汪大
德的建议好，这时汪大德又给伍书记汇报，要求改变原来
打驳岸的计划，院长听了也觉得很有道理，于是就开始按
照他的建议进行施工。

　　在负责督工查看打驳岸的同时，汪大德因已经小有名
气，方圆左近很多人来请其出诊。汪大德总感觉时间不够用。
即便如此，他还是像以前当赤脚医生一样，保持着自己的
纯朴作风，为病人看完病后，总是速去速回，从来不在病
者家中用饭，有时跑几十里路还会赶回医院的食堂吃饭。
食堂的工作人员习惯了汪大德的不定时，常常心疼他不能
按时吃饭，总会为他留一份放在那里等他回来热着吃。

　　汪大德把时间抓得很紧，一方面出于他多年养成的习
惯，另一方面也是因为领导安排他监管施工，他生怕施工
人员偷工减料，保证不了质量。

　　在监管施工过程中，只要发现有一点质量问题，他都
要和施工领导商量，要求返工。施工人员见他人和气，说
话也总以理服人，又有经验，也都十分配合。

　　打驳岸的工程经过了近两个月，终于完工。医院领导
来查看，发现驳岸打得不但标准合理，而且极其漂亮美观，
十分满意。这时，那个东河的老乡对医院领导说：

　　"这多亏了汪医生提的建议，要按我们以前的做法，
那可没有这么好。"医院领导笑着赞许地望了汪大德一眼，
说道："小汪，做得很不错！"汪大德谦虚道："哪里，

这都是施工的师傅们手艺好,驳岸才能做得这么漂亮呢!"
大家不禁都笑了。

　　说到打驳岸这个事,其中还有个好玩儿的小故事。

　　汪大德是有烟瘾的,他还曾自制了旱烟袋,后来吸纸
烟,那时的烟都十分便宜,有叫丹江的,两角钱一包;
有叫大公鸡的,一角五分钱一包;有叫联盟的,一角钱
一包。汪大德最钟爱的是丹江牌的香烟。每每身子困了,
在能休息的时候抽上一支,身心都觉得十分愉悦。人们
常说,饭后一支烟,赛过活神仙。不抽烟的人是体会不
到这种乐趣的。

　　打驳岸的工人一共有八个人。汪大德每每去督工的时
候,都会挨个给工人们发上一根烟。这样一来,每每去一
次,一盒烟一圈下来就剩了半盒,一天去个三五趟,两盒
烟可就没了。汪大德心想,自己虽然不是小气人,但这一
个月 24.5 元的工资,可是要养一家老小的啊,总不能全买
了烟发给工人,一家子去喝西北风。就为发个烟,如今在
食堂里都欠了饭钱,还要找人借。但也都发了这些天,忽
然一天不发了,那又叫个咋回事?工人们心里肯定要有想
法。但这事该如何好呢?他扔掉了快要烧到手指的烟屁股,
用脚尖狠狠地踩了几下,心里想:"看来这烟要戒了!不
戒不行了!只有自己戒了烟,才能省下几个钱,不在食堂
里欠饭钱。只有这样,才能维持生计。"

　　戒烟是什么滋味?估计戒过烟的人都深有感触。吞云
吐雾惯了,男人们完全会把抽烟这一看似小事一桩的嗜好
当成一种精神享受。

　　虽然有了要戒烟的念头，但汪大德却总也没有落实到行动上来。这样过了些日子，有一天，他终于下定决心，对自己说：师父谭元甫也曾爱抽烟，如今不也把烟戒了吗？我也一定要说到做到！从这天起，他终于把烟彻底戒掉了。后来有很多人问汪大德，是用什么方法把烟戒掉的，汪大德总是笑着回答对方两个字："决心。"

　　是的，人只要有了决心，哪怕命运如溪，九曲连环，百转千回，也没有做不成的事！

　　很快，这个敢想能干又有决心的年轻人，又接到了卫生院领导的另一重任。

桔梗

第二十三章
接任防保争先创优

　　初到粟谷卫生院的汪大德，短短时间就因工作出色，被医院的伍军清书记选中。伍书记想让汪大德担任卫生院防保组组长，负责预防保健工作，加强防保组的领导。

　　防保组曾有五任组长，工作虽然能按部就班，却始终毫无起色。伍书记为人耿直，对待工作一向要求完美，所以五任防保组组长没少挨他的批评，尤其是县卫生局、县防疫站的领导对粟谷卫生院的防保工作非常不满，经常在大会上批评粟谷卫生院对防保工作不重视，工作不得力。所以防保组长说起来好听，却是个没人稀罕的角色。在汪大德完成打驳岸的监工后，伍书记就有意把他安排到防保组帮忙搞资料，同时兼出诊医生。时过不久，1980 年春天，卫生院正式通知汪大德为粟谷卫生院防保组组长。

　　汪大德在接任了这一职务后，对防保组工作进行了全面评估，发现防保工作难以开展的原因有四：

　　一是自然条件差，粟谷卫生院所管辖的山区，可以用一首当地人的山歌来形容，那就是：山高石头多，出门就爬坡，河沟道道多，出门就湿脚。这简单直白的话语形象地说明了山区极其不便的交通环境。一方面山中人少、不集中、贫穷、对疾病的预防意识基本为零。二是防保组人手少，防保组总共就三个人开展工作，又没有任何交通工具。三是队伍人员老化，思想观念比较陈旧。对于汪大德来说，这是让他尴尬的难题。由防保组统管的四个管理区的防疫医生都是卫生所长兼任，大都在四五十岁，比汪大德年长不少。作为一个年龄不大资历不足的新人，如何去领导这一班老将，成了汪大德的心头大事。四是管理不到位，工作无计划，管理无制度，考核无标准，干好干坏一个样。工作搞不上去这不是显而易见的吗？

汪大德接手防保工作时，正是县防疫站布置的头癣扫尾工作和地方性甲状腺肿（简称地甲病，即因缺少加碘食盐导致的粗脖子病）普查普治工作开头之时。头癣扫尾要到村查看头癣治愈情况。对于治疗头癣一擦（擦头癣药）、二洗（洗头、洗衣服）、三消毒（被服洗、晒、蒸）落实得到位否？重点要查看秃头好了没有，如未治愈，要从头来，必达治愈为止。地甲病普查普治工作是分两步走。第一步是普查，首先对防保医生开展普查工作专业培训，使防保医生能掌握地甲病普查知识；然后就是亲临一线，逐人摸颈脖，看有没有甲状腺肿，还要分型分度，即结节型、弥漫型、混合型及1、2、3度。这一切，全凭手感诊断，逐人填表登记，统计上报，看似简单，但山区人民居住分散，交通不便，要想做好这一工作确实不简单。鉴于这在当时是粟谷山区普遍存在的一种地方病，只有普查准确了，才能为普治决策打下坚实基础，第二步的普治工作才能顺利开展。

这类病的产生主要就是因为卫生防疫知识不足，卫生条件达不到所致。对一直连吃饭都是难题的山里人来说，生存才是最重要的事，至于卫生防疫知识，哪个有闲心去管呢？防保组在人少任务重的情况下对人们苦口婆心地做工作，老百姓却并不领情，如此一来，工作人员也渐渐失去了热情，防保工作也就慢慢地懈怠下来。这才是之前防保工作没有搞好的重要原因。

汪大德了解情况后，他想这前三项我无力解决，也是难以一下解决的事，只有暂且放下，但我能做到的就是改变之前的工作方法。于是，在接管防保组组长工作的第三天，他把大家召集在一起，开了个会，私下里他为开这个会做好了准备。他根据县防疫站的要求拟定了工作计划，制定了一系列工作制度及考核办法，对工作的难易及区域大小进行了划片包干，并将工作计划、方法事先告知了伍军清院长。

会议之前，大家都私下说，这样的工作，除非汪大德是齐天大圣，否则谁干得好？汪大德一个年轻的新医务人员，他能有个啥本事改变这样的事实呢？到时候，还不照样挨那伍书记的训，挨县里的批！

开会的这一天，汪大德不但把伍书记请了来，还把所有的管理区卫生所所长也都请了来，每位所长都兼任防疫医生。他亲切地对大家说道："今天把各位请来，不是开什么会，主要就是我想说说我的心里话。在座的各位年纪都比我大，资格都比我老，水平也都比我高，你们是长辈，是老师，是我工作和学习的榜样。大家知道，防保工作一直以来处于工作任务重，时间紧，人员又少的状态，现在卫生院领导让我来接任防保组组长，请大家给予支持和配合。山区防保工作，确实有些勉为其难。我现在按照县里的要求标准，制定了具体的工作方案、考核办法、奖惩办法，并作了明文规定。希望大家能按着这规定开展工作，各人负责各自的区域，首先做好头癣扫尾和地甲病的逐户逐人摸底登记，然后统计上报。我呢，也和大家一样划分区域，做同样的事。大家看好不好？"

　　大家都不表态，也无人响应。伍书记站起来说道："有什么问题，大家可以提出来探讨，小汪讲得清楚明白，这个方法也挺好，我十分支持！如果大家没意见，就按小汪说的办。"于是散会。

　　晚饭后，师父谭元甫看到汪大德，让他晚上去家里一趟。汪大德应召而至，师父严肃地问汪大德："大德，今天有不少卫生所所长都在对我告状，说你训了他们，还说如果不是看我的面子，他们就没人会理你。我想问问这是为了啥事？"

　　汪大德就把今天开会的事以及自己提出的工作方法，详细地告诉了师父。师父听完后，重重地点了点头："你做得对，我支持你！但以后在工作中，还是应该注意工作方法，不能为了工作，得罪领导和同事。能得到大家的认可和支持，你的工作才能展得开，这样你做事才能如鱼得水。"汪大德连连点头，十分赞同师父的话。

有了伍书记和师父的支持，汪大德对自己的工作思路更加坚定，也有了把工作做好的信心和决心，于是，一头扎进了下乡调查摸底的工作中。

时间明显不够用，于是他决定天不亮起床。早出晚归，抓紧时间，快速行动，细致摸底，做到村不漏户，户不漏人，一检查登记。

几天后，汪大德自己分的村调查摸底统计完成后，他又随机抽查了一个办事处，了解各家各户，询问被检对象。和自己之前掌握到的资料一核对，就发现了不少问题。这时他想只抽查一处不公平，于是，又将其他三个办事处一同抽查，一探究竟。经全面抽查后他发现了一个普遍问题，就是工作不实，存在弄虚作假现象。这说明他的方法大家不但没重视，反而还敷衍了事。

汪大德当下就去找伍书记，汇报情况，要求开会重申自己的观点。伍书记为难地说："你这才开的会，没过几天又要开，怕是不好，大家肯定会有意见的。"汪大德对伍书记说："伍书记，如果这种弄虚作假的工作作风不改，这防保工作就永远也搞不好。如果伍书记觉得有难度，我们就去找公社分管卫生的领导，请他出面解决。"伍书记听了，同意一起去公社找领导。

到了公社，汪大德把他随机抽查发现的问题一五一十地作了汇报，公社分管卫生工作的胡春堂接口道："汪大德说得好，思路清晰，工作方法也很对路，这个应该支持重视。这样吧，伍书记你负责通知下面的防保医生，明天就开会。我亲自到会，对下面要严格要求，必须如实完成工作任务。"

第二天胡春堂在会上作了讲话，并一再强调大家都要按汪大德的方法去做。伍书记也对卫生所所长数据不实的问题提出了严厉的批评。会后，各人重返各自包干的区域开展工作。

几天后，汪大德又大杀回马枪，再次下去随机抽查数据。这一次，所有数据清清楚楚、明明白白，没有一个人敢敷衍。于是剩下的工作就完全按照汪大德的设想一步步展开。没多久，粟谷的防保工作起色不少。

经几个月奋战，头癣扫尾工作顺利结束，地甲病的摸底工作也准确无误，这为下一步正式启动地甲病普治工作奠定了坚实的基础。

地甲病普查结束不久，汪大德参加了襄阳地区举办的为期半年的中医提高学习班。

中医提高班学习结束后，一回卫生院，刚好又投入到1981年春的地甲病普治工作中。这项普治工作县防疫站要求很严，普查要到位，治疗要彻底，根据各镇、公社上报的统计数据进行了复查，不少公社返工，而粟谷卫生院却一次过了普查关，吃了定心丸。

由于院、所、室医生转变了作风，所以在普治工作中也做得非常细致深入，严格按县防疫站的要求，认真对患者发放药品，送药到手，看药下肚，并嘱告大家以后的详细服法、用量及注意事项，同时将需要手术治疗的病员送县统一手术治疗，并按时到村、户督导服药落实情况，真正把地甲病的普查普治工作落到了实处。

此项工作持续了一年多时间，1982 年春进入全县地甲病普查普治结束阶段，各乡镇防疫医生到县防疫站搞数据分类统计汇总工作，计划用时一月。由于汪大德平时工作抓得紧，各类数据清晰，他只用近十天工夫就交了卷。

对以这么快的速度交了卷，县防疫站的领导不放心，对汪大德上报的数据有所怀疑，于是进行了检查核对，发现确实准确无误后，赞赏不已。

这一年，粟谷卫生院通过全县考核评比，得分名列前茅，还得到了防疫站颁发的奖品：一个在当时看来十分先进的电子计算器，十八双解放鞋，还有一面锦旗。粟谷卫生院的防保工作从年年受批评，摇身一变，成了全县防保工作者学习的楷模，粟谷乡分管卫生的领导、粟谷卫生院的领导都十分高兴，见了汪大德，都会笑容满面："小汪不错，是个好苗子！"

1982 年春，汪大德被提拔为粟谷卫生院的支部委员，开始协助党支部工作，大小材料都由他处理，他也继续担任防保组组长和出诊医生，年终被县卫生局授予"先进卫生工作者"荣誉称号。

第二十四章
地区办班提高中医

　　1980 年 6 月 1 日，襄阳地区为落实中央中医工作政策，又在谷城卫校办了为期半年脱产学习的中医提高班。

　　汪大德参加了地区中医提高班学习，本次办班参加学习的共 38 人，有原襄阳地区卫校毕业的正式中医中专生 28 人，有 1979 年参加全国中医招考录取的中医士 10 人，均来自襄阳各县（市），大家齐聚一堂，为继承和发掘祖国医学遗产而学习。

　　这半年的脱产提高班，教学主管部门是襄阳地区卫生局，委托谷城县卫生局、谷城卫校承办，师资主要是谷城卫校老师，另还从乡镇抽来的中医大学毕业、有临床经验又有教学能力的庙滩卫生院黄乃奎、五山卫生院吴世然、城关卫生院肖世昌任教，时间虽短，但学习时间安排得十分紧凑，学习氛围十分好。

　　大家你追我赶，日夜加班，都不甘人后，读书蔚然成风。大组提问，小组讨论，单科考试，阶段测验。每次考试成绩公布，汪大德都是名列前一前二，深受老师和同学们的称赞。

半年的脱产学习中，大家所学内容是以中医大专教材为主，重点学习中医基础理论及内、妇、儿、药学、方剂学，同时也开了伤寒论、温病等课程，基本上是按大学教育标准进行的速成教育。

汪大德把所学知识和基层临床经验结合起来，带着问题学，随时向老师和同学们请教，认真做好笔记，强化记忆。通过半年学习，他较系统地掌握了中医基础理论，懂得了中医的整体观念、辨证论治，进一步了解了阴阳五行、脏腑经络、病因病机、望闻问切的基本内容，知晓了八纲辨证，气血、津液辨证和脏腑的生理功能与病理变化表现。同时也系统地学习了中药炮制，四气，五味，升降浮沉、药物归经、配伍的注意事项。

提高班里的学生编了一个顺口溜："中医提高班，提高不一般。虽只学半年，胜我前三年。"半年学习结束，学员们都拿到了襄阳地区卫生局颁发的襄阳地区中医提高班结业证书。

一次老师在上方剂学时，讲到可用"半夏厚朴汤"治疗痰核气（亦名梅核气），说本病为痰气郁结，咽中有异物感，吞之不下，吐之不出。恰好汪大德手中有这样一位病人，他恨不得马上回去为这个病人用此方法以观疗效。

这一患者是个老病号，女性，年近五十岁，多年胃胀，咽中异物感。她也经过多名医生诊治，疗效不显。后来求诊到汪大德，他诊断为七情内伤，肝郁气滞，肝胃不和，曾用多种方法未治愈。经过此次学习，他恍然大悟，百病多由痰作祟，痰气互结阻于咽中，为什么以前忽略了此方呢？他想，在原来的治疗中只注重行气散结、降逆止呃，根本就没有想到痰在此病中的影响，仔细破解"半夏厚朴汤"后，方中半夏化痰开结，和胃降逆，厚朴行气开郁，宽胸畅通下气除满。苏叶辛温，善具发散亦可助半夏化痰开结，茯苓健脾利湿助半夏化痰，生姜助半夏和中止呕。五药合用，辛以散结，苦以降逆，辛开苦降，化痰降逆，则痰气郁结之症，皆可消除。不管怎么说，都得试一试。

一天因防保工作，他得回院安排，本来时间就很紧，可他还是挤时间专程去离医院七八里地的这位病人家了解病情。他询问了病情，病人告知胃不胀了，嗝也少了，就是咽部不适没好转。他主动询问病人可否再开药方，病人求医心切，连声答应道："这真是感谢都来不及啊！你今天还专程来为我看病，我都不知道怎么谢你才好！"

此时汪大德即按"半夏厚朴汤"的原方进行了加减，并嘱吃五剂。汪大德再次回粟谷时又专程去访问服药后的情况，病人兴奋地说："汪医生啦，没想到，我这七八年的老毛病终于在你手里给我治好了，我得谢天谢地谢你汪医生啦！"

看到病人感激的模样，汪大德心想："古人说得好，学法不学诀，如同捡块铁。这做医生的，就算学了一些医病的法子，但没有掌握诀窍还是没有用。"他又联想到群众的一句俗语："吃药不透方，如同使船装。"这句话的意思是，用药不到位，吃再多也是没用的。至此，他更注重理论与实践相结合，并学以致用。他恨不能把临床上所遇到的难题都一一在学校学习时得到进一步的论证。

此后，虽然提高班的学习时间紧，汪大德有时还要回粟谷卫生院安排防保工作，有时还要抽时间去县防疫站参加防保工作会议，但只要有人请他看病，他仍是毫不推辞。

汪大德感到这次的脱产学习，让自己开阔了眼界，增加了知识面，使自己的中医知识得到了很大的提高。他感到，国家办这样的中医提高班简直就是为中医工作者下的一场及时雨，也是对中医工作的一个拯救。他一再告诫自己，如果今后还有这样的学习机会，一定不能错过。只有多读书，多学习，才能明医理，明道理。时时自我充实，才是善待自己的表现，才能如自己的名字一样真正成就一种大德。

连翘

第二十五章
四年函授负伤赶考

1981 年，年已 34 岁的汪大德刚拿到襄阳地区中医提高班结业证书，又听说湖北省中医学院打算开办中医大专函授培训班，学制 4 年，不脱产，每月一周集中函授学习，各县卫校为培训基地，教材由湖北中医学院按大学教材统一提供，学费自理，或单位适当补贴。汪大德知道这个消息后，心里十分高兴，认为这是一个更好的学习机会。

然而，兴奋过后，他又感到了不现实的一面。首先，在卫生院出诊任务大，还得搞好防保工作，再就是自费的问题，家里目前的生活只能维持一般的开支，参加了培训班，无疑又多了一份支出。还有，如果自己参加了此次函授学习，家中一切重担又都得压在妻子身上，刘林翠不但要照顾老父和儿子，还要操持家务。可无论如何，他心里总不愿舍弃这次学习机会。

一天回到家，吃完晚饭后，汪大德就此事和父亲作了长谈。父亲听了，没有像上次一样爽快地答应，反而有些不大赞成："大德，要说你从事这一行业也有些年头了，口碑也还不错，虽然日子好过些，但还欠着几百元外债呢，这笔账可是一个天文数字啊！你若再去上4年学，到哪儿去弄这一大笔钱呢？本事够用就行了，不要这山望着那山高。"

汪大德听了父亲的话，低头沉默了一会儿，抬起头目光却是那样坚定："爹，做学问是一辈子的事。我没上那半年中医提高班的时候，也有过你这样的想法。但经过那半年的培训，我才知道自己以前学的那些东西不够用。所以我还是不想放弃这一次学习的机会。家里要有什么困难，我回来了再处理也不迟。我真的想当个好医生。您说行不行呢？"汪父听了汪大德的这一番话，点了点头，没有再说什么反对的意见。

汪大德又去和妻子商量，妻子一如既往地干脆利落，说全力支持他，让他不必担心，只管放心去参加学习。

得到家人的支持和同意后，汪大德又去见了一趟师父谭元甫。谭元甫也很赞同，对他说："大德，你能一直保持这种学习的精神，我十分欣慰。我曾有一位老友，名叫熊子勋，这个人年纪比我小一点儿，学问比我深，是个学识渊博的高人，人家从来就不曾放弃过学习。我这一生中，能让我佩服的人，少之又少，但这个熊秘书，却是我最敬佩的人。他现在在谷城工作，将来如果你有机会遇到他，替我带个问候，你一定要尊重他，多向他学习。"汪大德点了点头，心中也想起了一个人。

这个人就是记忆中二哥所提到的那个熊秘书，这两人不知会不会是同一个人呢？忽然又觉得自己好笑，天下同名同姓的人多了，都叫熊子勋又都是秘书的也不足以为奇，怎么我把这两人给想到一起去了。不过，能让师父都敬佩的人，到底是一个怎样的人？我且把熊子勋这个名字记好，将来机缘巧合，说不定还真能相见。

汪大德终于如愿以偿地成为湖北省中医学院中医函授班的一员。在学习过程中，汪大德勤奋、认真、一丝不苟，如饥似渴地汲取着老师们输送的营养。同时，他还绞尽脑汁，吃苦下力正确处理好医院的工作，平衡出诊、学习、防保、家庭之间的关系。

函授班于1981年10月6日正式开学。学制四年，每月集中一周在谷城卫校面授，平时自学，每天不少于三学时。当时开有十三门课程，采用的是新版本的大学本科教材。书目有《中医学基础》、《中医内科学》（上下册），有《中医诊断学》《中药学》《方剂学》《妇科学》《儿科学》《针灸学》《内经》《金匮》《医古文》，还有《温病》《伤寒》等。书本一次性到位，同时还发了1981年至1985年中医函授学习各科教学课程进度表，规定了各科教学学时。当时采取的教学方式是每月一周，每日面授六学时。还规定了总复习时间和毕业考试时间。

说是函授，可一点儿也不比上正规大学差。四年的函授，无论老师还是学员，没有一个人旷课或是拖延到校时间。在学习过程中，师生都十分严肃认真，严格要求自己。这次开办的函授班，成为历年来最成功最高效的一个函授班，因为那是改革开放后，国家重视人才的初始阶段，师生在学习过程中都是抱着一腔热情，想要学业有成，以期报效国家。

汪大德也和同学们一样，努力把每门课程学好，与同学们也都相处和谐。第一次考试排名出来，他听说自己得了第一，心里在想，这一次莫不是瞎猫逮了一只死老鼠子？这么多同学，我怎么就能得第一名呢？但在以后的每次小考中基本取得第一第二的成绩后，他终于相信，自己在当中医学徒期间打牢了底子，现阶段确实又更好地掌握了所学的知识。在汪大德4年的函授学习中，他的刻苦认真精神同学们都有目共睹，以至于在参加函授班的4年学习期间，除了第四年未开展评选活动，前三年均被授予湖北省模范函授学员。

参加函授培训班学习的第三年，也就是1983年，卫生战线也学农村改革，打破大锅饭制度，实行多劳多得。粟谷卫生院制定了从基本工资中提30%进行考评，以提高医生的工作积极性，逐月对出诊人次和业务收入进行统计。

当时粟谷卫生院医生主要是以出诊为主，全院领有出诊包的医生共计11人，汪大德就是其中之一。当时的他，一是担任院支部委员，协助书记的工作，时常要写一些材料和参加会议；二是担任医院防保组组长，要亲自抓防保的具体工作；三是当时还属于半边户，家离卫生院三十多里，偶尔还要回家照顾家庭。同时，作为一名函授学员，每月要到县城面授一周，每天还有自学和做作业的任务。但就是这样，他也一样要受到医院的出诊考评。

考评终于下来了。真是不考不知道，一考吓一跳。仅

1983 年 3 月的第一次考评，全院领有出诊包的医生一人，出诊总业务量收入 850 多元，仅汪大德一人的业务收入就是 430 多元，占总额半数之多。另十人中，有一名医生全月只有八角钱收入。这个结果一下就轰动了整个卫生院，消息甚至传到了县卫生局。

至此，汪大德不仅在群众中名声好，同事们也对他刮目相看，人人提起汪大德，无不交口称赞。

鉴于汪大德的业务能力强，又有管理水平，防保工作也干得极其出色，函授学习成绩也十分优秀，为人处世也大公无私，作风正派，1983 年 4 月，汪大德成为县卫生局重点培养对象，参加了谷城县卫生战线开办的中青年干部培训班，脱产学习三个月。结业时，汪大德又被评为模范学员。经组织考核，1984 年元月，卫生局正式通知汪大德为粟谷卫生院院长。

虽说是院长，除了担负起院长的职责外，他还照样和其他人一样出诊。作为粟谷卫生院的一把手，方方面面的工作都要亲自抓，还要出席各种行政会议，病人不能推，学习要坚持，有一点点空闲的机会，他还坚持写笔记，写自己攻克某种疑难杂症后的心得。他想着，医学杂志上不是常常刊登一些医学论文吗？将来自己要是有条件，学着写论文，把自己临床经历的特殊病例，用文字进行一个详细的概括和总结，不但能作为医学论文的真实素材和依据，同时对自己也是一个提高。如果把自己治疗成功的经验分享给其他的医界同行，说不定能在不同程度上让其他人少走些弯路。有此想法后，他就坚持学写医学论文，不断总结临床经验，逐步提高自己的临床诊疗水平。

1985 年 7 月 13H，也就是函授学习的最后一周，汪大德坐车到谷城县城，去参加最后一次的函授面授学习，然后参加 7 月 17 日的第十三门课针灸课程单科结业考试。

不幸的是，车行不远，汪大德所乘的车辆就发生了车祸。

在此次车祸中，汪大德是受伤最为严重的一个。他当场浑身是血，感觉到腰部以下已经失去知觉。现场一片混乱的状态下，汪大德用仅剩的一点意识动了动自己的左右手指，发现左右手指还能动。他在心里对自己说："不用怕，不用怕，就是从此瘫痪了，只要手还在，还能为人看病，就不是最糟糕的了。"想到这里，他心里一放松，一种钻骨透髓的疼痛袭来，他轻轻地呻吟了一声，旋即失去了意识。

人们七手八脚慌慌张张把汪大德送回了粟谷卫生院，进行简单的缝合，因那时家里还不通电话，于是连夜请人到汪大德家通知他的家人。家离粟谷卫生院有三十多里路，妻子刘林翠心急如焚，连夜赶到了粟谷卫生院，进行陪护。

因为粟谷卫生院医疗设备落后，做不了详细的检查，医院领导协商后，第二天，将其转入了谷城县医院，妻子也抛下一切，一同前往照料。

一天后，经过县医院详查，发现汪大德右臂手腕处严重粉碎性骨折，腰椎严重受伤。虽然伤情严重，却没有大碍。这令汪大德放下心来，但他马上想起就要参加函授班的针

灸单科结业考试，不禁着急万分。自己无论如何也要参加
单科结业考试呀，最后关头怎能放弃呢？他让妻子把他的
学习书籍取来，放他面前。打针时他的眼睛盯着书本，吃
饭时眼睛也盯着书本，妻子心疼地劝慰他："不就是个结
业证吗？大不了咱不要了，你都伤成这样了，到时也参加
不了结业考试呀，现在还这么拼命地复习，又是何苦呢？"
汪大德笑笑说："这不还没到结业考试的那一天吗？说不
定到了那一天，我就能站起来了也说不定。所以呀，这复
习不能停。再说了，人一遇到困难就低头，做事情虎头蛇
尾，怎么能成器呢？"妻子见他不听劝，也只好由了他去，
只是总怕他休息不好，有时他看的时间久了，就不由分说
夺下他的书，放到一边，不停地催促他休息。

　　针灸单科结业考试的这一天终于要来到了。考前的一
天，汪大德仍然只能眼睁睁地躺在病床上。他不能容忍
自己付出了四年的努力，在最关键的时刻掉链子，不参
加考试得不到成绩不知道学习结果，这学习就不能算学
到家了。他想到一个人，就让妻子去找函授班的负责人
赵如清老师，说自己想要参加考试，能不能到时安排一
个房间和一名专门的老师监考，让人把自己抬到房间，
由自己口述，请人帮着写，来完成这场考试。妻子说："让
人家培训班专门为你一人这么麻烦，怕是不好吧？"汪
大德说："我也不想啊，但我很想知道自己学得怎么样，
不参加考试怎么行呢？你找培训班的赵老师说说好话，
我这也算是情有可原。再说了，要是他们不同意，也没
办法。但你不去试试，怎么知道他们不同意呢？"妻子

只好去把汪大德的意思转述给了函授班的赵老师。赵老师人很好，知道单科结业对于学生来说，不仅意味着肯定，还意味着一种学习的荣誉，而且单科结业差一科就不能参加总考，非常重要。赵老师答应了汪大德的请求，并说："我向上级请示，尽量促成。"

本次针灸单科结业前，汪大德虽未参加复习，但他凭原来的学习功底，顺利地答完了针灸考题，单科结业总算顺利过关了。

紧接着，还要参加为期两个月的总复习。汪大德右臂挎着绷带，拄着拐棍一步三挪地去教室听课了。每天，他用左手记笔记，经过几天的锻炼，笔记记得比别人右手记得还干净工整。

毕业总考时，汪大德以优异成绩顺利过关。在函大毕业典礼大会上，县卫生局的余峰局长特别对汪大德提出了表扬："汪大德同学不仅学习认真，次次考试都名列前茅，而且在受了重伤的情况下，还拄着拐棍，挎着一只胳膊参加学习，不畏病痛，简直就是郭建光式的人物！做人要都能像他这样，还有什么事做不成呢！"郭建光是革命样板戏《沙家浜》里战功卓著、智谋过人、英勇顽强的英雄人物，是当时人们尊敬赞赏并且喜欢的一个家喻户晓的正面形象。汪大德听到余局长当着这么多的人，把自己和郭建光这样的英雄人物相提并论，心中颇感自豪。

不久，汪大德拿到了国家颁发的大专毕业证。他一遍遍地看着，不禁流下激动而喜悦的泪水。他现在唯一想做的，就是快点把这个好消息告诉自己的恩师谭元甫，然后再告诉家人。

回家的路上，一个背着小书包的小男孩蹦蹦跳跳地经过他身边，唱着一首老师教的歌曲："社会主义好，社会主义好，社会主义国家人民地位高。反动派被打倒，帝国主义夹着尾巴逃跑了。全国人民大团结，掀起了社会主义建设高潮……"

歌声令他想起自己来之不易的工作和学习的机会，也令他想起了那早逝的二哥，不禁替二哥感到可惜。如果当时国家能有现在的好政策和医疗水平，二哥也许尚在人间。汪大德忽然又想起了谭元甫师父口中所说的那个熊子勋秘书，自己数年来，竟不曾谋面，心中不免升起一丝遗憾。最终，他又想，自己应把所学的知识服务于人民，以实际行动报效祖国。

棉团铁线莲

第二十六章
为救病人购车售药

时间很快就到了 1992 年，粟谷卫生院在汪大德的领导下，各项工作得以顺利开展。

但粟谷卫生院距县医院路途遥远不方便，时有危重患者急需转院，但受制于没有交通工具。比如有一回，陕峪一产妇难产，因不能及时转院，耽误了时间，母子丧生，悲惨万状，令人目不忍睹。

另一方面，不论是粟谷卫生院从外购药，还是向管辖区内的卫生所、卫生室送药，也因无交通工具而影响工作效率。

领导班子经过反复协商，最后决定购买一辆救护车。

但钱从何来？这无疑是摆在领导班子面前的一道大难题，尤其是当时职工工资由财政拨发约占 50%，其余全靠自筹。

这时汪大德想到，一方面卫生院正在积极搞创收，扩大业务范围，提高服务质量，增加业务收入；另一方面从药材收购和销售上也能考虑创收。他决定，一方面从改变药品进货渠道来降低成本，由过去在谷城进药改为在襄樊进药；另一方面从食品卫生防保工作方面，从健康体检办证着手，合理收费，把工作做实，不仅可以防止假冒伪劣过期食品带来的危害，又做到了体检办证率达95%以上，做到多管齐下多方筹资。同时，他找了县卫生局及县财政局的领导，希望能给予支援。

但县卫生局及县财政局当时也比较困难，以无力扶持为由婉转回绝了汪大德。汪大德仍不灰心，又找了多家单位，仍然无果。

最后，汪大德找到了县扶贫办公室的龙传军主任，经多次争取，扶贫办领导班子经集体研究，终于一致通过，为粟谷卫生院解决两万元扶贫款。这在当时对粟谷卫生院来讲，是一个天文数字。随后，汪大德又向乡政府积极争取，乡政府领导也知道山区交通不便，救病人要紧，在乡财政十分困难的情况下，为粟谷卫生院解决了五千元。

有了相关单位领导的重视和支持，汪大德的底气就足了。于是，本单位又筹了近三万元后，向卫生局申报了购车计划。当时购车属计划物资，要经省卫生厅批准。时隔不久，省卫生厅的批文终于下达了，指定在西安西南医疗设备厂购买八达牌救护车一辆。

至此，粟谷卫生院终于有了属于自己的一台救护车。这在当时的卫生战线上还是比较先进的交通工具。

有了救护车，卫生院为加强对救护车的管理，专门制定了救护车使用管理办法：一是禁止卫生院任何人无偿借用；二是卫生院领导到县开会搭班车，没有急事不可用车；三是非救护病人不能用车；四是非购药送药不许用车。总而言之，这台救护车成了卫生院的宝贝。它肩负起接送病人、购药销药重任，为交通特困难的粟谷卫生院立下了汗马功劳，也为卫生院的增收做出了很大的贡献。

1992年卫生部门工资由原来卫生战线统一拨发，转为财政切块，乡镇卫生院职工工资由乡财政代发，并在这年提出医疗卫生财政拨款要逐步减少，直到不拨款，全靠医院自筹，当时的说法是给卫生系统"断奶"。

这对贫困山区卫生院来讲如晴天霹雳，震荡了每个卫生工作者的心。汪大德作为一院之长，更是心急如焚。

1993年国家又实行了工资改革，在原来基础上翻番上涨工资，这意味着上面只给政策不给钱，怎么办呢？

汪大德暗自下决心，一定要想办法，让员工们还能像以前一样拿到全额的工资。

于是，他一方面按国家下达的政策做好医疗业务，另一方面也不断地提高医院的服务质量。在此基础上，还按照防保政策，为辖区内的食品卫生人员进行健康体检办证，合理合法收费。同时，加大中药材收购力度。但销路如何？困在大山里的卫生院很难找出好销路。

正在此时，汪大德通过好朋友、县中药材销售员杨大庆的介绍，认识了当时襄樊医药经营部（也就是襄阳现在的独活大药房）的创始人王昄总经理。

王昄当时想要收购一批麝香，听说汪大德在大山深处，就向他打听起来。汪大德听说他在搞药品经营，也向他问起西药的情况。汪大德待人热情好客，王旭则性情豪放，一番交谈过后，两人一见如故。王旭对汪大德说："以后你收到草药卖给我，我则把你们医院所需要的西药卖给你，各取所需，各得其利，岂不好？"汪大德欣然同意，就这样，粟谷卫生院所收购的中药材就卖到襄樊王姐医药经营部，比在当地销售价格要高，在王旭那儿购回的西药也比在谷城购的便宜。这样一来，一方面降低了进货成本，一方面增加了创收，收益就可观了。再加上，当时部分西药紧缺，在谷城购药有时还需限制搭配，而在王姐那里，要什么就可以买什么，这样一来，资金方面就没有先前那么困难了，员工工资也有了很好的保障。

在和王旭认识不久后，汪大德听王旭说起亳州的中药材市场，价格极其便宜，汪大德的心里有了一个想法。他决定只身去一趟亳州，一探虚实。

到了亳州一看，哇，真是大开眼界！亳州的中药材成本比谷城要便宜一半之多。这时，汪大德萌生了到亳州进货，到谷城开中药批发部的想法。

回来后，经过认真评估，他大胆设想在银行贷款八万，在谷城办一个中药批发部。

但在实际操作中，不是他想象得那么简单，他跑遍了多家银行，不说八万，就是一万，人家也要有抵押有担保，何况这样一个山区穷医院，哪家银行瞧得起呢？

汪大德找到了县卫生局，卫生局领导解释说："我们是行政机构，既不能抵押也不能担保，何况搞药材生意也不那么可靠，你就放弃这样的想法吧。"

汪大德听了，不甘心。他想，明明是眼睁睁能赚钱的事，为何不搞呢？不就是缺本钱吗？于是，他又回到卫生院，找到乡政府的马强勇乡长，希望能得到马乡长的支持。恰好，马乡长和农行的范明洲行长关系好，汪大德就赖着马乡长帮忙担保。

马乡长知道汪大德是个能做事的人，也知道卫生院困难，就应允试试看。马乡长亲自到县农行找到范行长，反复说情，最终范行长批准了粟谷卫生院在县农行办理八万元贷款，为期一年。

汪大德又想到开办中药材批发部，还要办营业执照。当时就想挂靠在县卫生局下设的富康公司药品经营部，这一请求得到了卫生局的大力支持，立马与富康公司签订协议。随后就是找房子，搞存药的货架。

在短暂的时间内，汪大德马不停蹄，山里山外往返奔波。终于，一切准备就绪。

贷款到手当晚，他就和司机祝宝策一同开着卫生院唯一的救护车赶往亳州，到后不顾舟车劳顿，随即采购中药材。

在采购过程中，他和司机祝宝策一同在市场上对各种药材以质论价，货比三家，进行选购。最后，终于选好了四五百味中药材。两人又一同把所购的中药材运至住宿点集中，就这样连干了四五天，终于把药材采购齐全，请了大车装好，又特地把贵重药材放在救护车里同大车一同赶回谷城。

两人归心似箭，一路上困了就把车停在路边，打个盹休息一会儿，然后又开始上路。

　　回到谷城，几百味药材验收入库，上货架，他又和同事们一样没日没夜一直干到开业。

　　因为中药材涉及很多方面的问题，为了能让这个中药材批发部经营好，无论多累多辛苦，所有进货以及往来的账目，汪大德都亲力亲为，不嫌麻烦。人们发现该批发部的中药比其他地方质量要好，而且还便宜很多，于是生意一下子红红火火。中药批发部赢利后，不但很快还清了贷款，而且还有了结余。

　　到了年终，全院职工全部拿到工改后百分百的工资，大家兴高采烈，私下不由得议论道："别看咱们是山区卫生院，现在工资可比其他医院还强呢。"

　　1993 年，粟谷卫生院被县委县政府评为卫生先进单位，这对山区医院来说实在是难得的荣誉。

荞麦

第二十七章
驻队收款为民建塔

　　1995 年，因要修建白水峪电站，粟谷成为淹没区。谷城县政府下达文件，粟谷乡政府撤销，乡直各部门同时撤销。粟谷卫生院接到此通知，连忙打电话告知汪大德，汪大德当时正在襄阳采购药材，一听这话，连忙往回赶。

　　回到医院，得知因修建白水峪电站，县政府派的调迁工作组已进驻各单位。他二话不说，全力配合执行上面下达的通知。县政府对粟谷调迁的原则是：领导干部和职工"一分为四"，即分到南河、紫金、官坊、赵湾四个乡镇，就地消化，而汪大德则被破格调往谷城县中医医院。卫生院的所有职工都饱含热泪，对粟谷卫生院依依不舍，对他们的领导汪大德，也都纷纷感叹，只怕再难遇上这么好的领导了。

　　说起白水峪，汪大德对这里还是很有感情的。他不由得想起多年前的一件往事。

　　1983 年，农村实行了联产承包责任制，随着改革的不断深入，合同款也不断上涨。后来又衍生了农杂工款。年复一年，不少农户欠下了许多合同款和农杂工款，直接影响了县乡政府的财政收入。为保证这些款项能及时如数收齐，光靠财政所和行政部门去收无法完成，所以就从职能部门抽调人员驻队，平时督导生产，收合同款时就负责该村的收款任务。汪大德被乡党委、乡政府抽调，参加了乡政府组织的工作队，派驻白水峪办事处县厂村征收合同款。

　　当时，干部驻队收合同款是一件出力不讨好的差事。政府下达收款指标，让驻队干部去村里收缴款项，按理说这干部们是依法办事，老百姓不应为难干部。但当时白水峪县厂村属于特贫村，家家户户都还生活在温饱线上，尽管收款项与干部本人无关，但在大家的心里，还是难免有很大的抵触情绪。

　　老乡们一般对于收合同款的驻队干部，是没有什么好脸色好情面给的，有的坚决不配合。驻队干部无计可施，完不成工作又怕上级领导批评，有时候，也迫于无奈，只好到村民家干些赶猪牵羊的无奈之举。当时，有不少征收合同款的干部自嘲从事的是"三赶一捉"（即赶猪、赶羊、赶牛，捉鸡子）工作，村民们私下里也常常会对一些驻队干部牢骚满腹。

　　汪大德经过详细了解后，才知道自己所驻的县厂村，住户基本上都属于贫困户，有些家庭连吃饭都困难，甚至让人感到有些寒酸。

　　汪大德因为以前也来过这里出诊，村里有很多认识他的人。因他为人谦虚谨慎，对待病人又一视同仁，所以他还是有一定的群众基础。在收款的前一天，汪大德经过认真思考，决定组织村里的人先开个群众大会。

他望着乡亲们，饱含深情地说："各位乡亲，大家好。我叫汪大德，以前来你们这里出过诊，有人认识我，也有人不认识我。我家就住在翻梁那边的大屋场村。小时候，我常常打你们这个村子过，这里的人朴实善良，所以我对这里，对这里的人们是有感情的。今天，我作为一个医生，被乡政府抽调，虽然是以工作队工作人员的身份来到这个村收合同款，但我也是一个农民出身的人，所以我能理解农民的劳累和艰辛。如今，大家虽然家庭有困难，但也要理解，自古以来，养儿防老，种地完粮，这是几千年来的传统。如今国家有建设的需要，仍需征收税款，从农民来讲也应该交合同款。希望大家也能理解一下国家。我们来收的款项，也不是装进了我们私人的腰包，都是要上交国库。所以大家也不要仇视驻队干部，只是组织上交给了我们这样一份工作，就要尽这样一份义务和责任。我来过这里为有的乡亲出过诊，相信认识我熟悉我的人都了解我的为人，我不会为难哪个人，也不会做不应该做的事。我更不会欺骗大家，如果我欺骗了大家，以后我怎么有脸见各位乡亲呢？所以，就当大家帮我的忙，让我能完成这个收款任务。我对大家也一定会心存感激。"汪大德质朴的话语打动了乡亲们的心，大家都纷纷说："还是汪院长好，看看以前的那些驻队干部，哪个会像汪院长这样给我们说这些暖人心的话？一要不到钱，不问青红皂白，上来就会赶我们的猪，牵我们的羊！"

于是，乡亲们有钱的连忙尽快上交，没钱的也赶紧借钱交来。有的乡亲还特意做了好吃的，死活要接汪大德去家里吃饭。

　　收款任务结束，汪大德任务完成得较好，不仅没拉老乡们的猪和羊，没逮老乡们的鸡和鸭，而且老乡们也没有怨声载道。回到乡政府，领导开会表扬他："汪大德收款的村子，是最贫穷的村，但款子收得最齐，村民的怨言最少，这说明汪大德的工作态度好，工作能力强，能与老百姓打成一片！"

　　汪大德心里想的却是：老百姓其实是最善良的，只要当官的随时随地能够做到体恤民情，彼此理解，在工作中就能得到老百姓的支持。可惜，有些当官的却把这最基本的一点抛之脑后。

　　汪大德在驻队期间发现，他所驻的县厂村，常住人口有三百来人，还有村办公室、茶厂、学校，吃水都非常困难，家家户户都要跑到一里左右的地方去挑水，家里如果没有青壮劳力，那吃水更成了一件日常生活中的大事。

　　汪大德看在眼里，急在心里。虽然吃水问题并不是他分内的事，但他心里却想着，既然在这村驻队收款，也应该为村民办点实事才好。

　　那时农村刚刚开始提倡改水改厕，这工作由县爱国卫生运动办公室牵头。汪大德就把这件事牢牢地记在了心里。一得闲，他就亲自去县爱卫办，找爱卫办的郭兴华主任。郭主任也非常体贴山区困难，又见汪大德平时工作认真负责，又替老百姓操心，三番五次来央求，就额外批准了汪大德的请求，为县厂村拨发了所需的自来水的水管。

有了自来水的水管，修水渠建水塔还需要水泥，怎么办呢？

汪大德又找到县自来水公司、县水利局等单位求援，但求援无果。汪大德又找到县扶贫办，再次向龙传军主任请求支持。龙传军听了汪大德的汇报，很感动。龙主任说："我这里现在也困难，但我一定再帮你想办法！"

不久后，龙主任亲自带着汪大德，专程去找了襄樊市老年促进社会发展委员会的沈汉民会长，他从中作了介绍，说明来意，并夸赞了汪大德的工作作风以及他的为人。在说到大山区困难时，沈汉民说："不用说了，粟谷我是知道的，那里是我土改过的地方。我是粟谷第一任区委书记，那里确实很艰辛，让我考虑考虑。"

第二次去向沈会长汇报情况时，沈会长一见汪大德就说："你不用再跑路了。我已批了条子，你直接到老河口水泥厂去提货就是了。"汪大德一听，领导如此爽快地支持，这更让自己坚定了为人民服务的信念。

经汪大德反复向多单位求援，水泥问题也得到了解决，汪大德就请大卡车把水泥从老河口拉到谷城，又在谷城装上了县爱卫办拨发的水管，又装上在五金公司买的钢管、水龙头等物，运到了白水峪口，从白水峪口到县厂还有8里路，不通车。如今万事俱备，只欠劳力了。村里迅速组织了劳力，将水泥水管肩挑背驮运回了县厂村。很快自来水就被引到了各家各户。村民们见到了水龙头里哗哗流着的自来水，无不尽展欢颜。水塔刚砌成时，水塔外面用水泥抹平。有个在旁边围观的村民，捡起一个枯树枝，在未

干的水泥墙面上，工工整整地写下了一行大字："吃水不
忘汪大德"。至今，7 个字还清清楚楚地留在那个水塔上呢。

　　粟谷卫生院决定撤销后，上面的领导下来清账。当时
因为财政要给卫生部门断"奶"，所以许多卫生单位都
属负债勉强运转。没想到经清理盘点，在足额兑现职工
工资后，粟谷卫生院居然还有十四万多元的结余款，而
且还于 1992 年自筹资金购置了一辆价值五万多元的八达
牌救护车。这在当时，实在是令人不敢相信。卫生局领
导对汪大德说："来时，我还在想，不知你这里是怎样
的一副烂摊子呢！真没想到，你居然能把一个小小的山
区卫生院经营得这么好！"领导拍拍汪大德的肩，说道：
"上级把你破格调到县中医医院，就希望你去中医院好
好地发挥你的聪明才智。希望将来不久，谷城县中医医
院也能因你而骄傲！"

　　汪大德满闩眷恋，他望了望夕阳下的粟谷卫生院，此时，
它正像一个风烛残年的老人，已然完成了历史赋予它的使
命。在汪大德看来，这个他付出了许多也收获了许多的小
小卫生院，绝对是他从医生涯里浓墨重彩不可或缺的一笔。
他不会忘记这里的日日夜夜，他不会忘记，在此曾与他并
肩作战过的每一个同人。他，当然更不会忘记，与他情同
父子的师父谭元甫，在这里对自己的鼓励和支持。

　　依依不舍中，四十八岁的汪大德，又踏上了通往谷城
县中医医院的人生旅程。

第二十八章
创建二甲拓展中医

汪大德到县中医医院后,县中医医院正值创"二级甲等"中医医院的起步阶段,原来已组建有创二甲领导小组,但工作一直没有具体的人负责,所以没有头绪。医院领导知道创二甲的难度之大,首要问题就是缺少牵头领导者。

医院把这创二甲的担子交给了汪大德,任命他为创二甲领导小组办公室主任。

这个创二甲工作是医院重中之重的大事,本该一把手挂帅,副院长具体操作。如今,汪大德以一普通党员和医生的身份,担起此任,听起来有些名不正言不顺,又能指挥谁呢?

但好在他临难受命后,放下一切顾虑,还是挑起了这个担子。他立即将原已组成的创二甲小组成员召集起来,想听听他们的意见,并且把以前医院的资料作了详细的了解。

这一听一看,不由得心惊胆战。医院目前的情形,实在离卫生部、中医药管理局下发的创建二级甲等中医医院若干标准相差甚远。

二级甲等医院的标准，不但条款细，内容多，考评严格，采用千分制评审，而且评审验收时间也仅剩半年左右。

面对这时间紧，任务重，工作又毫无头绪的局面，究竟是放弃，还是挑战？汪大德陷入了沉思。

他想：如若放弃，就不像一名共产党员，共产党员就要哪里有困难哪里迎头上。困难就是考验共产党员的试金石。不过私下里也有一丝担忧，如若选择挑战，办成了固然很好，办不成会耗费医院大量的人力、财力和时间，又怎么给组织上交代呢？

思来想去，他还是决定迎难而上。他独自一人把卫生部、中医药管理局下发的创二甲考核标准，又从头到尾反复看反复推敲了三四遍，用了两天两夜的时间，凡属有疑问的地方，需要集体研究解决的地方，都一一记录下来，并写成讨论稿。

第三天，他找到医院支部书记卓国强、医院院长陈子忠进行了汇报，要求领导班子坐下来研究，书记、院长听后很支持，立即召开医院领导班子会议。

汪大德针对卫生部中医药管理局下发的创二甲考评标准，进行了提议：凡涉及硬件，如房屋、设备、人才队伍无法及时弥补，就要结合实际制定出远景发展规划；涉及软件方面，科室设置、医院各类管理制度、各级各类人员岗位职责、病案书写合格率、处方书写合格率、护理操作合格率、中药使用比例合格率、设备使用率、医院文化建设等，均由领导班子集体坐下来研究。这样一来，引起了班子成员的高度警觉和重视，然后把创二甲的基本基调确立下来。

随后，工作逐渐展开，从拆除旧住宅楼，腾出地基来建造一栋适应业务发展的六层住院大楼，到购置大型设备计划，人才培养计划等，医院领导都给予了极大支持和重视，因这类建设性计划也是创二甲必备条件之一。

汪大德开始动员全院职工紧急行动起来，投入到创二甲工作中来。这绝不是一句空话，更不是一句口号。如何使职工行动起来，都要拿出过硬的措施。为此，汪大德针对千分考评标准，涉及职工部分的先拟出各级各类人员职责，要求人人会背诵，人人会应用。他又拟出本院的考核标准及奖惩办法，印制分级责任状。分级分阶段考核等制度拟定完毕，及时召开了"谷城县中医医院创建二级甲等医院动员大会"，并邀请县卫生局局长参会见证。中医医院院长陈子忠和各科室主任签订了责任状，再由科室主任和职工签订责任状，环环相扣。提出了创二甲"能褪一身皮，不丢零点一（分）！"的战斗口号。

全院创二甲工作全面启动。在此关键时刻，县卫生局党组正式任命汪大德为中医院副书记、副院长，从而进一步加大创二甲的领导力量。汪大德也更能放手大胆工作，他着手组织编写医院发展远景规划，并请设计院提前设计住院楼。

同时根据业务需要，他又编制出购置大型设备的计划，制定了医院各级各类管理制度，手写文字达十六万多字，并印刷成书，人手一本。同时对全院进行随机抽查和定时检查考核，对任务完成不好的，工作作风不扎实的，医德医风不良的随时进行督查。职工的考核评比也及时兑现奖惩，使全院上下紧张有序地开展起了创二甲工作。

三个月后，省市卫生部门组织模拟检查，对县中医医院的软件资料及创建二甲的方法、活动氛围给予了充分肯定，市局向全市中医医院作了通报。随后，老河口、南漳中医医院创二甲领导成员专程来到谷城中医医院参观学习。

通过创二甲工作的开展，医院管理水平、职工思想素质以及业务水平都有了很大提高。经过八个月的创建工作，终于迎来了省卫生厅组织的创二甲验收评审。但终因房屋、设备、硬件不达标，被一票否决。

虽然结果不尽如人意，但汪大德却认为，自己这一番努力没有白费。首先全员明白了中医医院今后的发展方向，提高了中医医院的管理水平，同时也提高了全院职工的素质。住院大楼也开始了动工，终在两年后建成，同时也购置了必备的大型医疗设备。管理制度的框架也已基本形成，为以后二次创二甲奠定了坚实的基础。

自打汪大德担任副书记副院长，他就开始协助医院支部书记开展党务工作，发展党员，为医院培养人才。当时全院共有党员22名，近20名党员都是在乡镇基层党支部入党，中医院成立13年来，发展党员较为缓慢。

面对这一薄弱环节，汪大德心想，这么大个医院，这么多知识分子，这么多业务骨干，这么多中层干部，这么多青年积极分子，实是一个人才济济的地方，为何发展党员这么迟缓呢？

经过了解，原来存在着三个问题。第一，支部无人具体抓组织工作，没有党员与非党人士的联系，也无党员主动当新党员介绍人；第二，党在知识分子中的作用和地位被淡化；第三，上级给卫生部门发展党员的名额少。

针对这一情况，汪大德一方面给支部书记汇报，一方面召开党员会，组织党员学习党章，要求党员主动联系群众，对表现好的要培养为预备党员。他本人则率先联系医疗业务骨干，联系工作积极、作风正派、大公无私、有培养前途的青年，同时召开青年座谈会，主动联系入党积极分子，并主动为他们当入党介绍人。将要求进步、写入党申请书的人作为重点培养对象，并及时向上级党组织汇报。在他的努力下，不少表现突出的青年同志入了党，后来大都成为中医院领导班子成员和中层干部。

汪大德在工作中一直坚持弘扬发展中医理念，他总是严格要求自己，带着问题学习，不仅从疑难病案中学习，也从书本中学习，同时向本院的老中医学习，向他们请教，又和年轻医生一起交流，学习他们的现代医学知识，利用外出开会和参加学术会议的机会向老专家们学习，集百家之长，补己之短，循序渐进，不断提高。

他时常想到，自己来自深山，中医学徒出身，虽经历了地区中医提高班及湖北省中医学院四年函授学习，掌握了一定的中医理论知识，在临床实践中也积累了一定的临床经验，但现代西医学知识几乎是零。想当初在山区卫生院工作，条件所限，卫生院无设备，仅有三大常规检测，根本适应不了现代医疗的需求。如今来到县中医医院，连化验单也看不懂，这怎么行呢？

虽然此时他已年过半百，但他仍以学海无涯苦作舟的精神坚持自学，在短暂的时间内，便正确掌握了各类医疗设备的临床应用，同时也提高了对检查结果的正确理解和判断能力，并能结合临床正确应用。

他把这些西医现代知识与传统中医理论紧密结合起来，如虎添翼，迅速提高了诊疗水平。他认为，在医院的管理中严格按创二甲标准强调中药使用率，对临床科室制定硬措施，把中医医院的中医门诊、住院部内科、正骨科、骨伤科等科室作为突破口，加大中医药使用率，并在全院树立正骨科主治医师龚贤明为学习榜样，学习他能中不西，突出中医特色，采用中医手法正骨、中药汤剂、散剂、中药外敷，提高中药使用率和中医药治疗有效率、好转率，同时号召全院职工学习他勤劳踏实肯吃苦的工作作风和廉洁自律认真负责的医德医风，以此弘扬和推动全院上下对中医的认知，对中医的信赖。

为了提高中医的知名度，同时也为了把祖国的中医学弘扬传承下去，使谷城县中医医院能永立不败之地，汪大德还加强了中药管理，严把药材质量关和中药炮制关，努力提高药品质量，保证了临床用药疗效的可靠性、安全性。同时，他还开展了中医学术院内交流，本着互相学习的原则，鼓励大家撰写中医论文，实行发表论文分级别有奖机制，活跃中医氛围，提高中医形象，提高中医药治疗有效率，扩大社会影响，提高中医的知名度。

第二十九章
京城参会拜师治癌

2000年6月，由国际卫生组织、卫生部、中医药管理局主持在北京国际会议中心召开了国际传统医药大会。会议主题是：让传统医药在新世纪为人类健康做出更大贡献。

汪大德参加了这个相当高规格的会议。有四十三个国家参会，其中三十九个国家来的都是卫生部部长，美国也派出了专家学者参会。与会者多达两千余人。会议在北京亚运村国际会议中心召开，并举行了盛大的开幕式。开幕式由全国人大常委会副委员长彭珮云主持。

开幕式的当晚，还在人民大会堂为国外领导、专家、友人和国内与会者举行了国宴。由国际会议中心起程，六十台北京大巴，三十九台轿车一共九十九台车按编号一路同行，四十分钟后抵达人民大会堂，途中全是警察开道、护卫，声势浩大。

国宴开始后由卫生部主要领导致祝酒词，人民大会堂内灯火辉煌，还有文艺工作者为宴会表演节目，热闹非凡。

第二天会议分组讨论，汪大德参加了中南组讨论，他当时最感兴趣的是目前世界医学界尚未攻破的癌症。我国民间治癌专家郑文友的发言引起了汪大德的重视。

郑文友在深圳创建了郑文友中医肿瘤医院并任院长，当年76岁，身材高大，精神抖擞，发言时声音洪亮，振振有词。他讲了如何使用中医药治疗癌症，如何弘扬传统中医药文化，如何使中医药走出国门，如何使用中医药为国人造福，为人类做出更大贡献。听后让人深思。他说他的医院在国内有120家分院，在国际上也颇有影响，目前国外有6个国家都有他的分院。

汪大德亦深受触动，想到自己打小生在山区，爱上了中医事业，如今已身为一名中医工作者，这一切都是党培养了自己。不说为人类健康做出更大的贡献，最起码要为我们谷城人民的健康做一点贡献吧！他想，自己才53岁，一定要活到老学到老，还要进一步提高自己。

于是，他决定主动去会见郑文友，但当时他也心存疑虑，不知道郑文友所说的一切是否全部属实。随后他又想，不管如何，我得先接近他，然后再作具体安排。在会议期间，汪大德专门会见了郑文友。他首先问道："郑医生，您好！我能拜您为师吗？我们县级中医院能和你联合办分院吗？"郑文友答道："只要真诚，当然可以！"

汪大德看到在介绍郑文友的书上写道，国内120家分院，有襄樊市中医医院，汪大德惊喜地想这是真的吗？如果是，我一定得拜他为师，并与他联办分院。

北京会议结束后，汪大德的火车票是由北京西站直达谷城火车站，可汪大德到了襄樊火车站就下车了，直奔襄樊中医医院以探虚实，去问医院领导有没有与郑文友中医肿瘤医院联办分院之事。谁知走到襄樊中医院门口就见医院大门左边挂着"襄樊市中医医院"，右边挂着"郑文友中医肿瘤医院襄樊分院"两块牌子，一目了然，情况属实，汪大德心里踏实了。

他马上乘汽车赶回谷城中医医院，急切地向医院支部汇报了北京国际传统医药大会的盛况及会议精神，同时汇报了个人打算。他向医院提出：振兴谷城中医药事业，加强中医的门诊工作，努力提高中医药治疗率和中医药治疗有效率、治愈率，展现中医形象，赢得社会对中医药的信赖和支持，使中医永远立于不败之地；宣传中医药事业，借这次国际传统医药大会精神，即北京宣言，让传统医药在新世纪为人类健康做出更大贡献，同时向谷城报社撰稿，借助媒体宣传；在中医院扩大中医药业务范围，计划与郑文友中医肿瘤医院联办谷城分院，把中医药治癌工作开展起来。计划在院支部会议上讨论通过。即时就向县卫生局递交开办《郑文友中医肿瘤医院谷城分院》申请报告。

事后不几日，《谷城报》刊发题为《继承祖国医学遗产振兴谷城中医药事业》的专题文章，在社会上广泛宣传。县卫生局也下达了关于《谷城中医院开办郑文友中医肿瘤医院谷城分院》的批文。此时受中医院委派，汪大德前往深圳郑文友中医肿瘤医院联系开办"郑文友中医肿瘤医院谷城分院"事宜，并参加办分院前一周业务培训。

这时汪大德患上了严重的胃病，一日三餐只能吃稀饭，可他还是抱病前往。

　　汪大德到深圳后找到了坐落在深圳南山区工业园内的郑文友中医肿瘤医院，报到后，入住在医院后勤部，吃住都在那里。

　　第二天由该院负责人接待，首先参观了解了医院规模，有门诊、住院部，有一百多张病床，有办公厅，内设人事部、财政部、财经部、劳动部、信息部等几十个部。有制药厂，制药厂看起来很正规，工人着装进厂，无菌操作，从原药材进车间到成品包装一条龙生产，还有药检，有安检，有药品托运邮寄部等等。

　　整体看起来规模宏大，使汪大德对郑文友产生了更加崇敬之心。他了解到郑文友是军人出身，一汽工人，自学治癌，发展到今天有如此辉煌成就，赞叹不已。

　　汪大德决定主动去找郑文友，见面后，汪大德谈及在北京国际传统医药大会上见面之事，对方恍然大悟，立刻起身热情迎接，在办公室内，两人聊了很久。汪大德发现郑文友对人很亲和，而郑文友看到汪大德谦虚好学，也坦诚地表示愿与汪大德交朋友。在此期间，汪大德聆听了郑文友院长谈他学治癌的经过，治癌的思路，对癌的认识，治癌的方法，谈了近两个小时，汪大德颇有收获。他感觉领悟了治癌的一些经验，随后与郑文友洽谈了联办分院之事，并签订了协议，最后与郑文友院长合影留念。

　　汪大德从郑文友中医肿瘤医院购回了系列治癌药品，返回谷城中医医院。几天后，谷城县中医医院的大门口便挂出了"郑文友中医肿瘤医院谷城分院"的牌子。

汪大德也开始采用郑文友系列治癌药品，开展中医治疗癌症工作。

在几年的实践中，结合自己原来治癌常识，汪大德悟出了一些道理：癌魔是病，不能谈癌色变，治癌也要辨证论治。经过大胆探索，摸出了一些治癌新路子。如治鼻咽癌、胃癌和癌症术后放、化疗后中医的善后调理，常收到满意的效果。

2005 年卫生部在北京举办了"天使行动"培训班，为期 7 天，主要是为中西部地区培养治癌人才，汪大德参加了这次培训班。会议介绍了我国从 20 世纪 60 年代起，西医由北京武警部队 301 医院牵头，中医由北京广安门中医医院牵头负责治癌专题研究与攻关，与世界接轨，通力探索，但至今仍未攻破致癌的病因和确切的治疗方法。目前治癌仍处于提高生存质量和延长生存期阶段。有专家指出：经过几十年探索，在国内，单一西医治疗、单一中医治疗和中西医结合治疗三者相比，中西医结合治疗有效率远远高于单一西医治疗和单一中医治疗的有效率。就此国家倡导中西医结合治疗癌症，希望中西医结合治癌能成为我国治癌发展方向。

会议期间，汪大德听了治癌专家讲座，进行了大会交流讨论，参观了北京广安门中医医院治癌成果展，现场与癌症病人交谈，从而学到了不少治癌新知识，了解了治癌新动向。经过学习，进一步提高了对癌症的认识，会议体现了国家对癌症病人的关怀，增强了中医工作者对治癌的信心。

　　一贯秉承活到老学到老的汪大德回中医医院后，又扎进古典医籍和现代治癌新方法的有关书籍杂志中，搜集筛选治癌药物，进一步进行临床试验，从中找出对治癌有普遍作用的药物，或对某一种癌症有独特作用的药物。在原来治鼻咽癌、胃癌、结肠癌的基础上，扩展到治疗肺癌、肝癌、脑瘤等，均不同程度地收到满意疗效。

　　2010年，一位来自谷城县盛康镇的肺癌患者章某，经二甲、三甲医院CT检查确诊为肺癌，肿块4.8cm×4.0cm，住院欲行手术，最终病人拒绝手术，要求采用中医保守治疗，求诊于汪大德。汪大德以扶正抗癌和对症治疗，经半年调理，肿块渐消，病人精神逐渐好转，两年后恢复健康，继续从事生产劳动。现已六年余，仍在外打工。

　　也有肺癌经手术化疗后体质极度虚弱的患者，经他的中药扶正抗癌药物治疗后恢复了健康，也重返工作岗位。比如2014年的肝癌患者钟某，家住谷城县城关镇，在武汉某大医院作介入疗法后，高烧不退，黄疸居高不下，肝功异常，时已月余，奄奄一息遂回家中。家人怀着绝望的心情又抱一丝希望，来找汪大德诊治。汪大德首开中药三剂，患者高烧得到了解决。随后采取疏肝利胆，清热解毒，凉血化湿，降黄疸，又用抗癌等药物治疗，月余时间黄疸下降至正常，不久，该患者逐步恢复健康。

　　又如2009年患脑瘤的吴某，石花人，诊断为脑干胶质瘤，在武汉某大医院住院治疗，经检查该瘤无法进行手术，医院为对病人负责起见，将影像发至北京、上海等各大医院会诊，会诊意见一致，不能手术。患者在头痛如裂的痛苦中折腾数月，头发脱光，经家人扶抱入汪大德诊室。经汪大德采用扶正、活血化瘀、通络、抗肿瘤药物治疗一周疼止。后经一年调治重返工作岗位。

还有举不胜举的例子。仅是一次北京国际传统医药大会，便激起了汪大德对中医更大的热情，同时也激发了他继承祖国医学遗产的决心，激发了他用中医药拯救民众疾苦的责任心，更激发了他在治癌工作中的细心探讨与追逐。

源于一次会议，源于接触到一个治癌高人，他的内心对中医事业更加的挚爱。他知道他的后半生将更加任重道远。

三七

第三十章
医患友好忘年之交

　　1996年春的一天，汪大德上班后如往常一样，到住院部科室看看，了解病人情况，当他一页页地翻看着病人的病历时，目光停留在了一个名字上——熊子勋。他想起了师父谭元甫曾经对他提起过个这名字，这两人是不是同一个人呢？他又看了看这个病人的年龄，已是七十二岁高龄，他想，从年龄上看，这个病人极有可能就是师父谭元甫所提到的那个老人。病历上显示，这位老人正在经受着高血压、心脏病、肾病的折磨。

　　一个年逾古稀的老人，同时又有这许多复杂的病症纠缠，他猜想老人的情绪一定好不到哪儿去。于是他打算亲自去问问老人的病况，同时看看这位老人是否真与师父是故交？如果是，师父曾说过，这是一位学识渊博值得敬重的老人，自己会尽一己之力，看好老人的病症，减少老人的痛苦。师父若知道了自己见到了他想念的老朋友，还亲自为他治了病，一定也会十分高兴。

　　病室里没有其他的人，他轻轻地走到了熊子勋老人的病床前，此时这个老人一脸倦容，默然不语，像是在想着什么心事。当老人觉察到有人来到面前，抬起头来打量着汪大德，心里正在纳闷：这位穿白大褂的医生看着面生啊，他是谁？

　　汪大德面带微笑，语气亲切而温和："熊叔叔，我来看看您老人家，哪里不舒服？您和我说一说好吧？"老人一脸疑问："你是哪位同志啊？怎么喊我熊叔叔？我不认识你啊！难道你认识我吗？"汪大德恭敬地答道："熊叔叔，谭元甫医师您老人家认识吗？我是他的学生汪大德。"熊老闻言，点了点头道："谭元甫我认识，原来你是他的学生。常言道，严师出高徒，他的医术十分高明，为人也热情善良，想来你肯定也是一位好医生。现在我的病情不容乐观，虽然你们对我的病情十分重视，但能不能痊愈，也得听天由命了。俗话说，治得了病治不了命，无论以后如何，现在我全力配合就是。你能再多为我操份心，我先在这里感谢你。"汪大德说道："熊叔叔，人老了免疫力低下，抵抗力差些很正常，您老人家不必太放在心上。再说，现在科技这么发达，许多以前治不好的病现在也能轻而易举地治好，您又有什么好担忧的呢？您一定放宽心，我们医生一定会尽最大的努力，让您老人家恢复健康。我在几年前，就听我师父谈起过您，说您是一位德高望重学识渊博的老领导，和他老人家因缘结识，成为好朋友。我师父常常对我说，将来若有机会能见到您老人家，一定要像对待他一样对待您。"老人闻听此言，脸上绽开了一朵九月菊，扬起头笑道："这个谭元甫，不错！教的学生娃子，也不错！哈哈！"

汪大德见老人与自己谈话时头脑清醒，精神欠佳，心中暗想老人家这样的慢性病如能中西医结合治疗，效果可能更好。汪大德于是主动问道："熊叔叔，你这病吃过中药吗？"熊子勋答道："吃过，但效果也不咋的，你是谭元甫的徒弟，谭元甫医术高，我想看看这徒弟怎么样，过几日若我的病没起色，你就给我看看好不好？"汪大德听了，微笑着应承下来。

却说这熊子勋，在汪大德走后，不禁暗想：这个汪大德虽然不知道我病情的严重，但能这样耐心地劝慰我，倒也难得。以前我也曾听人说过，有的医生面对病患，态度恶劣，但这个汪大德对病人的态度却好得多，说的话也暖人心得很。转念一想，莫不是因为我是他师父的旧相识，他才如此客气？若要那样，倒是令我失望了。那谭元甫是西南山区一带的名医，却不知他这徒弟又学会了他多少的本领？

第二天，汪大德又来到熊子勋的病室，看到熊子勋半倚在病床上，闭着双眼，一副无精打采的样子。他轻轻地走到病床前，弯下腰，面带微笑地问道："熊叔叔，怎么啦，今天怎么看你老人家有些不太高兴啊？"

熊子勋睁开双眼，看是汪大德，他微微地欠了欠身子，复又倚下去，声音低沉地说："我在医院里也住了不短的时间，这病也没什么起色，我对吃药打针都失去了信心，不想看了。人嘛，生老病死也自然，老天爷想要怎样安排，就随它去吧。我想还是回家去比较安心。"

汪大德听熊子勋如此说，就试探地问道："熊叔叔，不如我给您老人家开点中药，你先试着喝几剂，要是感觉好些呢，就继续喝。中药药效虽然比较慢，但不会像有些西药治标不治本。如今您年岁已高，病情呢也有些复杂，要说有效果，怕得个十天半月的喝才看得出来作用。不过我有信心，肯定能让您尽快地好起来。要不咱试试？"

熊子勋看了看汪大德，有所心动："你说吃中药行？真能有用？"汪大德郑重地点了点头。汪大德在细心检查后，又询问了熊老的病情，熊老自诉道："我在这医院已住了十几天，主要是头晕，心慌，走路不稳，总也不想吃饭。"汪大德随后又去详细察看了病历，看到心电图显示，熊老有早搏，心肌缺血，高血压二级。

根据病情，汪大德为熊子勋开了三剂中药，嘱他吃完后看效果如何。之后汪大德就常抽空去熊子勋病室探望。

第二天一大早，病室里的小护士就提着一袋中药进来："熊爷爷，您老的中药来了！一天三顿，一顿一包，这中药啊，我们医院已经为您煎好了！喝之前只需放在开水里烫热了就可以喝了，可方便啦！"

熊子勋心想医院可真够细心，居然还采取代煎的方式。他笑着冲小护士说道："好嘞，谢谢小朋友啊，我听清了。打今儿开始，就好好喝中药喽！"熊子勋之所以对中药如此感兴趣，并非因为汪大德的那番话，而是因为，那让他想起，当年与谭元甫结交时，谭元甫曾说过自己用中药医治过许许多多的疑难杂症。如今两人都

年纪大，腿脚不方便，路途遥远，自己是不能亲自去找
谭元甫看病啦，不过，说不定，他的徒弟得了他的真传，
能治我的病也说不准呢！

人在病中，总是如此，忽而信心十足，以为这病不过
是个不请自来讨厌的瘟神，一送走就好了；忽而又垂头丧气，
觉得这是阎王爷派来的黑白无常鬼，不折磨死人是不会罢
休的，再怎么看病吃药那都是不中用的，不过是自欺欺人
罢了。自打住院以来，这两种心情时常交替出现，熊子勋
时而安心，时而又觉百般煎熬。但好在他生性乐观，凡事
总爱往好的一方面去想，所以对汪大德开的中药他还是寄
予了很大的希望。

在喝了汪大德开的三剂中药之后，他感觉病情好多了，
头晕、心慌、饮食都有了很好的改善，精神状态也好了许多。
熊子勋心下暗暗有些震惊，这汪大德的医术竟然如此了得？
三剂药就能达到这样的效果？当喝了月余中药后，熊子勋
自觉精神较以前好了许多，遂征求汪大德的意见后办理出
院，回家后按汪大德的嘱咐继续喝中药。

回到家后，熊子勋因为对汪大德的医术产生了极大的
信任，于是坚持一天三顿服中药，在汪大德不停地更换加
减药方的精心治疗下，熊子勋感觉仿佛回到了以前，精力
充沛，每日里都能坚持进行创作。熊子勋在喝了大半年的
中药后，在汪大德的建议下，回到县中医医院进行了全面
的复查。检查结果显示，老人已经全面康复。面对检查结果，
熊子勋感到无比兴奋，认为汪大德救了自己一条命，从此
对汪大德有了一份特殊的感情。

经过两人的不断接触，熊子勋对汪大德了解得越多，就越喜欢他的人品，尤其是后来，当听说了当年自己身边的小民兵汪大启就是汪大德的二哥，而汪大启又因一个小小的疾病离开了人世，不由得更是感慨万千，唏嘘不已。从此，熊子勋家里人或是亲戚邻居有生病长久不愈的，他总热心地为大家介绍，让人们去找汪大德，说汪大德医术高明，定能妙手回春。

熊子勋的老战友老朋友葛正心，有段时间好端端的一天吃不下两口饭，眼见着一日日地消瘦下去。家里人把他送到市县医院，各种检查做了个遍，医药费花了近万元，却也始终不见好转。一气之下，拒绝再治，出院回家。家人还劝说老人："人年纪大了，不香饭很正常，这也不算个病。只怪我们饭菜做得不合口味。以后我们尽量把味道做好些，将就多少吃一点，慢慢会好起来的。"老人听了心里稍觉安慰。

这一日，葛正心来到熊子勋家聊天，无意中说起此事。熊子勋连连叹息，责怪老朋友怎么不早把此事告诉自己？然后，马上打汪大德电话预约，让葛正心家人带其前去看病。

汪大德在诊断过程中，得知葛正心不香饭时日已久，现在体重已迅速下降了八九斤，现在只有八十多斤了。去其他医院作了检查治疗，只说有点胃病征兆，按胃病治，吃了不少药，还住了不短时间的医院。

汪大德在给葛正心号完脉后，居然发现葛老的病情几乎与当初参加提高班学习时遇到的那个老汉如出一辙，于是轻声问老人："葛叔叔，您老人家不香饭，从脉相上看，倒不是胃上有毛病，却像是肺上有问题。您老人家以前肺部有没有过什么病史啊？"葛正心一听，大吃一惊，连连点头道："汪医生你看得可真准，我就是有肺气肿的老毛病。"

汪大德笑说："这就对了，您老人家是肺上的毛病才引起食欲不振，吃治胃的药就起不到作用，反而还会刺激胃，这样恶性循环，才会越来越不香饭。如今，我给您开几剂中药，吃了要觉得有用，我再根据你的复诊情况对处方进行改变，这个病还是有望康复的。"葛正心听了汪大德的这一番话，感觉实在有理有据，于是十分信服地说："好，汪医生，一听你说的这些话，我就觉得有道理。我就先吃几剂中药试试。"

葛正心五剂中药喝了三剂，却觉没任何好转。这一天，他又找到老战友熊子勋诉苦："我说老朋友，你天天说那汪大德医术高明，我去看病听他说的也都在理。怎么我吃了他的中药却一点用也没有？还有两剂我可不想再吃了，说不定我这病还真是老年病，神医也拿它没个门儿。"熊子勋一听，倒把葛正心教训一番："我说你这个倔老头子，这看病呢，都是讲究个疗程的，你拿了一次的药，喝都没喝完，你就说人家的药没效果，这可就是你的不对了。人常说，病来如山倒，病去如抽丝。那汪大德又不是个神仙一把抓，能一家伙把你身上的毛病抓出来扔到汉江河里去，转眼你就能好。依我说，你还是乖乖地把那药先吃完再说，吃完了没用你再下评论也不迟。"

　　葛正心听了熊子勋的话，果然硬着头皮把那剩下的两剂苦叽叽的中药给喝完了。说也奇怪，药喝完的当天晚上，一向无胃口的他，居然还吃了半碗面条。这在之前，可是从来也没有的事。

　　这一来，葛正心对汪大德的医术开始打心底里信服。于是，在家人的陪伴下，他又接连去取了几回中药。

　　一个月后，葛正心不仅吃饭香了，体重也从以前的八十三斤长到了九十一斤，足足长了八斤。这简直太不可思议了！

　　葛正心对熊子勋说道："你说的那个汪大德汪医生，医术确实高明，我花了大几千没看好的病，他用三十几副中药居然给我治好了，我高兴得很。打算赠他一块匾，以表达我对他的感谢之情。"

　　葛正心老人是一名文化素养很高的离休干部，早年曾经任谷城县财经助理、县人民银行、县工商银行股长等职，是高级经济师。他的个性传统而正直，凡事说一不二。没过几天，在葛正心的热心筹划下，一块由谷城书法家文龙书写的漂亮的感谢牌匾，就挂到了汪大德为人看病的诊室里。匾上写着四句话："妙手号脉知病症，细说病情暖人心，巧施草药除病根，医德高尚医技精。"

　　从此，这葛老爷子也对汪大德有了一份与众不同的感激欣赏之情，有机会见面已不再客气地称他汪医生，也像熊子勋一样亲切地喊他大德，后来还为他写了一首长诗：

　　　　中医名师汪大德，医德高尚术精湛。

　　　　任职医院副院长，行政业务双肩担。

协助院长办事务，又坐门诊第一线。

早上班来晚下班，中午加班到一点。

回家就餐饭菜冷，内助重热快吃完。

下午按时去上班，直到天黑才收班。

每个病人细诊断，说清病情和内涵。

病人询问病原因，有问必答不怕烦。

开好处方交病人，煎药服药明白言。

嘱咐病人自保健，注意事项记心间。

　　熊子勋见汪大德把老战友的病这么快就看好了，心中对汪大德有了一种隐隐的想法。这个想法，与他多年来的一桩心事有关。那就是：如何宣传中医药事业，如何宣传汪大德的医术？我身为共产党员，身为襄阳德艺双馨的文艺工作者，这是我必须要做的事情。

　　熊子勋是个有心的老人，他的努力，促成了谷城电视台对汪大德的多次采访和宣传。

　　一次，谷城电视台的一名记者采访汪大德："汪院长，在你的行医生涯里，你最难忘的是什么？"

　　汪大德笑着递给人家一叠印着铅字的稿纸。那上面，全是离奇的案例。他说："这几个故事，是我难忘的病例。我的这些患者对我感激不尽，我也从他们的感激里，懂得了人生的真谛：把健康快乐重新带给病人，让他们从病痛的阴霾里走出来，能像以前一样灿烂地笑。这对于我来说，就是最值得自豪的事情。对于我所从事的医疗事业，我只有八个字，那就是：热爱，追求，钻研，求精。另外，我最想说的还有，在我这平凡的一生里，能取得这点小小的成绩，离不开许许多多帮助过我，关怀过我，助我走过艰难困苦人生旅程的人。我永远无法忘怀他们，有的人我甚至没有办法报答，但在心里对他们有无尽的感激，愿他们永远幸福。"

这就是他的答案。而那些锦旗和歌颂感谢他的牌匾，还有那一堆堆荣誉证书，他从不提起。

以下就是他自己记录的几个特殊的病例，希望能让更多的医界同人从中受到启发，也希望能让患有此类病症的人从中得到希望。为使读者方便阅读，笔者整理时仍沿用了第三人称的叙述方式。（汪大德特别提示：中医最讲究辨证施治。人命关天，不可随意模仿，延误治疗）

芍药

第三十一章
自拟药方治肠粘连

　　1986 年 5 月的一天，汪大德在粟谷卫生院接诊了一位特殊的女病人。这名女子姓张，家住粟谷陕峪，现年二十八岁。听到她报出自己的年龄，汪大德几乎不敢相信自己的眼睛。

　　二十八岁的妇女，明明还是娇艳如花的年龄。但眼前这个女人，却是如此面色萎黄，形体消瘦，一脸焦虑不安，还不时地捧腹呻吟。

　　汪大德仔细询问女子的病情，她说道："自打两年前我做了输卵管结扎手术，肚子就时常隐隐作痛，没过多久，疼痛加剧，此后就时轻时重。吃饭也不香，没什么胃口，上厕所大便也不顺畅，有时干结，有时又像拉肚子。只要是在心情不好或者天气寒冷或者是月经期间，这样的状况就会出现。年复一年，时好时坏，我到处请医问药，中药西药吃了不计其数，却毫无效果。如今这症状越来越严重了，折磨得我日夜不安。别人介绍，来找汪院长为我治疗。"

汪大德一听，连忙先安排这名女子住院。当时由于山区医疗条件所限，没有任何辅检设备，只能凭医生的经验来对病情进行诊断。

汪大德当时既是院长，也是医疗业务骨干，他就和住院部的一名医生开展了中西医会诊。

该女子当时体温、脉搏都正常，巩膜皮肤也无黄染，听诊后，其心肺正常。但在触诊过程中，却发现，她的胃部胀满，肚腹疼痛拒绝按压，腹部上的皮肉松弛不紧，也没有反痛。据她回忆，已有三天没解过大便。

汪大德用中医为其号脉后发现：该女脉搏沉迟弦细，舌质淡，苔黄厚腻。

西医诊断为腹膜炎或肠炎，中医诊断为食积气滞型腹痛。

西医当时采用了抗菌消炎对症治疗，汪大德则按通则不痛的中医原理拟软坚散结通便的大承气汤合消食导滞的保和丸加减。开出了如下的处方：

大黄 10g（另包服下）、芒硝 10g（另包冲服）、枳实 15g、厚朴 15g、神曲 10g、山楂 10g、麦芽 10g、连翘 15g、茯苓 15g、法夏 10g、莱藏子 10g、砂仁 10g、云香 10g、陈皮 10g、姜 3 片、枣 3 枚。

汪大德先给她开了两剂，煎服一日一剂，分三次服完。只服了一剂，她就反映说大便通畅了，疼痛也有所减轻。二剂去掉大黄、芒硝，余药煎服。两剂药吃完，张女反映疼痛已经消失，饮食也已经正常。看得出来，药物奏效令她心情大好，她一改初来时的憔悴苦闷，脸上时常洋溢着灿烂的笑容。

在接下来的用方里，汪大德又采取了继上方减枳实、厚朴加调补气血的党参10g、白术10g、川芎10g、杭芍10g三剂。中西医结合治疗一星期，收效显著。张女及其家属皆大欢喜，病人痊愈出院。出院前，一再对汪大德等医护人员表示感谢，医护人员也感到无比开心。

谁知好景不长，不到一月，病人又弯腰捂腹，不停呻吟，来到医院找到了汪大德："汪院长，你快救救我呀！前几天我突然受了寒凉，加上又吃了一点豆类食品，这肚子立马又开始疼痛了，这两天又不能解大便。上回我分明看好了，怎么又会这样呢？如果这个病一直反反复复，缠我一生，发作起来疼得死去活来，这可怎么办啊？难道我这病就不能治断根吗？"说着，不禁淌眼抹泪起来。

汪大德一听，连忙同情地问她："上次来我们这里住院治疗，和你在别处治疗有什么不同吗？"她答道："别处治疗也有效，但没有住院治疗这次好得这么快，但都是会复发，而且一次比一次重。这究竟是为什么呢？"

汪大德听了她的话，不禁深思起来：治疗便好，停药就发，如此循环何时了？为何腹痛拒按？为何大便时通时不通？为何时而干结，时而稀水？为何遇寒遇不易消化食物就会发作呢？究其根源，是结扎后开始出现腹痛、不能食、大便不通等病症的。

因为手术有创伤史，汪大德联想起有可能是术后肠粘连，治疗难度比较大。于是，他便动员患者转县医院进行治疗。

没想到，张女愁眉苦脸地对他说："汪院长，你不知道情况，我家十分困难，哪里还有钱再去县医院？就是来这里看病，也还是东拼西凑的，你让我转院，还不如让我在家等死。我心里还是想靠你们给我想办法，我相信你一定能救治好我。"说完，一脸无助地望着汪大德。

汪大德一听，心想既然病人寄希望于我们，我们就不能再推辞了，得全力以赴想办法为其治疗。于是马上安排她留院观察，一方面和医生们一同商讨，西医继续运用抗菌消炎药对症治疗，另一方面他又翻阅书本，查找资料。

他想起了手边的大学教材《内科学》，翻阅"腹痛"章节时，细心揣摩。一一对照后，认为原用之方虽能一时奏效，却未抓住实质与根本，不然就不会出现泻后又复干结等症状。恰好本章节中有"手术后粘连作痛者"的论述，说到关于气滞血瘀，宜用活血化瘀的"少腹逐瘀汤"加泽兰、红花以散瘀破血。这时他豁然开朗，总算找到了腹疼的病根和治疗方法，用此方一定会大获全胜。对治好张女之病，顿时信心大增。

随后，汪大德为其开出了如下的处方：

当归尾 15g、川芎 15g、赤芍 15g、生蒲黄 10g、五灵脂 15g、肉桂 8g、干姜 10g、小茴香 8g、炙没药 10g、玄胡 15g、泽兰 15g、红花 10g，二剂。令其日服一剂，分三次服完。

经观察，吃了两剂药后，病人已经五天没有大便，疼痛逐渐加重，这时汪大德想，按图索骥不行。还是应急则治其标，缓则治其本，他想上次原用之方没错，只不过是不完善而已。于是重又开具以下处方：

枳实 15g、姜厚朴 15g、芒硝 10g（另包冲服）、大黄 15g（另包后下）、陈皮 10g、法夏 10g、焦三仙 15g、连翘 10g、云苓 15g、莱菔子 15g，二剂。

以导滞消食治其标，服完一剂后，患者反映大便通，疼痛减轻。第二剂（去大黄、芒硝）吃完，大便通畅，疼痛消失，饮食也开始正常。

汪大德吸取上几次的教训，将导滞逐淤两方合用，以试其效，但又想只能取其意，不可照搬原方，就一一细查《药性》，翻阅《本草纲目》《中药大辞典》《中药学》《方剂学》等书籍，在原方中一一挑选。大承气汤主治痞、满、燥、实四大症，本病其燥不显，故去芒硝，取大黄 10g 攻逐通便，再取枳实 15g、厚朴 15g 行气散结消痞满，少腹逐瘀汤主治少腹瘀血积块疼痛。取归尾 10g、赤芍 10g、川芎 10g 行血补血，取五灵脂 15g、生蒲黄 10g、桃仁 10g、红花 10g 活血破血兼润肠，取三棱 10g、莪术 10g 破血中之气、气中之血而止痛，取小茴香 8g、肉桂 8g 温经止痛，另加焦山楂 10g、麦芽 10g 健胃消食、行气化滞。再加三七 10g 散瘀定痛。《药性阐发》曰："三七甘苦性略温，散血定痛吐蛆崩，金疮杖疮为要药，化血为水方是真。"三七即是金疮要药，又能化血为水，选用为佳。《本草纲目》曰："穿山甲入厥阴、阴明经……能窜经络，达病所。"于是，他又用甘草 8g 调和诸药，共为一方，取名为"导滞逐瘀汤"。给其开五剂，日一剂，分三次服。让患者带药回家治疗。

该患者五剂药服完来院复诊，大便通畅，疼痛基本消失，上方去大黄加黄芪 15g、白术 10g，汤改蜜丸。按两个月制丸，每服 8g，日服三次，温开水送服。后经随访，一直未复发。

汪大德将此方牢记在心，并作了详细的文字记载。

2001 年 4 月，赵湾一位姓韩的男子带儿子来到中医院找汪大德诊病。

韩父道："儿子 1999 年因患阑尾炎在某乡镇一甲医院作阑尾切除术，术后腹疼时常发作，一月后出现大便不畅，时而干结或数日一行，腹痛渐及加重，食欲减退，身体逐渐消瘦，经当地医治无效，送县二甲医院住院治疗，诊断为：术后肠粘连，不全性梗阻。经治疗好转出院，回家后因饮食不慎，腹痛再次发作，我怕在县医院诊断有误，又送他到襄樊市三甲医院住院检查，检查结果还是术后肠粘连，不全性梗阻。我要求他们再以手术解除肠粘连，医生说：肠粘连手术次数越多，粘连越厉害，现只能保守治疗。经过对症治疗好转出院，回家不过才十来天，又旧病复发，一家人心急如焚。听人介绍说汪院长治这类病有经验，今天特来请汪院长帮忙诊治。"

韩儿，十五岁，发育基本正常，但形体消瘦，面色晦暗，精神萎靡，语声低沉，少言寡语，弯腰捧腹，时而呻吟，走起路来，像老人般步履缓慢。

汪大德让他躺在病床上，用手按其腹部，触之即痛，脘腹微胀，腹肌不紧，疼痛拒按，但无反跳痛，近三日来没有吃任何东西，也没有解大便。观其舌质淡，舌苔黄腻，脉弦而细。结合其父所介绍的病情经过，中医诊断为气滞血瘀型腹痛。

当时西医诊断为术后肠粘连（不全梗阻型），这时汪大德便想起了当年为张女所开的自拟"导滞逐瘀汤"，正合此症，即以此方加减：大黄 10g（另包服下）、芒硝 8g（另包冲服）、炒枳实 10g、炒枳壳 12g、厚朴 10g、归尾10g、赤芍 10g、川芎 15g、五灵脂 15g、生蒲黄 10g（包煎）、桃仁 10g、红花 10g、天台乌 10g、槟榔 10g、沉香 10g、穿山甲 10g、甘草 8g，共开八剂。八剂服完，所有不适之症全部消失。守上方去大黄、芒硝加黄芪 15g、白术 10g，制两个月蜜丸，巩固疗效，几年后回访，腹痛未再复发。

术后肠粘连是因手术创伤，术后肠管复位不当，伤口污血处理不净，缝合牵拉对位不平，术后久卧床不动，或因久痛血滞，酿成肠管粘连，蠕动不力，通畅度失衡，造成食物停滞而引起腹痛、腹胀、便结、梗阻、疼痛拒按或有包块、饮食欠佳、消瘦等症状。西医常以消炎对症处理，轻症可愈，倘若粘连过重，病程较长，消炎及对症处理难以获效。汪大德首用中医药行气止痛，导滞通便法仅暂时缓解症状，但停药即发。经过详辨此证，以治便秘、梗阻为标，治血瘀、肠管粘连、蠕动不力为本，故拟导滞逐瘀汤加减治疗本病而获效。

经临床观察，自拟导滞逐瘀汤对术后肠粘连疗效持久，效果颇佳。后汪大德撰写《自拟导滞逐瘀汤加减治疗术后肠粘连的临床体会》一文，与各界同人分享这种成功的喜悦。此文有幸在 2007 年 12 月第 12 期《中国现代实用医学杂志》上刊载。

第三十二章
涤痰泻火治疗狂证

　　1987 年 4 月的一天，几个人送一位被捆绑的年轻男子来到粟谷卫生院找汪大德看病。

　　细问之下，才得知：这小伙子姓秦，家住赵湾乡。一个多月前，因为家中发生了许多的不如意之事，导致心情郁闷，忧思成疾，后来居然发展至见人就骂见人就打。

　　最近几天，他居然赤身裸体一丝不挂，走东窜西，胡言乱语，丝毫不以为羞。这还不说，更让人头疼的是，他日夜说唱不停，打骂不休。趁人不备，拿起菜刀就往人身上砍，闹得四邻不安。家里人实在无法，今天才请了两个强有力的小伙子，趁他不备，把他按住，勉强给他将衣服穿上，又用绳索捆好，这才送到医院里来。

　　秦某的亲属不停地央求汪大德："汪院长，我们也不知他得的这是什么怪毛病，有人甚至说他这是撞鬼了，怕是莫想看好。汪院长我们求求你，你可一定要帮我们把他的病治好，要不然，我们一家人这日子可怎么过呀！"

汪大德仔细观察这位患者，发现他虽然双手反背而捆，却不停地跺脚谩骂，气势汹汹，引来多人的围观。

病房医生一见，连忙对他们说："这样的病人我们医院不能收，他在这里又吵又闹，会影响医院的秩序。"

汪大德也对家属建议，希望他们能送他到襄樊精神病院去治疗。这时家人又要求说："汪院长，我们家非常困难，连今天到这儿来我们还是向亲戚朋友借的钱，到襄樊那么远，交通又不便，我们咋去得了呢？你们一定行行好，帮我们想想办法啊！"说完，不禁哭了起来。

汪大德见病人这样，想起自己年少时跋山涉水求医的艰难，心中也不禁生出同情：如果就这样收他住院吧，我们既无专门病房，也无专业技术，这样发狂的病人既怕他伤人，也怕他自伤，何况能否治愈我心内也无绝对的把握。可如果不收，看他们衣着打扮，都显得十分寒酸，想来家庭条件确实困难。加上山区条件有限，交通也实在不便。让几个人送一个这样的病人去襄樊精神病院治疗一来不现实，二来也实在是折腾不起。汪大德思来想去，心中亦有些犹豫不决。

但他又转念一想：既然我们是一方医院，就有责任有义务保一方之平安。病人找上门来，家属对我们寄予了无比的希望，我们怎么能将他们拒之门外呢？于是他决定，担负起治病救人的责任，先尽心尽力医治了再说。

汪大德心想，精神病人只要看管好，一般无生命危险。于是，为该名病患专门腾了一间病房，令病人家属安排了两人专门守护，并叮嘱他们，把捆手的麻绳换为布绳捆绑，以免损伤病患者皮肉，一日不清醒，一日不可解去绳缚，预防出现意外事故。准备妥当后将病人收住入院。

汪大德和病房医生一同诊断，发现这名患者，体质壮实，面红目赤，不停嬉笑怒骂，不坐不睡，不断蹦跳，语声高亢，声嘶力竭，动作有力，大有挣脱绳缚之势。近看发现他舌质红，苔黄厚腻，口有秽气，脉滑数而大。询问他的大便情况，家属介绍说他已有五天都没有大便了。

西医诊断为精神分裂症，中医诊断为狂证（痰火扰心）。

病房医生速用冬眠一号极量注射后，病人入睡一小时即醒，醒来一切如前，语无伦次，仍是高声喧哗。西医于是又以倍极量冬眠一号注射，4小时后又注射一次，同时辅以其他药物综合治疗，几经周折，病人醒来仍是谩骂不休。

病房医生找到汪大德说："汪院长，这么大的用药量都控制不了，这可怎么办呢？"

汪大德见病人症状不减，据证而辨，狂乱无知是痰火扰乱神明，四肢非力所能是阳盛则四肢实，几日都不解大便说明其体内阳明热结，面红目赤，舌质红，苔黄厚腻，均为痰火之症。于是，他按多年治疗狂证积累的经验，病情急笃，应急则治其标，以釜底抽薪涤痰泻火，直折火势。决定用自拟"涤痰泻火方"攻逐痰饮，竣下痰火。开出以下处方：

大戟 3g、甘遂 3g 共研细末，芒硝 15g、大黄 15g。

先将大黄用大火煎沸再浸泡取汁约 300 毫升至 400 毫升加芒硝及大戟、甘遂末，捏住秦某的鼻子，撬开他的嘴巴，一次性全给他灌了下去。因为又担心他会暴泻不止，于是准备了米汤以及大枣汤以调胃，好让他能缓急止泻。

约 3 个小时后，秦某拉下粘冻、涎沫污秽物一大便盆，约有 4000 毫升，随即入睡了 6 小时，醒来后又便了一次，色质如前，但量有所减少。又接着入睡 8 小时左右，醒后未再泻下。所备的米汤及大枣汤都没用上。

秦某服药第二天醒来后汪大德又为他看诊，发现他神色疲倦无力，面红已退，目赤稍减，神志转清，自己能够穿衣，而且不再又说又唱又骂又闹，也不再东奔西跑，但仍然时不时有语言错乱的情况发生。

汪大德据证而辨，虽已釜底抽薪，但余热尚存，心肝之火未平。于是决定为其拟镇心涤痰、清肝泻火的生铁落饮加味：

茯神 15g、蜜远志 10g、朱砂 10g（水飞）、天冬 10g、麦冬 10g、黄连 10g、玄参 10g、胆星 10g、川贝母 10g、山栀子 10g、黄芩 10g、胆草 10g、白芍 10g、神曲 10g、橘红 10g、生铁落一大把（约 100g 先煎）三剂，让他家人为其水煎服。日一剂，分三次服。此时秦某已能配合亲属，自己服药。

在汪大德的叮嘱下，禁食一天，之后几天都少让他吃些食物。观察他已不再大吵大闹，比初来时安静许多，于是让其亲属为他解去绳索。

第四天为他复诊，见他已神志清醒，说话也讲道理了，只是感觉睡眠质量比较差。观其舌质红，苔薄腻，脉数而细。证属：心神被扰未恢复，痰火亦未完全褪去。汪大德遂将上方进行加减，佐以安神药，茯神 15g、蜜远志 10g、石菖蒲 10g、天冬 10g、连翘 10g、玄参 12g、胆星 10g、川贝母 10g、柏子仁霜 10g、炒枣仁 10g、合欢皮 10g、夜交藤 10g、山栀子 10g、生铁落与上次给量减半（恐金石令人痴呆故生铁落减半，朱砂全减）三剂，水煎服，日一剂，分三次服。

第七日为其四诊，诸症消失，看上去他神色疲倦，反应稍觉迟钝，为其号脉后发现，脉细弱，苔白薄，属邪去正未复，治疗应扶正安其心神。于是汪大德又以养心汤进行加减，开出如下处方：

茯神 10g、蜜远志 10g、石菖蒲 10g、黄芪 12g、党参 15g、神曲 15g、甘草 10g、炒枣仁 10g、柏子仁霜 10g、丹参 10g、当归 10g、莲米 15g、蜜五味子 10g、合欢皮 10g、灯芯草 12 茎（自加）三剂，水煎服，日一剂，分三次服，带药回家治疗。

十多日后病人高兴来院复诊，彻底痊愈。

汪大德在治疗狂证的过程中，纲目》《医宗金鉴》《金匮要略》医《内科学》等书籍。如《难经》《素问·至真要大论第七十四篇》火。"《丹溪心法·癫狂篇》曰：大率多因痰结于胸间。"诸医家从重阳则狂和痰火立论，汪大德遵古之医训，紧扣"痰火"二字，根据其病程，对症权衡，急则治其标，缓则治其本，经过十多年的探索，首选"生铁落饮"不效，首选"控涎丹"不效，首选急下直折其火势也无效。

汪大德心想，师古而不能泥古，自己应该有所创新才是，于是揣摩着，生铁落饮虽能重镇安神，涤痰泻火，但不具备釜底抽薪之功效，控涎丹虽攻逐痰力竣，但又不具泻火之能。用将军（大黄）攻下虽速，但又无涤痰之力。

他几番苦思冥想，又细查各药之性，发现在《本草纲目》里，有这样几句话："大戟，甘遂之苦能泄水者，肾所主也，痰涎之为物，随气升降，无处不到，入于心则迷窍而成癫狂，妄言妄见……控涎丹主之，殊有奇效，此乃治痰之本。痰之本，水也，湿也，得气与火则凝滞为痰、为饮、为涎、为涕、为癖。"《本草纲目》又曰："大戟能泄脏腑之水湿，甘遂能行经隧之水湿，惟善用者能收奇功也。甘遂治癫痫心疯，以大便下恶物为效。"《本草纲目》里还说道："大黄有将军之号，斩关夺门，直折火势，泻泄竣快，推陈泻火……""芒硝软坚润燥，治一切积热，发狂昏愦。"反复思量，即采取控涎丹中的大戟、甘遂为涤痰君药，配以大黄进行泻火，配芒硝以软躁结之便，四药合用，共奏涤痰泻火之功。

治秦某之狂疾，非它莫属。投药一剂，果然拉下恶物（粘冻、涎沫、痰饮、陈秽之物），其病情立马得到了有效控制，狂乱当下止住，达到了治标之理想效果。

《素问·病能论篇》曰："有病怒狂者……治之奈何？夺其食而已……使之服以生铁落饮。"

汪大德以"自拟涤痰泻火方"涤其痰、泻其火、夺其食（令禁食一日，后几日少食）除其标，后以生铁落饮、养心汤加减、重镇降逆、清热涤痰、滋阴降火、宣窍安神之品善其后治其本，从而达到痊愈的目的。

因为疗效显著，后又以此方治愈多例狂证，汪大德撰写了《自拟涤痰泻火方治疗 11 例狂证的体会》一文，2002年在香港《中华民族医学临床新进展》杂志上刊登。

第三十三章
制"愈痫丸"治疗痫症

　　1992年10月的一天，汪大德的诊室里来了一位十四岁的黄姓患儿。

　　据护送其到诊室的粟谷中学师生介绍："这名同学在校刚下课时还好好的，不知怎么回事，一出校门就昏倒在地，眼上翻，手足还不停地抽搐，没一会儿就口吐白沫，神志昏迷，喊他也不知道答应。我们连忙抱起他就往医院里送。在半路他却又醒了，从发病到醒来约有十来分钟的样子。"

　　汪大德见患者没精打采，神情萎靡，目光稍显呆滞，就问他这样的症状以前是否也曾发生过。黄某回答："以前也发过四五次。"

　　汪大德告诉老师："这可能是痫症，学校应速告知家长，注意防护，以防发生意外。"当时未作治疗而返校。

　　次日家长带着患者来院找汪大德就诊。家长说："儿子小时候曾偶尔出现过轻微抽搐，我们没有在意。五岁的时候，有一次，他又突然昏倒抽搐，口吐白沫，但没多大一会儿就醒了。因为当时家庭十分困难，也就没请医生，八岁时又发过一次。我请了当地的医生看。医生说可能是羊痫风，没啥好方法，也就没治疗。之后又发过几次，既然医生都说没什么好办法，我们大人也是无可奈何。去年冬又发了一次，我把他送到县医院检查，未查出结果。医生也判断说是痫症，就开了些治痫症的西药，我们就坚持吃到现在，可想不明白，为什么今年4月发过一次，不到六个月这又发了第二次，这一次比上一次还严重。所以特来找汪院长诊治。"

汪大德马上为他作检查，发现这孩子形体、五官、神志、语言、活动一切正常，舌红苔白微腻，脉弦细，询问其大小便、饮食、睡眠情况，现有症状及家族史。孩子答道："现在时而头昏，没有精神，大小便、饮食、睡眠正常，外公有痫症。"据证而辨，符合痫症，故初步确诊为原发性痫症。

汪大德一直对痫症深感恐惧，因小时候就听大人说过：某人因痫症倒入火里被活活烧死，某人又因痫症倒入水坑或粪坑里被淹死等。而且他的一个小学同学就曾因为痫症倒入火里被烧成重伤，伤情触目惊心，终因伤势过重受尽折磨，数月后死去。

汪大德自从学医后，就特别留神收集了治痫症单验方近百个，也曾用单验方给痫症患者多次试用，如：礞石滚痰丸、安宫牛黄丸、龙胆泻肝丸、五痫丸、乌蛇煮黑豆等，也曾开中药汤剂治过，均无理想效果。

虽无疗效，但为治痫奠定了基础。他记得在函大学习时老师曾讲过："癫、狂、痫三病同出一源，症状各异，治法亦各不相同，但疗效甚微，很难治愈，至今在临床上仍没有特别有效的方法。"可汪大德内心一直想对此病源一探究竟，总希望能找到医治此病的良方。

这次看到年仅十四岁刚入初中的黄某，心中非常同情。抱着一定要攻克痫证的心理，他认真翻阅了《内经》《医宗金鉴》《寿世保元》《医学心悟》《本草纲目》《千金方》《内科学》等大量书籍，又找出数十个治痫处方，筛选出自认为比较适宜的《医学心悟》中的"定痫丸"试用之，因其是慢性病，所以只能慢慢来，不能图快。

于是他按"定痫丸"之原方作丸，即天麻50g、川贝母50g、姜半夏50g、茯神50g、茯苓50g、丹参100g、麦冬100g、丹皮75g、远志25g、石菖蒲20g、胆南星20g、全蝎20g、僵蚕20g、琥珀20g、朱砂（水飞）10g、甘草20g上药共细末，用竹沥250ml、姜汁250ml浓缩至一半时加蜂蜜500ml共炼至600ml左右，加药末为丸，如黄豆大，朱砂为衣，每次服6g，每日服两次，服药三月余。

在黄某服中药丸期间继续服用西药，服药期间未发，按前方又制一料，服法和以前一样。服完停药观察。据反馈，在1993年10月又发一次，发病后来院就诊，间隔时间整一年，较1992年间隔时间延长了一倍，发病时间约四五分钟，较1992年发病时间缩短了两倍，时间一长一短，说明了服"定痫丸"是有效果的。但发现病人饮食略减，舌苔白腻略显加重。

据证分析，汪大德决定，在前方的基础上，再进行适当调整。古人云，"先辨其情，后论其理，更复通于药性，然后可以为医"，务必要进一步查找因、机，明辨情理，师古不泥，一求中的。

《素问·举痛论篇》中说道："恐则气下，惊则气乱，气机逆乱，遂生热，生风，生痰蒙蔽心窍而成痫。"

《丹溪心法·痫篇》里有记载："非无痰涎壅塞，迷闷孔窍。"《景岳全书》中论治痫之法里则说："豁痰行气为必用之法。"

汪大德结合临床，融汇古今，吸取精华，经反复推敲认定：外感六淫，内伤七情，饮食劳倦，母受惊恐，外伤，蠱虫等诸多因素为痫症之病因，脏腑功能失调，气机逆乱，因气而动痰，因痰而迷窍，因风而生抽，故为发病机理。所以，治痫必以行气、豁痰、熄风为要。

经过仔细查验，"定痫丸"中十八味中药，天麻、全蝎、僵蚕以熄风，贝母、半夏、南星、石菖蒲、竹沥以豁痰，琥珀、朱砂、茯苓、远志、茯神镇心安神，丹参、麦冬宁心安神，清心除烦，陈皮行气，甘草、姜汁和胃调中。

汪大德思量各药之特性，行气、豁痰、熄风力显不足，试加大行气、豁痰、熄风之力，再辅以健补脾胃之药，略减滋腻之品。于是开出如下药方：

天麻 50g、贝母 50g、姜半夏 50g、茯苓 50g、丹参 100g、麦冬 50g（因滋腻原量减半）、茯神 50g、陈皮 25g、远志 25g、石菖蒲 80g（加大原量 4 倍以补脾开胃通窍除痰定痫），胆南星 20g、全蝎 40g（倍量熄风定痫），另加蜈蚣 20 条（熄风定痫），另加白矾 40g（燥湿化痰、追涎），另加郁金 60g（行气活血，治神昏惊痫），加僵蚕 20g（化痰解痉），朱砂 10g 为衣（治惊痫），甘草 20g（调和诸药），另加神曲麦芽各 30g（健脾开胃），上药皆粉成细末，竹沥 25ml、姜汁 250ml 浓缩一半时加蜂蜜 500ml 炼至 600ml 左右，同药末和丸，服法如前。嘱患者将西药在一月内递减直至停服。中药丸子服尽来诊，精神良好，头昏、乏力现象消失，饮食增加，舌苔恢复正常。守上方又制一料丸子，服完，停药观察。

黄某在 2000 年因劳累过度复发过一次，昏仆在地约一分钟即醒，症状很轻，此时与上一次发病已经相隔八年。随即来谷城中医院请汪大德诊治，汪大德继用上方另加大补元气的生晒参 100g 制一料丸子，服完再制，连服一年后停药，至今十余年未复发。

经过观察，此药方疗效可靠，且无毒副作用。汪大德将此方定名为"愈痫丸"。后以此丸治疗朱某等十余名痫症，均收到了令人满意的效果。

痫乃顽疾，西医治疗需终身服药控制症状，而中医治疗也非一朝一夕，服药时间要长，用药更需得当。虽名痫症，但却病因不同，治法当然也不一样，药方也就要采用不同的了。总而言之，治疗痫症，不外乎行气、豁痰、熄风、开窍、活血化瘀、杀虫、益气养血、补虚、健脾、养肝、滋肾、宁心安神等，看患者情况，然后再进行开方施治。

　　汪大德最后强调道："痫症的调养，要保持心态平和、劳逸结合、合理膳食、合理用药，还应保持情绪稳定，尽量勿动肝火，寒暑宜避，起居有时，嗜欲有度，知足常乐。此乃治痫症之良方也。"

石菖蒲

第三十四章
治疗结核性腹膜炎

1999 年 7 月的一天，儿子的同学姚前国抱着一位骨瘦如柴的青年女子，来到谷城县中医医院，找汪大德就诊。

姚前国告诉汪大德说："汪院长，这是我的妹妹，名叫姚前香。去年她在外打工，得了重病后辞工回来。我们带着她，曾经在谷城、保康两家县级人民医院和襄樊市中心医院住院进行救治，却都无效。又请襄樊一位老中医诊治，吃了 40 剂中药，也还是无济于事。这么长时间，一直都还是潮热盗汗，有时还肚子疼，甚至还咯血，已有三四个月未来月经，最近一个星期不能进食，眼看人都不行了，又送到县医院。县医院的医生说，这是结核病，应送到防疫站。我们去了防疫站，防疫站的医生说，他们这里只治早期肺结核，说我们这都是晚期了，他们治不了。汪院长，我只好求你，看在我和你儿子是同学的份上，请你一定不要把我们拒之门外，救救我可怜的妹妹吧！"

汪大德看他眼含热泪无比悲痛的样子，听了他这一番话，心里也为他感到心酸难过，连忙让他们在诊室的椅子上坐下，并安慰他们说："你放心，你这么信任我们县中医医院，这么信任我，我们绝不会将你们拒之门外，只要她还有一口气，我们都会治，并且，我们一定尽最大的努力为你们看病。"姚前国感激不尽。

姚前香当时一副神情呆滞的模样，全身瘦骨嶙峋，看上去奄奄一息。

汪大德马上将其收住院，并为其进行详诊。只见她在床上蜷成一团，肌肤甲错，露着牙齿，舌质红绛，舌苔光剥，时而干咳，吐出的痰中带有血丝，不断呻吟，腹痛拒按，板状腹，揉面感，有不规则的包块，脉沉细微数。身体极度消瘦不说，脸上还一副痛苦不堪的表情。

中医诊断为：痔疾。也就是人们常说的肺痹。西医诊断为：结核性腹膜炎。

西医拟用利福平、异烟肼、毗嗪酰胺，抗结核辅以能量支持疗法；中医拟用行气止痛破滞的中药汤剂进行治疗。于是，汪大德为其开了如下之处方：

金铃子10g、玄胡10g、枳壳10g、姜朴10g、槟榔10g、沉香8g、天台乌10g、当归10g、川与10g、白芍15g、银胡10g、太子参10g、香附15g、麦芽10g、甘草10g 二剂水煎服。

两天喝完后，病情没见好转，此时邀相关医师会诊，确诊为：结核性腹膜炎并广泛粘连。

医护人员私下议论，这名病人身体极度虚弱，又多日不能进食，病情可能还会继续恶化，结核性腹膜炎又不适宜手术治疗，况且已经多家医院治疗都无法解决，我们医院又能怎么治呢？

于是经过会诊，大家一致认为：找姚前国谈话，劝其妹出院。

会诊过后，汪大德也不禁心急如焚。正在此时，姚前国得知了，又急急忙忙跑来找到他："汪院长，你是我们一家人唯一的希望，你不能不管呀！她还这么年轻，总不能就这样让我妹妹回家等死吧？"

汪大德看着姚前国焦急而无助的面孔，心想："救吧，我没把握。大家经过会诊决定劝其出院，我若同意留院治疗，如发生不测，有可能让医院受到负面影响，对医院造成不良后果，当然我也肯定难辞其咎。可是不救吧，又于心不忍。"虽然在一刹那间，心中有无数个念头，但他还是果断地作了决定：救人要紧，没工夫瞻前顾后了。

经过认真思考，汪大德认为，姚前香是结核性腹膜炎广泛粘连，现以腹痛不能食为主证，而过去治疗大都是采取抗结核行气止疼为主，故屡不见效。如果调整思路，即西医继续用抗捞和辅以支持疗法，而中医改用行气破瘀松解粘连之法为宜。按病位在少腹，病因粘连瘀阻而痛，非攻逐不可，汪大德认为选少腹逐瘀汤最为合适。

少腹逐瘀汤为清朝王清任血症之著方，主治少腹瘀血积块疼痛，但是又考虑姚前香因结核有咯血症状，用此方恐引起大量咯血，而危及生命，思来想去，从病因、病性、病位来看，是少腹部肠粘连阻滞脉络而致，务必使用此方。同时，又想到古人曾说过"有故无殒，亦无殒"。

于是，汪大德大胆试用少腹逐瘀汤，开出药方：

小茴香 10g、玄胡 10g、川芎 10g、当归 10g、赤芍 15g、生蒲黄 15g（包煎）、五灵脂 15g、没药 8g、肉桂 6g、干姜 6g 二剂，水煎服。

没想到，仍不见效。

病人病情日渐加重，情绪越发低落，此时同事们也都纷纷为此捏了一把汗。汪大德想，身为医务工作者，在病人已经失去信心的情况下，我们更应该表现镇定。

他一方面安慰患者，另一方面又调整用药。本方虽未奏效，但也没引起大量咯血，于是他决定，继续应用少腹逐瘀汤，再加大活血破瘀的力度。于是拟少腹逐瘀汤加味：

小茴香 10g、醋玄胡 15g、炒枳壳 15g、当归尾 15g、赤芍 15g、川芎 15g、五灵脂 15g、生蒲黄 15g，再加三棱破血中之气，加莪术破气中之血，如此，仍恐药力不足，于是他又查《本草纲目》。忽然看见里面有这样一句话："唯水蛭虻虫逐恶血瘀血月闭，破血积聚。"又有："穿山甲……窜经络，直达病所。"

看到此，他决定采用水蛭 6g、虻虫 6g、穿山甲 10g 以强势攻其坚，破其积，直达病所。但又考虑本方攻逐性太强，以防损伤久病体弱的病人，引起伤阴动血耗损正气之弊端，于是另加沙参 10g 以养阴，加炒米 10g 护胃气，养胃诱食。为了鼓励病人打起精神好好服药，战胜疾病，这次的药方汪大德亲自喂食。至此，病人顺利地服下了中药，四小时后开始矢气。

一剂药尽，次日痛减并能进少量米汤。守上方又进一剂，腹痛大减，已能少量进食。继守上方又进二剂，疼痛基本消失，饮食渐增，可起床自理生活了。

为防破瘀太过，中病即止，上方去水蛭、虻虫、三棱、莪术、穿山甲，又加抗痔的百部 30g，扶正的黄芪 15g，生晒参 10g、黄精 15g，三剂水煎服。

服完后，病人的干咳潮热盗汗额红消失，病情逐渐趋于稳定。于 1999 年 8 月 8 日出院。带中药十五剂，嘱其两日一剂，回去继续煎服。药方如下：

小茴香 8g、台乌 10g、当归 15g、白芍 20g、黄芪 20g、晒参 10g、五灵脂 10g、百部 30g、百合 15g、黄精 20g、肉桂 5g、炒枳壳 10g、川芎 15g、玄胡 10g、沙参 15g、麦芽 15g。

此方以行气化瘀，抗痔补肺补虚治其本。汪大德叮嘱病人一定要调节情志，心情愉悦，注意节制饮食，避风寒，慎起居。病人感激得连声称是。

一个月后，姚前香独自一人来医院复诊。观形体：面色红润，体重大增，月经复来，看舌质红、苔薄白、脉细弱，属病人基本痊愈，但正气尚未完全恢复。

于是又为其开出八珍汤加减，处方如下：

红参 10g、白术 10g、茯苓 10g、炙甘草 10g、熟地 15g、川芎 10g、当归 10g、白芍 10g、五味 10g、百合 10g、麦冬 10g、百部 20g、桔梗 15g、黄精 20g、麦芽 10g。带药十五剂，两日一剂回家治疗，扶正固本。

　　次年中秋节姚前香父女俩，专从百里之外来到汪大德家。一进门父女俩就拉着汪大德的手不停道谢："汪院长，感谢你的救命之恩！"

　　只见此时的姚前香，已与入院之初判若两人。她步履矫健，语声洪亮，眼睛有神，面若桃花，身材匀称。

　　汪大德从心底里为她感到高兴，心想年少学医实在没错，今天又救活一个生命。

　　没多久，汪大德又以此方治愈周殿伟等数例结核性腹膜炎患者。2002年他撰写了《少腹逐瘀汤加味治疗结核性腹膜炎》一文，在《中华医药研究与创新》杂志上发表，并获中国中医药优秀学术成果奖一等奖。随后不久，他以特邀嘉宾身份参加2004年元月在北京人民大会堂召开的首届中国主任医师学术年会，受到党和国家领导人的接见，并与全国人大原副委员长吴阶平、卫生部原部长钱信忠、原副部长殷大全合影留念。

　　姚前香2001年与保康男子结婚，2002年生育一子，现住保康县井项山村，至今身体健康。

薯蓣

第三十五章
温肾调经治疗不孕

　　1993年4月，蓬山多年不孕的张某及其丈夫，来粟谷卫生院求诊于汪大德。

　　丈夫讲述："婚后夫妇二人同居六年，妻子一直不孕，先后到县级、市级医院，诊断为盆腔炎，子宫内膜炎，用消炎药物、激素类药物治疗无效，又多次看中医也治疗无果。后来又去县妇幼保健院诊治，曾服调经促孕丸三个月，每月又服22片调月经周期的西药，用之月经即来，不用又停经。反复治疗，至今仍不能孕。我们夫妻二人特别无望，在别人的介绍下，特来求诊于汪院长。"

　　经过望诊，汪大德发现，患者张某面容十分憔悴，头发枯燥，精神也十分萎靡。观其舌质，舌淡白，舌边微青紫，舌苔白薄，脉沉迟而细弱，腹部松软，触之无包块。

　　问诊，张某自述道："现年二十六岁。少女时初潮不久，不小心掉入水中，当时正是寒冬腊月，当即就闭经了。此后有一年时间都没有来月经。后来经过治疗月经虽然终于又来了，但一直先后无定期或闭经三四个月甚至七八个月，色紫黑、量少，伴腰腹部冷痛，而且关节也开始肿痛，常常感觉四肢冰凉。"

听到这里，汪大德即刻诊断为：病理性原发不孕症（肾虚宫寒型）。《妇科要旨》曰："妇人无子，皆由内有七情之伤，外有六淫之感，或气血偏胜，阴阳相乘所致，种子之法，即在于调经。"本症属寒湿外侵六淫外感，伤及肝肾。寒湿过胜阻遏阳气，肾阳受损，温煦无力，故宫寒不能摄精，所以不能怀孕。

汪大德想，为什么长达六年始终久治不孕呢？他想原因不过有二：

第一，虽经西医以抗菌消炎和激素类药物治疗，但西医无肾阳虚之说，更无治肾阳虚之药，不足以祛寒温肾而无效。第二，虽经中医治疗，往往只听其溺水受寒受湿而拘于祛寒胜湿而未温补肾阳，不知道肾阳如若不足，阳气就不能布化，已受之寒湿深入其脏腑，又何能祛之，所以腰腹冷痛，关节肿痛，月经或迟或闭，久不孕育，缠绵难愈。那么，有前车之鉴，该施何方？

他细思后认为：毓麟珠之名方，为古今调经种子首选方，具有温肾调经，调补冲任之功，恰合此症，于是，汪大德满怀信心，认为一定会药到病除。于是开出药方如下：

红参10g、白术10g、茯苓10g、白芍10g、炙甘草10g、当归10g、熟地20g、紫河车10g、丹参20g、炙香附15g、菟丝子15g、杜仲15g、鹿角霜20g、川椒6g 十剂，一日一剂水煎分三次服。

谁知,病人服了药后,偏偏事与愿违,病状如前,反增腹胀,食欲减退。汪大德经过认真分析,认为上方一是祛寒除湿药少,腰腹冷痛、关节肿痛不见效;二是温补药有余,虚不受补,病邪未除,如何能进补?所以不但无效,反令病人增添痛苦。汪大德眼见病人对他寄予厚望,他却不能令病患迅速康复,心中暗觉愧疚。但他却并没畏缩不前,还是继续想方设法,追根求源,调整思路:首应祛寒除湿治其标,再以温肾调经治其本。

于是,汪大德决定,先用羌活胜湿汤合并当归四逆汤加减,用羌活15g、独活15g、防风15g以祛风湿兼祛痛,用当归10g、川芎15g、赤芍15g以补血活血而止痛,又用茯苓15g、薏苡仁30g、川牛膝15g来健脾除湿而通经,再用千年健15g、伸筋草15g祛风通络而止痛,炙乳香10g、炙没药10g来舒筋活血消肿治诸痛,然后用砂仁10g、焦三仙各10g健补脾胃,消胀,增进饮食。使用葱姜祛寒发散,以甘草10g、红枣3枚调和诸药,共奏祛寒胜湿、通经活络、消肿止痛、健补脾胃、顾护正气之功效。

第三诊情况显示,张某服药后腰腹部冷痛、四肢肿痛好转,食欲渐增,但其他症状仍与以前相同。汪大德据证而辨,虽寒湿渐祛,冷痛肿痛渐减,但寒湿阻遏阳气损伤肾阳未解,故月经仍不能如期而潮,必须以温肾调经治之,才能令其病状有所改善。于是自拟温肾调经汤,药方如下:

黄茂 20g、熟地 20g、山茱萸 10g、山药 10g、熟附片 20g、肉桂 10g、川芎 10g、白芍 15g、玄胡 15g、天台乌 15g、小茴香 10g、艾叶 10g、杜仲 15g、续断 15g、补骨脂 15g、川牛膝 15g、茯苓 20g、益母 20g、砂仁 10g、麦芽 10g、生姜 3 片和胃散寒，红枣 3 枚调和诸药。二十剂，每日一剂，水煎分三次服。

　　四诊：张某月经来潮，较之以前，颜色鲜红，量也有所增加，腰腹冷痛消失，关节肿痛、四肢不温基本消失，饮食正常，精神好转。如此看来，上方起到了作用。于是，在上方的基础上，汪大德进行了加减制丸。药方为：

　　黄茂 20g、熟地 20g、山茱萸 10g、山药 10g、菟丝子 10g、覆盆子 15g、车前子 8g、熟附片 10g、肉桂 10g、川芎 10g、白芍 15g、小茴香 10g、续断 15g、盐杜仲 15g、茯苓 20g、补骨脂 15g、鹿茸 8g、巴戟 15g、仙茅 10g、阿胶 10g、艾叶 10g、川牛膝 10g、益母草 20g、生姜 3 片，红枣 5 枚。共八剂研细末，蜜丸，绿豆大，每次服 10g、每日 3 次，温开水送服，制丸可服二月余。以得气血双补，温肾助阳，祛寒止痛，健脾利湿，活血调经，精充血足，冲任得养，月经正常，胎孕则指日可待。

　　五诊：张某面色红润，精神充沛，月经如期，食欲正常，身无疼痛，舌脉符合健康征象。汪大德一再叮嘱张某，千万不要食生冷，不要受寒湿，注意调节情志，劳逸结合，等待怀孕。夫妇俩高兴地离开了医院。

没过多久，他们夫妇感激地打电话来，说已于8月份怀孕，喜悦之情溢于言表。

半年后，喜出望外的夫妻俩，带着儿子特来医院道喜，汪大德看着这胖乎乎的娃娃，想到自己的付出能有这样的结果，也不禁十分开心。夫妇俩一再对他表示感谢，不停地说今生永不忘恩的话。

张某夫妇六年的盼子之苦，只有经历了不孕症困扰的夫妻们才能感同身受，日复一日年复一年漫长无果的等待，对于他们来说，都是一场场如同炼狱般的折磨。

不孕症，看起来虽然简单，想要治好，却不是一件轻而易举的事。

后来汪大德又用此方治愈不少不孕症患者，均收满意疗效，于是撰写了《浅谈治疗不孕症的临床体会》一文，于2004年在《实用中西医结合临床》杂志上刊登。

天门冬

第三十六章
制"三金汤"治疗结石

1999 年 10 月，二十一岁的女青年黄某，在母亲的陪同下前来县中医医院找汪大德就诊。

据黄某自述："近一年来，胃脘及右肋下时而疼痛，近一个月来疼痛加重。胃胀、肋痛、厌油，没有一点胃口不说，还开始便秘。我曾经在本地的医生那里进行过治疗，医生说是胃痛，开了胃痛的药物，吃了很久，也没有效果。最近一周不仅疼痛加剧，而且全身以及眼睛发黄。有时疼起来汗流不止，口唇发紫，面色苍白，四肢发凉，几乎要疼死过去。此外肩膀腰背也开始疼，有时老是恶心，吃不下一点东西。所以今天特来找汪院长诊治。"

汪大德随即安排黄某做 B 超检查和查肝功能。B 超结果显示：

患者胆囊内有多个结石，最大 2.2cm×2.2cm，肝功能检测总胆红素 37、直接胆红素 14，比正常值均高。于是确诊为胆囊结石并发黄疸，即收住院治疗。

　　经病房医师诊断，亦为胆囊结石并发黄疸而且属于重症，于是以抗炎利胆治疗，同时安排了胆囊摘除手术，并与患者进行了术前谈话，说明了本病的利害关系和手术的必要性以及风险性。患者听了谈话后自感恐惧，犹豫再三，认为胆囊摘除后少了一个脏器，于心不安。其母听了谈话后，也很担心女儿这么年轻，手术万一有风险，如何是好？于是两人都要求保守治疗。

　　经过医生反复做工作，患者仍坚持不做手术，最终病房医师只好暂时放弃手术治疗，采用保守疗法。病人随后找到汪大德，要求吃中药。病房医生也同意并请汪大德开中药。

　　于是，汪大德和病房医生商讨，制定了两套方案：一是保守治疗，如能退黄和疼痛好转，那就继续保守治疗；二是不能退黄也不能止痛或继续加重，那就立即做手术。

　　经过认真分析，汪大德认为：本病是以湿热为因，熬煎津液而成结石，因结石阻塞胆管而致阻塞性黄疸，阻塞气机而致胃痛、胃胀、呕吐，不能吃东西。经络淤阻致肋痛并牵及肩背作痛等症为标，结石虽是病理性产物，但直接造成了黄疸、肋痛、肩背疼、胃胀、呕吐、不能食等症的发生而为本。

　　所以，应急则治其标，待黄疸、肋痛诸症消失后，再行化石排石治其本。同时，中西医进行了明确分工，西医采用抗炎、利胆、扩管止痛维持现状，并辅以能量支持疗法，中医则采用清热利湿，利胆退黄，调畅气机治其标。

　　于是汪大德首先开出如下药方：

　　茵陈 30g、山枝 15g、生大黄 15g（另包后下）、芒硝 15g（另包冲服）、枳实 15g、姜朴 15g、郁金 15g、姜黄 15g、柴胡 10g、白叩 10g、陈皮 10g、法夏 15g、黄连 10g、吴芋 3g、焦三仙各 10g。共三剂，水煎服日一剂。分三次服。

　　病人服一剂后，大便即通，疼痛减轻。于是，守上方，减少大黄、芒硝的用量，又服二剂后，呕吐减轻，疼痛大减，开始少量进食。三剂尽，黄疸开始消退，而疼痛、胃胀、呕吐等症状大有好转，逐渐恢复饮食。

　　二诊：首投三剂，服药第三天，病情好转，继以上方去黄连、吴芋加白术 10g、茯苓 15g 开药三剂，日服一剂，水煎服，一日三次。

　　三诊：服药第六天，黄疸明显减轻，肋部仍有隐痛，余症基本消失，根据病情转化，现阶段应标本兼治。为了有的放矢，精准投药，汪大德又认真细致地查阅了《本草纲目》《医宗金鉴》《中药大辞典》《中华人民共和国药典》，还有中医本科教材和相关的杂志等资料。

　　经过逐一细查方知晓：金钱草为治结石之要药。《中华人民共和国药典》有记载："金钱草清热利胆，排石利尿，用于湿热黄疸、肝胆结石、尿路结石。"

　　而在《本草纲目》中，又有记载："芒硝（硝石）主治五脏积热，胃胀闭，涤去蓄结，推陈致新，逐六腑积聚，结固留癖。能化七十二种石，破积散坚。"

　　经过反复筛选，汪大德找出了金钱草、海金砂、鸡内金、芒硝、石苇等具有化石排石功效的药物。通过查找资料、翻阅文献，他认识到治疗结石，一是要化石排石，二是要行气止痛，三是要消导，使结石有去路。在此基础上，汪大德自拟了化石排石、行气止痛、消导为一体的"三金汤"。即：

金钱草 30g、海金砂 20g、石苇 15g，既有化石之功，又有利尿排石之能；鸡内金 20g 健脾消食，治积滞而化石；芒硝 10g（另包冲服）化石，消导通利大便；郁金 20g、姜黄 10g 行气消积止痛；甘草 10g 和中止痛、调和诸药；以此方为基本方，再加茵陈 30g、山栀 15g、生大黄 10g（另包服下）利胆退黄、柴胡 10g 引药入胆；穿山甲 10g 窜经络直达病所；白叩 10g、陈皮 10g，理气止痛；焦三仙各10g 健胃消食。（芒硝大黄另包掌握使用，以大便日二至三次）药五剂，日一剂，分三次服，以期标本兼治。

四诊：患者服药五天，黄疸基本消失，肋部时有微痛，饮食、大小便已正常。守上方又投五剂。药尽。服药十天，复查肝功能正常。黄疸、肋痛诸症消失。B超显示：结石同前。即办出院手续，带汪大德所拟"三金汤"：金钱草30g、海金砂 20g、石苇 15g、鸡内金 20g、芒硝 10g（另包冲服）、郁金 20g、姜黄 10g、甘草 10g、柴胡 10g、白叩 10g、陈皮 10g、焦三仙各 10g 三十剂回家治疗。日一剂，水煎分三次。

五诊：月余患者来院复诊，B超显示：结石由原来的 2.2cm×2.2cm 下降至 1.3cm×0.9cm，余症皆除，精神饱满，容光焕发。又带"三金汤""三十剂，回家继续服药治疗。

六诊：B超显示，患者体内结石已化成泥沙状，此时三金汤改丸继服三个月，尔后回访，病人一切正常，恢复健康。

据证而辨，结石有部位之不同，有大小之别，有松软与坚实之分，手术取出的结石松软的用手即可捏碎，坚实的用锤子砸可碎，其治疗效果也各不相同。

本案例患者体内结石虽大，可能是松软型结石故能尽除。后来给其他患者亦用此方，其结石不可尽去。

例如一位肖姓女患者，五十八岁，患胆囊结石数年，B超显示：结石为 1.1cm × 1.0cm，长期疼痛，呕吐、食欲不振、骨瘦如柴。经用上方汤、丸调治三个月，B超显示：结石下降至 0.9cm × 0.9cm。这类结石可能是坚实型。但疼痛、呕吐完全消失，食欲增强，肌肤荣润、体重大增。数年后随访，结石疼痛一直未发。

实践证明："三金汤（丸）"治结石疗效是显著的，松软结石可化，坚硬结石虽不能尽去，但可以缩小并能控制症状而不复发。

后经数十位患者验证，"自拟三金汤"疗效较为确切。汪大德撰写《自拟三金汤治疗肝胆结石病临床体会》一文，并在北京召开的全国第九届中医肝胆病学术会议上交流，并收载于《全国第九届中医肝胆病学术会议论文汇编》。2002 年在《中华医药研究与创新》杂志上刊登。

第三十七章
年久哮喘终可治愈

咳、嗽、哮、喘为一源四歧，本源于肺，咳为有声无痰，嗽为有痰无声，哮为喉间有痰鸣声，喘为气促不足一息，张口抬肩。咳为肺伤肃降无力，气上而咳，嗽为脾湿生痰阻肺而嗽，哮为宿痰伏肺，阻塞气道而哮，喘为肺肾同病，肺主呼肾主纳，出纳失常而喘。咳嗽哮喘均有虚实之分，不外乎外感六淫，内伤七情，饮食劳倦，脏腑功能失调为其因。肺主气，司呼吸，主宣发与肃降，咳嗽哮喘无不关乎于肺，脾主运化，聚湿生痰，脾胃为生痰之源，肺为贮痰之器。肾主水，主纳气，水湿不布，停而成饮，肾气不纳，吸入无力，而成虚喘。肝主情志，郁而化火，肝火犯肺而咳。人是一个有机整体，脏腑的互相影响，气血的维系无力均可导致本病的发生。

其治关键在肺，实则祛邪，虚则补肺；次之在脾，健脾利湿，重在祛痰；再者补肾，肾气虚而不纳，泻火之源清肝润肺。标本兼治，咳嗽哮喘之顽疾皆可愈。

　　在治疗咳嗽之症的临床中，汪大德历经数十年探索，对此颇有心得，他列举了以下几个病例，希望能够起到抛砖引玉的作用。

　　例一，任某，男，六十岁，盛康人，2003年秋天由妻陪同前来汪诊室。汪大德见病人体态肥胖，步履迟缓，语声低沉，呼吸困难，张口抬肩，面色青紫，唇紫，舌质淡，苔白厚腻，坐卧难安。任妻代述："他患咳喘病数十年，从小就有咳喘之疾病，二十岁到五十岁间发病稀少，五十岁后发病渐及频繁，每遇寒凉或遇劳累即出现咳嗽喘促，咳痰白稠偶见黄稠痰伴喘促，动则加剧，畏风寒，自汗出，夜难入眠。"诊脉：寸关脉现沉细兼滑，尺脉沉细微弱。诊断为咳喘（肺肾俱虚，痰浊阻肺）。本病为本虚邪实，肺气不固，肾阳虚衰，风寒外袭，痰浊阻肺。

　　根据多年治疗咳喘病的临床经验，拟急则治其标，缓则治其本的方案，并将治疗方案告知病人："本病属疑难病，治疗过程较长，先祛风寒痰浊治标，风寒痰浊为标，肺肾俱虚为本。后补肺肾治本为一个周期，再次感冒复发，再如此治疗，治疗几个周期，逐步提高免疫力，方可治愈。"

　　病人听后愿意接受此种治疗方法，并表示有耐心服药，遂拟处方小青龙汤加味：麻黄、桂枝、杏仁、甘草、干姜、白芍、细辛、五味子、半夏、黄芩、白果、橘红、防风、姜枣五剂，水煎服，日一剂，分三次饭前服。

　　二诊：咳嗽减轻，喘促明显好转，睡眠有所改善。据证而辨，表证已解。痰湿仍重，肺肾仍虚，故拟上方加减：

麻黄、杏仁、甘草、桔梗、陈皮、半夏、贝母、紫菀、冬花、枇杷叶、浮小麦、黄芪、细辛、山茱萸、五味子、建曲、白术、茯苓、姜枣五剂，煎服法同前。

三诊：咳喘明显好转，咳痰易出。间歇咳喘，晨咳多见，动则微喘，夜能入眠，汗亦减少。上方去麻黄辛燥发散之品，加大补益肺气之药：黄芪、人参、白术、茯苓、炙甘草、陈皮、半夏、贝母、紫菀、冬花、白芍、细辛、五味子、百合、白果、枇杷叶、苏子、麻黄根、浮小麦、建曲、红枣五剂，煎服方法同前。

四诊：偶尔咳少量白痰，爬楼梯微喘，饮食、睡眠、精神基本恢复正常。辨证：标实已解，本虚仍存，本次以补肺肾治本为主。兼健脾利湿化痰，故拟：人参、蛤蚧、白术、茯苓、陈皮、半夏、紫河车、五味子、细辛、熟地、枣皮、山药、苏子、草茄子、炙甘草、蜜麻黄、熟附、肉桂、冬花、丹参、枇杷叶、红枣共细末，制三个月蜜丸，绿豆大，每次 8g，日三次，温开水送服。药丸服完后停药观察。

次年入秋，旧病重犯，患者再次来诊，自述："自去秋冬服中药汤剂及丸药后身体健康状况大有好转，往年三天两头发病，几乎就没有一天安逸日子，自从去年开始吃药至今一年未曾发病，连小感冒都很少出现。这次由淋雨、受风又引发了咳喘，但较往年症状也轻得多。现咳痰稀薄，有较轻的喘促，身困、头痛而昏。"汪大德为其诊脉：寸关两部脉沉滑稍有力，尺部脉沉细，舌淡红，苔白微腻。

从患者自诉发病原因，显而易见是受风寒湿邪而致，诊断为肺气虚，外邪入侵。即按原已约定治疗方案，先投

祛散风寒除湿之药：羌活、防风、白芷、细辛、苍术、川芎、
炙甘草、蜜麻黄、杏仁、桔梗、半夏、桂枝、白芍、前胡、
苏子、建曲、姜枣三剂自加葱白三茎，水煎服，日一剂，
分三次服。二诊，身困、头痛昏完全消失，咳喘明显减轻。
辨证：风寒湿已尽祛，但又因体弱，外邪入侵引发了咳喘
之宿痰。拟投：蜜麻黄、杏仁、桂枝、白芍、细辛、半夏、
白芥子、苏子、前胡、枇杷叶、人参、白术、茯苓、五味子、
建曲、姜枣五剂，水煎服，日一剂，分三次服。同时拟制
三个月中药丸子即黄芪、人参、蛤蚧、紫河车、熟地、枣
皮、故子、百合、黄精、白术、茯苓补肺肾而固本，蜜麻黄、
桂枝、细辛、紫菀、冬花、苏子、贝母、菖蒲、炙枇杷叶
温肺化痰定喘。丹参、当归补血活血。协补肺肾药增强疗效。
五味子收敛肺肾之气，建曲、红枣健脾和胃调中，共奏诸
药之药效，以达补肺肾、祛痰邪、治咳喘之目的。

　　春节前，任某专程来院告知汪大德，服药后一切安好。
嘱其慎起居，避风寒，勿食生冷，调情志，不适随诊。

　　第三年寒冬突遭大雪，寒气逼人，任某又出现咳喘之势，
他速来医院就医，自诉：现有咳喘虽不重，但怕延误加重
病情，故来诊治。汪大德通过诊察，认为病情仍属体虚，
风寒外袭，引发宿痰，当即给病人作了安排，一是首服三
剂解表祛寒，温肺化痰，止咳定喘中药即麻黄、桂枝、干姜、
杏仁、炙甘草、白芥子、苏子、细辛、五味子、前胡、半夏、
白术、白芍、神曲、生姜、红枣。二是，再做三个月中药丸子，
药方基本同前，即黄芪、人参、蛤蚧、紫河车、阿胶、熟
地、枣皮、山药、补骨脂、百合、黄精、白术、茯苓、丹参、

当归、五味子、炙麻黄、杏仁、细辛、紫菀、冬花、苏子、桔梗、炙甘草、炙枇杷叶、建曲、红枣共细末，炼蜜为丸，绿豆大，每次 8g，每日三次。并嘱下年入秋后再做一料丸子补肺肾固本增强抵抗力，以防再次因受风寒而犯病。患者服完本次中药及中药丸子后一切正常。为防再发，他于初秋末就来医院又做一料三个月中药蜜丸，其方同前。三个月服完后再也未复发过。经治三年余，任某现已七十多岁，近十年来身体一直健康。

例二，熊某，男，四十六岁，南河镇人，2005 年因患哮喘病十余年，经多方治疗无效。后经人介绍，来中医院请汪大德诊治。首诊，患者自述："十余年前在田间劳作，突遭一场暴雨淋湿了衣服，并没在意，次日即出现咳嗽，渐至咳嗽喘促，未做治疗，过了几日也就慢慢好转了。之后每遇寒凉或食生冷都会引发咳喘，买点止咳平喘药吃了就可好转，两三年后逐步加重，频频发作，先是咳喘，慢慢咳嗽减轻，而喘渐加重，直至每每发作，呼吸急促，张口抬肩，喉中痰鸣音也渐渐加重。曾多次住院治疗，西医诊断为过敏性哮喘，一旦发作西医就用消炎抗过敏定喘药治疗。开初疗效很好，时间久了，疗效也就差了，一年就要住好几次医院，也曾找中医吃过不少中药，都未解决问题，现在哮喘越发越频繁，而且很突然，吃饭、走路随时都可发作，一发作立马出不来气，当即就要卧下，严重时大汗淋漓。前些年常备氨茶碱，发作时一服就减轻症状，服药一两天哮喘就停了，后来效果不好了，西医又让我吃副肾素。"说着，他从身上掏出一个小瓶子，里面装着几粒白

色的药片，"我一刻也不敢离开它，在家发了，喝口水把
丸子打下去，在路上发了无水就干咽下去，一会就生效了，
但现在身体已虚弱得很了，发作更频繁了，动则气喘，时
而咳嗽，痰白而黏，偶尔有一点黄痰，也难咳出，发作时
张口抬肩，气也出不来，生不如死，只差一口气。"说着
悲痛泪下。

　　汪大德随即为其诊察，见其面色苍白无华，唇鼻微紫，
精神萎靡，语声断续，时而可闻细微的哮鸣音，舌质淡微紫，
苔白薄，脉沉细微弱。据证而辨，患者因劳作汗出，突受
暴雨侵袭，毛孔开泄，突遭风雨侵袭，外邪寒湿随汗而入，
直袭其肺，久而失治，邪留在肺，经久失治，肺气渐虚，
累及脾肾，多脏同时俱病，正气渐衰，邪气渐盛，病情也
就逐步发生变化。初来风寒侵袭肺而咳，久则肺肾俱虚，
呼纳失常而喘，痰阻于肺，久而不化，宿痰伏肺阻塞气道
而哮鸣。现状已成肺脾肾三脏俱虚，气血亦随之虚衰，痰
饮实邪涌盛，阻塞气道，随时有出现窒息可能。

　　汪大德回想起20世纪60年代末初学医之时，邻村
王某三十多岁，因患哮喘，多处求医，自己也曾给他看过，
当时是束手无策，仅给几粒麻黄素片止喘而已，后因哮
喘反复发作，最终是因哮喘窒息而死。一想起此事，汪
大德就对此症心有余悸，治吧，心里并无把握；不治吧，
见死不救，失去医德。三思后，鼓足勇气，安慰病人说：
"你不必伤心，也不要害怕，你既找了我，我就会对你
负责，就算我治不好，现在科学这么发达，还有上级医
院呢！"

病人听了擦擦眼泪仿佛找到了希望，抬起头来说："汪医生，谢谢你。"

这时汪大德通过详细辨证仍按急则治其标，缓则治其本的治疗原则，潜方用药。首拟蜜麻黄、桂枝、杏仁、甘草、半夏、五味子、细辛、干姜、白芥子、苏子、紫苑、冬花、生姜、大枣温化痰饮，止哮平喘，以防温药过胜，略佐黄芩、白果，清肺化痰。再加人参固本扶助正气，首投三剂，日一剂，水煎服，分三次服，探其路。

二诊，患者自述："咳喘哮鸣减轻，呼吸较前顺畅，精神稍有好转。"实践证明辨证正确，用药得当，症状好转。汪大德又仔细为他诊断，与上次比，病人的面色、唇紫稍有好转，痰鸣音已消失，舌质淡，舌紫已好转，苔白薄，脉沉细弱，守上方减桂枝、干姜，加白术、茯苓三剂，服法同前。

三诊，患者自述："服药后时有咳嗽，但咳痰痰易出，咳出灰色胶质状成团的痰，咳后痰出，自觉哮喘现象明显改善。"汪大德对患者又进行了全面的检查，仔细询问近日病情。患者详细作答：咳嗽有气无力，气短，呼多吸少，活动加重，上几步楼梯气就喘不过来，但无哮鸣音，动则出汗怕风怕冷。症状较前有好转。诊脉沉细弱，较前稍缓和，面色略红，舌淡苔白，辨证为咳喘（虚实夹杂型）。

经前两次服药，实症宿痰减少，但虚症仍存，决定本次以扶正为主，扶正重点以肺脾肾为要，兼祛宿痰，故拟扶正、化痰、行气、止咳，平喘的中药。拟：黄芪、人参、白术、茯苓、蜜麻黄、杏仁、五味子、细辛、熟地、紫菀、冬花、白芥子、苏子、章苗子、白果五剂，水煎服，同时制中药丸一料。按三个月配制：人参、白术、茯苓、黄芪、蜜麻黄、桂枝、五味子、杏仁、细辛、苏子、草苗子、半夏、紫菀、冬花、蛤蚧、紫河车、熟地、枣皮、山药、橘红、白果共细末，蜜丸绿豆大，每次 8 克，日三次，温水送服。汤剂服毕，中药丸也已制好，接着服中药丸子。

哪知，服中药丸不到一月，患者哮喘再次复发，来院告知，前几天洗澡不慎着凉引发，开初咳了几声随即哮喘又发作了，但比过去较轻，严重情况只有几个小时就慢慢缓解了，现在仍有咳喘现象。

汪大德见患者面色微青，舌淡苔白微腻，脉沉细，此乃风寒袭肺，引发旧疾。又拟蜜麻黄、杏仁、桂枝、半夏、五味子、干姜、白芍、细辛、荆芥、苏子、黄芩、白果、生姜、红枣三剂，水煎服疏散风寒，化痰止咳定喘。三剂药尽哮喘不复存在，唯偶尔小咳几声，痰易咳出，告知病人继续服用中药丸子以治本。

如此循环一年，做中药丸子两次。哮喘发作时，屡以中药汤剂对症治疗。症状好转，继服中药丸子，一年后哮喘次数大有减少，哮喘症状大为减轻。汪大德鼓励患者说，既有好转，坚持就是胜利。病人也很有决心，遂继续按上方又做三个月中药丸子。服丸药间哮喘小发作一次，已很轻微，照前又服一次汤药，继服中药丸子，丸药服毕，停药观察。半年后又出现咳嗽，但未发哮喘，为巩固疗效，守上方先后又做了两次，每次做两个月丸子，继续服药和间断性服药长达三年，至今八九年连感冒也很少出现，患者年近六旬，身体一直健康。

例三，余某，男，九岁，城关镇人。2012 年春由家人带小孩来中医院门诊求诊于汪大德。家人介绍："小儿从小身体就弱，易咳喘，逐渐加重，3 岁时咳喘渐渐哮鸣，每当夜晚多发，在当地反复治疗无效，专程到武汉大医院诊治，武汉大医院诊断为过敏性哮喘，采用了一系列治哮喘药物治疗，患儿略有好转，即带药回家，之后每隔两三个月就去武汉一趟，再检查再拿药，年复一年跑了六年。先以口服药，后以口服加喷喉药，发即喷喉，缓解时就坚持服西药。时间久了，喷药服药效果都渐至减弱，后来患儿每晚在半夜后 1—3 点必发哮喘，一发作全家人就立马起来将患儿抱起，唯一办法还是喷药，原来喷一次即可，后来喷药次数逐步增多，时间逐渐延长至三四个小时，连喷三四次才能缓解，后来再喷就无济于事。发时呼多吸少，喘息急促，喉中有声，很少咳嗽，咳也无痰，偶尔可见一点或黄或白黏痰成团，脸都憋青了，口唇发紫，全身汗出。四肢发凉，小便失禁。担心随时可能发生不测，所以在万分焦急的情况下特来找汪院长。"说着说着，家人眼眶湿润了。患儿也一直没精打采，依伏在家人怀抱里，面黄肌瘦，舌质淡微紫，苔薄白微滑腻，脉沉细。

汪大德诊断为：哮喘（肺肾俱虚，内热外寒型）。首拟蜜麻黄、杏仁、甘草、桂枝、细辛、半夏、太子参、沉香、白术、茯苓、黄芩、白果、射干、桔梗、建曲、生姜、大枣三剂，水煎服，日一剂，分三次服。

二诊，患儿家长述："这药很管用，第一晚症状就有所减轻，而且一天比一天好转，虽每晚都发哮喘，喉中未喷西药，发的时间也短了，症状轻了，喉中哮鸣音几乎听不见了，四肢也未出现发凉。"汪大德观察，患儿精神好多了，面色、口唇颜色明显好转。守上方继开三剂，服法同前。嘱家长继续搞好监护，勿服生冷、勿受寒凉，以防感冒引发哮喘加重。家长有受多年折腾的苦楚，便全力监护，唯恐监护不慎引发感冒。在家长的配合下，疗效非常稳定，后几次复诊均在上方中根据临时变化稍加改动，服药一月后，哮喘基本没有再发，仅偶尔出现轻微的咳喘。

汪大德对药方又进行了调整，以健补肺肾为主，兼祛痰定喘，拟晒参、蛤蚧、黄芪、防风、白术、蜜麻黄、桂枝、细辛、半夏、茯苓、五味子、黄芩、白芥子、紫河车、建曲、枣皮、生姜、大枣十剂，嘱："服法同前，继续注重监护，服药如无不妥，此方可连服一月。"

一月后患儿及家长再次来诊，家长述，这一月几乎未发，偶尔咳几声，患儿起居饮食一切安好。汪大德观察，患儿面色红润，生龙活虎，舌脉一切正常。考虑小儿服药时间已长，症状也已稳定，恐服药时间过长影响小儿胃肠，故采用内病外治之法，改服药为膏药外贴肺俞穴，拟晒参、蛤蚧、紫河车、黄芪、防风、白术、茯苓、蜜麻黄、桂枝、细辛、半夏、五味子、黄芩、白芥子、草苗子、生姜、大枣、香油共熬成膏药摊布上贴肺俞穴，每晚一张，日换一次。坚持数月，巩固疗效。该患儿哮喘病至今四年未发。

上述三例患者，同属肺脾肾三脏受病，侧重在肺，但又各有不同，在治疗时，发作期施方各有不同，在恢复期用药基本相同，其疗效都达到临床治愈，经回访至今均未复发。用药最长三年，最短近一年。

古人曰："外不治癣，内不治喘，治癣治喘都丢脸。"这句话生动形象地说明了癣症与喘症的顽固性。但汪大德认为作为一名医生，不要怕丢脸，救人性命要紧。对于慢性疑难哮喘病，首先要抓住病因病位，明辨机理，抓住根本，不失时机，只要思路正确，就应稳步推进，耐心施治。正邪较量，只要把脏腑、气血即正气调理健康，正能胜邪，邪自祛，年久哮喘终可治愈。

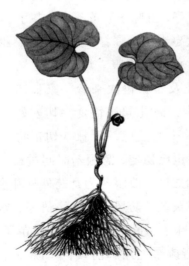

细辛

第三十八章
中医治癌典型病例

　　20 世纪 60 年代末，汪大德的姑父不幸患上了食道癌，典型症状是饮食不下，吞咽困难，仿佛有什么东西梗在了喉咙一般，故农村俗称"梗食病"。此时，汪大德虽已学医数年，但却是第一次遇上这种病例。于是，他帮姑父去请了师父谭元甫为其诊治。

　　那些年代大山里的医疗条件差，更别说什么检测设备了，对病人全凭经验诊断。因汪大德的姑父家中比较贫困，所以只请过一次医生就放弃了治疗。那时已是食道癌晚期，什么也吃不下，只是偶尔可进一点水。整个人骨瘦如柴。

　　看完病，汪大德和师父在姑父家吃午饭。汪大德看到姑父流露出很想吃东西的神情，就给姑父盛了小半碗黄瓜汤，劝姑父喝点黄瓜汤试试。姑父喝了一小口，闭着眼睛皱着眉头，使劲往下咽。没想到，不但咽不下，反而卡得眼泪直淌，只好又吐了出来，嘴里还流着涎涎。汪大德见此景，也心疼得吃不下饭了。

谭医师决定拟用"枳缩二陈汤"加减治疗。方药大概是：枳实、砂仁、陈皮、半夏、白术、茯苓加旋覆、赭石、白叩、人参等类药物。

但姑父终因病情严重，加之吞咽困难，未能好好地服药，还是失去了宝贵的生命。

汪大德同情姑父，也深感自责。面对疾病，自己作为医生却无能为力，这是让人多么痛苦的事啊。他在内心暗暗发誓，总有一天一定要治好食道癌。

尔后，他经常蓄心钻研一些治癌的理法方药，时常给一些癌症患者开方用药，或多或少起到了一些治疗作用，也给了患者精神上的安慰。

20 世纪 80 年代末，粟谷西河一陈姓患食道癌病人（疑是），吞咽困难，已近半年，也曾多方治疗过，但无效。经人介绍后，求诊于汪大德。

汪大德在师父治癌的"枳缩二陈汤"加"旋覆代赭石汤"的基础上又加上了天龙、白花蛇草、半枝莲、藤梨根等药。经治疗，患者的吞咽逐步顺畅起来。先服汤剂后改丸剂，先后治疗三月余。经治疗症状完全消失，身体恢复健康，现今八十多岁仍健在。

2000 年汪大德参加北京国际传统医药大会，结识了中国民间治癌大师郑文友，与他联办了郑文友中医肿瘤医院谷城分院，领悟了他的治癌大法，更能放开手脚大胆治癌。

2001 年正月初四，一名张姓患者入住县中医医院，患者 78 岁，冷集人，入院后住院部医生邀汪大德会诊。

首诊，见县、市二、三甲医院 CT 扫描报告单示：食道中下段癌。患者家属介绍，患者这病已半年多了。自检查确诊为食道癌已四个多月了，花了万把块，仍无效，病情还在逐渐发展，多日已经滴水难进。

　　汪大德见患者骨瘦如柴，目光呆滞，精神萎靡，卧床不断呻吟，于是详问其情。患者自述："自去年春上开始，吃饭就出现过吞咽不顺畅的现象，当时也没在意。到了秋下逐渐加重，先到县医院住院，后又到襄阳住院，好好坏坏拖到现在，现连水都吞不下，胸部刺痛或隐痛，七八天了都没有解大便，也没有要解大便之意。"

　　汪大德为其诊脉，发现病人脉沉迟微弱，舌苔白薄、微腻。诊断为痰瘀互结、气阴两虚型食道癌。拟化痰破瘀，软坚散结，开关通窍，行气活血，润肠通便，益气养阴，于是选择了扶正抗癌的中药，全方如下：旋覆、赭石、洋参、天龙、桃仁、火麻仁、白花蛇舌草、半枝莲、贝母、郁金、昆布、大黄、蜈蚣、当归二剂，日一剂，嘱患者分多次频服。二剂尽，大便通畅，并顺利地喝下一碗稀粥。

　　二诊继用上方加减：旋覆、赭石、洋参、天龙、桃仁、火麻仁、白花蛇舌草、半枝莲、贝母、郁金、昆布、蜈蚣、沙参、麦冬、八月扎、灵芝、神曲、枳实、姜厚朴、藤梨根三剂中药进行调理。疼痛消失，饮食渐增，吃饭由稀变干，每顿能吃一碗面条或饺子。张大爷高兴地对家人说："这次可遇到神医了啊！神效啊！"住院一周余，带药回家。数月后随访，饮食一直正常。

　　2002年4月1日，来自盛康的任某，男，五十岁，患直肠腺癌在襄樊三甲医院住院治疗告病危。打着吊瓶，插着氧气护送回家。病人家属想再用中医治疗试试，于是直接转到谷城中医医院找汪院长诊治。汪院长将病人收住入院，拟中西医结合治疗。

首诊病人，眼神呆滞，面色灰暗，卧床呻吟，偶有呃声，不能自转侧，小腹部有半个拳头大的包块，腹痛拒按，多日未进饮食，大便呈血样污水。一日四十余次。因肛门已擦破，只好用卫生纸堵在肛门口上，随时换纸。

诊脉沉细微弱，舌淡，苔白，微黄，诊断为直肠癌，症属：湿毒郁结，邪胜正衰。

汪大德拟益气、健脾、利湿排毒、温肾、止血、抗癌的中药：人参、白术、茯苓、黄芪、白叩、苡仁、益智、肉桂、地榆炭、仙鹤草、半枝莲、白花蛇舌草等一剂，辅以外用中药贴敷小腹部包块。病人服药次日精神好转，并进少量饮食，腹痛减轻，大便也有好转。上方继服三剂，一星期后大便基本正常，饮食渐增。小腹部肿块渐消，疼痛消失。患者在床上可自己活动。在上方基础上作了部分调整，继续服中药，半月后下床活动，生活自理，住院三月余，大便恢复正常，小腹肿块消失，饮食睡眠一切恢复正常。带药回家，三年后随访，仍健在。

2010 年，患鼻咽癌的方某，男，二十九岁，石花人，在三甲医院 CT 确诊为鼻咽癌，经多方治疗年余，疗效不佳。经人介绍，找汪大德诊治。首诊，病人面黄肌瘦，自述鼻部不适，张口呼吸，头额坠胀刺疼，食欲欠佳，整夜难眠，如遇变天，头痛如裂，鼻涕增多，外观见鼻部中段肿大，精神萎靡。汪院长拟投益气、生津、清热、解毒、活血化瘀、软坚散结、抗癌中药：黄芪、玉竹、辛夷、白芷、苍耳、玄参、麦冬、天葵、慈菇、连翘、二花、海藻、桃仁、夏枯草、三仙等七剂。二诊，患者高兴地说："汪院长我吃你的药对路了，一年多来我没轻松过，现在头痛明显好转，鼻子通气了，这几日睡眠也好多了，吃饭香了，精神好多了。"汪大德守上方又开七剂，服法同前。

三诊：诸症明显好转，鼻中段肿大也消了不少，汪大德以上方加减为病人做了三个月中药丸子，三个月后患者来复诊，诸症消失。为巩固疗效，汪大德又开出了扶正益气、兼顾肺脾肾综合调理、抗癌中药又做三个月的丸子。药尽，病人高兴地来感谢汪大德，并要求说我想外出打工可否？汪嘱：可以外出打工，但不要过于辛劳，慎起居，调情志，节饮食，避风寒。现已六年一直在外打工，病情一直未复发。

2010年来自盛康的章某，因咳嗽、咯血、胸痛、食欲减退，逐渐消瘦，体力不支，到县二甲医院作CT检查，确诊为肺癌。患者疑有误，特地去襄樊三甲医院复查，检查结果和二甲医院诊断一致，均是肺癌，肿块4.8cm×4.0cmo均劝其住院治疗，此刻患者就近在县二甲医院办理了住院手续，医院根据病情预行手术，在签手术风险告知单时，病人畏惧手术，要求保守治疗而放弃手术治疗，求诊于汪大德。汪大德按CT确诊为肺癌，参见患者色、脉、证，患者咳嗽、咯血、胸痛、气短面色晦暗，脉沉滑弦细，中医诊断为肺积、气滞血瘀、气阴两虚型。先拟清肺化痰，养阴清热法控制咳嗽、咳血治其标。拟投沙参、麦冬、洋参、瓜蒌霜、蓬白、姜朴、鱼腥草、白花蛇舌草、桑皮、贝母、仙鹤草、白茅根、枇杷叶、女贞子、旱莲草、白果、百部、三仙、夏枯草七剂，水煎服，日一剂分三次服。二诊，咳嗽大有减轻，咯血完全消失，饮食增加，除胸痛未完全消失外，其他症状已不复出现。守上方又开十剂，水煎服法同前，并以上方做三个月中药丸（水泛丸），绿豆大，每服 8g 日三次温水下。药尽再来复诊，症状已完全消失，消瘦也已改善，精神状况良好。

CT 复查，肿块如前，患者有些疑虑地问道："我这样样都好了，为何肿块没改变呢？"

汪大德解释说："气滞血瘀，已结成块，攻逐肿块不是用刀割肿块，那是需要时间的，只要你有信心，坚持治疗，一定是会有效果的！"病人听了，信心百倍地答道："只要有效，时间再长我都能坚持！我就因为怕开刀，才吃中药的。"

汪大德见患者症状已全清除，就是肿块未动，那就要加大软坚散结、抗癌药物，故拟黄芪、洋参固本，拟昆布、海藻、天葵、慈菇、白蚤休、天丁、地丁、全蝎、蜈蚣、蜂房、贝母、白花蛇舌草、半枝莲、穿山甲、神曲、麦芽、夏枯草消肿散结治标，上药共细末，水泛为丸，又制三个月丸子，服法同前。

三个月后患者 CT 复查，肿块缩小至 4.0cm×3.5cm，继上方再制三次丸子，服药一年余，肿块消失。病人心情愉悦，身体康复，外出打工，至今身体良好。

2011 年，石花某单位一职工吴某，女，三十八岁，患脑瘤。就诊时由她父母二人扶进汪大德诊室，患者不能自立，全身发抖，父母扶至诊断桌前坐下，她头不由自主地躺倒在诊断桌上，皱着眉，有气无力地不停呻吟。

患者父亲介绍说："女儿半年前头痛，按常规治疗头痛，吃药无效，经县医院 CT 诊断考虑脑瘤，但未确诊，建议转上级医院确诊。我们送女儿到武汉某大医院住院治疗，后确诊为脑干胶质瘤，不能手术。经住院保守治疗月余，疗效不佳，院方将核磁共振检查资料发至其他大医院会诊，会诊结论亦不能手术，医院劝我们回家或找中医治疗。在住院期间头痛全靠止痛药控制，日夜难眠，现头发已脱光，她现在戴的是假发。我们走投无路，特来请汪院长诊治。"

首诊：患者面色无华、头发全脱、消瘦、神情呆滞，脉沉细而弱，舌质暗淡苔白薄。闻语声低沉、断断续续。问症状，患者答："头痛如裂或隐痛，左眼胀痛不舒，用药疼痛减轻而嗜睡，停药疼痛加重则彻夜难眠。饮食欠佳，大便三日一行，月经半年未至。"据证而辨：病变部位在脑，为气滞血瘀，痰瘀互结于脑，阻滞经脉，不通则痛，故拟行气活血、破瘀、化痰、通络中药：柴胡、枳实、桔梗、桃仁、红花、当归、川芎、赤芍、生地、白芷、川羌、全蝎、蜈蚣、地龙、白芥子、白花蛇舌草、半枝莲、猪苓、益母草、神曲、甘草、芒硝另包，自加桃树胶。五剂，每日一剂分三次服。

二诊：在父母陪伴下，自己走进诊室，面带喜悦。自述：头痛大减，眼胀好转，精神好转，饮食增加，大便日一至二行，可谓一药中的。守上方减芒硝加人参，黄芪，又开5剂，服法同前。

三诊：父母陪同，自己稳健步入诊室，面色略见红润，眼神自如。自述：头痛基本消失，睡眠尚可，饮食、大小便正常，眼胀好转。脉沉细而和缓。辨证：疼痛消失是气血通畅，痰瘀消退的表现。守上方加软坚散结药增强对肿瘤的软化作用，增加调补气血扶正药物，略减止痛药以免过耗气血。拟黄芪、人参、白术、茯苓、八月札、灵芝、桃仁、红花、川芎、当归、赤芍、全蝎、地龙、蜈蚣、白芥子、昆布、海藻、白花蛇舌草、蔓荆子、益母草、神曲、桃树胶自加，十剂。

四诊：患者一人搭车来诊，步履稳健，语声洪亮，眼神灵活，心情愉悦，高兴地说："我这有救了，现在头不疼了，眼不胀了，饮食睡眠大小便一切正常，就是月经还未来。"诊脉和缓，舌质红，苔白薄，诊断为：大病后气血未复，脉络未通，故拟大补气血、活血破瘀、化痰调经、抗癌中药：黄芪、人参、阿胶、艾叶、当归、川芎、赤芍、丹参、桃仁、红花、熟地、白花蛇舌草、半枝莲、全蝎、蜈蚣、白芥、天葵、白蚤休、神曲、益母草10剂。

五诊：患者一人来诊，面色红润，目光有神，步履矫捷，走进诊室，热情地对汪大德说："汪院长，谢谢你，我有希望了，我的病好了，头不痛了，眼不胀了，月经也来了。"

汪大德见她热情洋溢，笑着叮嘱道："你现在症状消失了，精神也好了，但还要好好地休息，还要继续调理，而且还要复查大脑。"随即让她到原来做检查的医院做了复查，复查结果：脑瘤与前片对比，略见缩小。汪大德根据复查情况给她开方做中药丸子，以缓图之。拟方药：黄芪、人参、白术、茯苓、白花蛇舌草、半枝莲、八月札、灵芝、全蝎、蜈蚣、穿山甲、蛻螂、昆布、海藻、白蚤休、藤梨根、夏枯草、贝母、白芥子、生牡蛎、僵蚕、当归、川芎、神曲、桃树胶按三个月制丸，共细末，水泛为丸，绿豆大，每次服 8g，日 3 次，温开水送下，以扶正软坚散结、抗癌治之，先后治疗八个月，恢复健康，重返工作单位。

　　汪大德说，在他的行医生涯里，还有结肠癌、乳腺癌、肝癌等有效治疗和临床治愈例子，举不胜举。虽然并不是说中医治癌万能，也不是说他自己有特别独到之处，不过中西医是可以互补的，国家也十分倡导中西医结合治疗癌症。他举例说，2005 年他参加国家卫生部在北京举办的中西部天使行动培训班，主要是攻克癌症，造福人民。有关领导曾提到有资料显示：中西结合治癌比单一西医或单一中医的治疗有效率、治愈率都要高很多。

　　同时，他也郑重强调：无论用什么方法对患者进行施治，所有病案系一病一方或一病多方，都会因人、因病、因时制宜，必须要辨证施治。人命关天，绝不能生搬硬套地模仿。

　　目前，全球对癌症的病因病机尚不明确，更无预防和根治的手段。现今社会科技发达，社会制度优越，癌症病人几乎都会到医院接受仪器检测，有 60%—70% 都会住院接受西医的手术、放疗、化疗等一系列治疗，虽然挽救了大量的癌症患者，但也有 30%—40% 的癌症病人未接受西医治疗或未能恢复健康。这其中，有惧怕手术的，有不适应手术的，有因癌症晚期已失去治疗机会的，还有经手术、放疗、化疗身体极度虚弱，不可继续进行放、化疗的，还有经放、化疗后身体经久不能康复的，更有少数干脆不接受西医治疗主动要求吃中药的。那么中医就应主动接受这部分癌症病人，怜癌症患者之苦，解癌症患者之痛。

中医认为，癌症也不外乎外感六淫：风、寒、暑、湿、燥、火；内伤七情：喜、怒、忧、思、悲、恐、惊；饮食劳倦，大自然的乖戾之气以及现代的化学农药、环境污染等因素。知道这一点，那治疗亦不外乎扶正与祛邪，即补养气血、调补阴阳、安五脏以固本，以行气、活血、化瘀、清热解毒、温经通络、软坚散结、祛湿化痰、消积导滞、以毒攻毒等手段以治标。

中药对不同的人群、不同的病因、不同的阶段、复杂的病情可采用不同药物，不同的属性，不同的多药合一，广谱调治，辨证施治，会有显著疗效。用中医挽救一些西医无法治愈的病人，是不可或缺的，也是极有价值的。

中医工作者肩负着更多癌症患者的希望。全力以赴，用最大努力攻克癌症，挽救生命，与西医携手，共创中西医结合治癌之路，是中医工作者永不停歇的使命。

第三十九章
中医传承后继有人

春秋战国时期，社会急剧变化，政治、经济、文化都有显著发展，学术思想也日趋活跃。在这种形势下，出现了我国现存的医学文献中最早的一部典籍，这就是《黄帝内经》。此书总结了春秋战国以前的医疗成就和治疗经验，确立了中医学独特的理论体系，成为中国医药学发展的基础。其中有许多内容已大大地超越了当时的世界平均水平。

中医学的理论体系是经过长期的临床实践，在唯物论和辩证法思想指导下，逐步形成的。它来源于实践，反过来又指导实践。中医学非常重视人体本身的统一性、完整性及其与自然界的相互关系。它认为人体是一个有机整体，构成人体的各个组成部分之间，在结构上是不可分割的，在功能上是相互协调、相互为用的，在病理上是相互影响着的。同时还认识到人体与自然环境有密切关系，人类在适应自然和改造自然的斗争中，维持着机体的正常生命活动。如古人提倡的"日出而作，日落而息"，就强调了人应顺应自然的思想观念。

但西医却是分科的，你去看西医，要想好挂什么科，作为病人，很多人是不太知道挂什么科的。结果挂个外科试试，治了半天，说你挂错科了。但中医的大夫会详细地告诉你，你的病是由什么引起，因为全身是一个整体系统，不可分割的。

又如我们的中医针灸，外国人一听到针灸可能就会害怕：你们中国人胆子忒大，拿根针就敢往人身上乱扎。其实，那是根据经络的循行路线，是有穴位的，并不是乱扎。针灸不会针到血管，不会针到骨头，也不会针肉，因为骨头针进不去，针肉没有什么用。针灸只针经络。但外国人一听，当场就会蒙掉，因为在实验室里他们进行人体解剖，根本找不到叫经络的东西。但中医学里的经络确实存在，经络是人活着的时候才有，人一死，气门闭了，经络也就没有了。就好比天上飞机的航道，在飞机飞的时候有，飞机不飞的时候就没有了。这跟我们身上的经络一样，经络随着人死也没有了。

从这一点来说，中医学对于人体疾病的认识及治疗方面，都比西医一贯的"头疼医头，脚疼医脚"的治病理念要先进很多。

在形态学方面，据《黄帝内经》所记载，关于人体骨骼、血脉的长度、内脏器官的大小和容量等的记载，基本上是符合实际情况的，如食管与肠的比是 1 ∶ 35，现代解剖是 1 ∶ 37，两者非常接近。而在血液循环方面，《素问·痿论》

则提出"心主血脉"的观点，《素问·举痛论》则认识到血液在脉管内是"流行不止，环周不休"的。同时，对动静脉也有一定的认识。这些认识比英国哈维氏在明崇祯元年（1628）发现血液循环早一千多年。

中医药在历经了四五千年以后，于北洋政府时期，受西方文化医学影响开始被停止和废除。曾留学日本学习西医的余云岫，是废止中医派的代表人物。他一向攻击贬低中医学，把中医等同于巫术，甚至直指"中医是杀人的祸首"，必欲废止清除而后快。后来，余云岫被世人讥评为"东西医奴隶"，成为千古罪人。

中国近代史上另一位文化名人，对待中医的态度就比较理智，他就是胡适。胡适青年时代在美国留学多年，深受西方文化的影响，充满激情地提倡新文化，是20世纪初期反对中医的重要人物之一。但就是这样一个人，在三十岁时患上了糖尿病并合并了肾炎。他在北京协和医院采用西医治疗很久，不见好转，医生都认为他病不久矣。他的一位朋友建议他试试中医，他再三考虑才勉强应允，去找了北京著名中医陆仲安。没想到，几剂药下去，他的病居然奇迹般地好了。这以后，胡适又活了四十多年，享年七十二岁。一个力挺西医的人，却被中医治好了病，这对于胡适来说，实在是令他尴尬万分。然而，事实胜于雄辩，在事实面前，任何解释都是苍白无力的。要知道，在当时，国民政府正要执行废除中医的法令，正值取缔中医呼声甚嚣尘上之时，此案例引起了广泛的社会影响，也打消了取消派的气焰。从这一点来说，也可以认为中医是自己拯救了自己。

如今，中医凭着老祖宗传承的中医理论，理法方药，拯救了无数的黎民百姓。许多如汪大德一样的中医工作者，也深深扎根于人民群众中，深受人民群众的欢迎和爱戴。

汪大德说，据他所知，随着社会的变革，后来的中医学院培养的中医人才有不少人都改行从事了西医和其他行当，原因在他看来，不外乎有五个：

一是学习中医要死记硬背的东西多，而且中医中药个性化特强，书本知识读起来枯燥无味，很多人未能打牢这方面的基础。一旦接触临床，无方无药可用，有的有点理论功底又未跟师临床，理论与实践不能紧密结合，也难以赢得患者信任，自己也觉得尴尬。

二是现在的人，受到一些不良思想的影响，认为人生在世，一切都要向钱看。中医不来钱不说，还操心，改个行少操心来钱还来得快，于是放弃学中医。

三是有些单位在某一时期内，在制定管理制度时不仅不向中医倾斜，甚至有打压中医的倾向，认为中医不赚钱，只是个陪衬，从而降低了中医工作者的士气。

四是受一种"中医不老不成名"之说的影响，就不愿从事中医。对此汪大德认为，这主要还是取决于个人的努力。自己二十多岁时中医已小有名气，那是师父谭元甫教诲有方，加之自己刻苦认真学习的结果。比如刘毅同志，不足三十岁调到谷城县中医医院工作，坐诊不几天就旗开得胜，治好多名疑难病患，病人还为他送了锦旗。如今，他的门诊一直就是患者络绎不绝。这是什么原因呢？是他在沈阳中医学院学习时就跟一名名老中医当学徒，得到了真传。有了真本领，就有了今天。

五是中医带徒制度要进一步落实，师父要站在发掘祖国医学遗产，传承祖国医学知识，造福子孙后代的高度做好中医传承工作，同时也要选拔有识之士、热爱中医工作的有志青年，作为中医学徒，把中医传承工作做好并落到实处。

早在 20 世纪 80 年代末 90 年代初，汪大德在粟谷卫生院工作时，对乡村医生中愿意拜师学习中医的几名乡村医生，认真辅导，使他们掌握了中医的基本理论和临床诊病的要点。目前，有的仍继续在农村从事乡医和中医工作，有的到襄阳自开门诊，有的在襄阳某大药房坐堂行医。

自调到县中医院后，他曾接受过多个院校中医实习生。2008 年汪大德被聘为北京中医药大学"教育部质量工程人才培养模式创新实验区"2007 级中医教改实验班校外导师。据了解，他带的实习生都走上了中医工作岗位，他们有的在北京工作，有的在湖南工作，也有在襄阳本地工作的，而且他们都非常热爱自己的中医本职工作。

目前中医工作形势大好，从中央到地方各级领导和卫生主管部门对中医的传承工作抓得非常及时。2015 年 1 月 20H，谷城县中医医院召开中医传承大会，医院领导班子全体成员到会，隆重举行了"中医学徒拜师"仪式，汪大德收下了中医医院中医主治医师、援藏医生曾仕富为徒，结成正式的师徒关系。曾医生在医院工作中，也颇受同行的认可及病人的欢迎。

　　汪大德的次子汪光辉及儿媳翟光琴，原是从事西医工作，由于受到中医有神奇治疗效果的影响，对中医产生了好感，主动要求学习中医。按照国家中医师承的政策，经县司法部门对中医传承师徒关系进行了正式公证，两人步入中医领域，并自己购置了全套中医大学教材，开始认真学习中医理论，于2016年参加了湖北省中药执业药师考试合格，现已取得中药执业药师资格。汪光辉现已能独立用中医理论诊病。中医医院领导经研究决定，安排翟光琴于2016年1月16日正式到汪大德诊室从事中医学徒工作。经跟师临床，已初步掌握了中医临床知识，并能单独完成辨证论治、望闻问切、理法方药，直至诊病开方。相信经过不断努力，将来能成为名副其实的中医工作者。

　　笔者在对其儿媳翟光琴的采访中，问及为什么当初选择了西医现在却要从头学习中医时，翟光琴是这样说的："19年前，自己娘家的母亲患上了子宫肌瘤，无法面对县级医院高昂的医疗费，而父亲却用花费不过百元的6剂中药治愈，令我对中医产生了最初的好感。后在父亲的鼓励及支持下，投入了执业医师考试，已取得执业医师证书。后有幸调入到临床工作。在与父亲一起工作及生活中，每天都会看到有来自不同地方找父亲看病的人。无论是谁，父亲都从容、稳重、和悦、平等地对待每一位患者。家中也总能见到吃饭的、住宿的老乡。父亲总说能与人方便的，能拉一把是一把。每次见到病人对父亲尊敬有加，我心中都会油然而生敬佩之情。前年紫金一位四十三岁的肝硬化腹水病人，上级医院已经放弃治疗，家人慕名来请父亲医治，初诊是由几人搀扶而来，经过精心的养血柔肝、清热利湿、健脾行水、活血化瘀、软坚散结等一系列治疗，患者病情逐步趋向稳定，由生活不能自理到能正常生活，能做力所能及的家务，病人及家属感激万分。像很多这样的危重病人及晚期癌症患者，西医都决定放弃治疗的，父亲却通过用中医中药的办法解除了他们的病痛，提高了患者的生活质量，延长了患者的生存期，挽救了一个又一个濒临破碎的家。父亲诊室里挂满了患者及家属送来的锦旗，我深深地领悟了祖国医学的伟大，也深知国家大力弘扬中医药的用心，更明白中医药便捷、实惠、毒副作用小、疗效好的现实。在中医医院中医师逐渐减少，青黄不接之时，去年我顺利通过全国执业中药师考试，并取得中药执业药师证书。我立志从事中医工作，传承祖国医学，并拜父亲为师。在医院领导的关怀下，我被安排在中医工作岗位跟师学习中医临床工作近一年，现基本掌握了《中医学基础》

《方剂学》《中医内科学》《中医诊断学》《中医妇科学》，并背诵了《药性》《汤头》《李中梓脉诀》等中医书籍，对常见病及部分疑难病症进行正规的实施治疗，得到院领导、父亲老师、同事及广大患者的好评。我将以父亲作为生活和工作中的典范，勤奋好学、谦虚谨慎、医德高尚、心系患者，做一名人民需要的好中医，做一名优秀的共产党员，不辱父亲谆谆教导和殷切希望，不辜负院领导的深切关怀。"

如果每位中医工作者都能从自身做起，站在弘扬祖国医学的高度，站在响应国家号召振兴中医药事业的高度，站在人民所需我愿奉献的高度，在不断充实自己的前提下，做好上承下传的工作，那么，我们珍贵的祖国医学遗产，我们的中医队伍就不会萎缩，就能像雨后春笋般蓬勃发展起来，一定能为全世界全人类的健康事业做出更大贡献。

中医是中国的第五大发明，是中华民族优秀文化中璀璨的瑰宝。它经过数千年的实践、总结、理论升华，形成了自己独特的理论体系。几千年来，它已成为中华民族生存繁衍、发展繁荣的保证，为中华民族甚至是全人类的健康，立下了不可磨灭的卓著功勋。只有真正地了解中医，才会知道中医的伟大，才能使中医更加发扬光大。

当然，中医在科学技术飞速发展的新形势下，也不能固步自封，而应该把自己融入现代化的大潮之中，利用一切现代化的手段发展自己，把中医中药打造成我国的重要品牌，使中医真正成为举世公认的维护全人类健康的宝贵财富。

玄参

第四十章
弘扬中医初心不改

　　出生于 1947 年 3 月的汪大德，由于其年少时两兄长因小疾身亡，遂立志学医，在贫困时屡遭挫折不放弃梦想，从一个大山深处走出的乡下娃子，凭着勤奋好学肯吃苦下力的精神，在师父谭元甫"学医是为别人操心、要有济世心德"的影响下，在医术上精益求精，待病人如同亲人，始终以共产党人的标准严于律己，值得行医者学习。

　　汪大德能在自己的行医生涯中，不断地学习，秉着活到老学到老的人生信念，取得辉煌而夺目的成绩，足以证明一个人的成功，确实冰冻三尺，非一日之寒。

　　他的心血终究没有白费，不仅对常见病、多发病的诊治得心应手，同时，在一些疑难杂症的治疗方面也取得了显著的效果。比如狂证、痫症、结核性腹膜炎、不孕不育、堕胎、肝硬化、结石、痛风、早期肾功衰，甚至尿毒症、腹主动脉瘤、癌症等，都有很多完全治愈的病例。

　　汪大德怀着对祖国医学的热爱和执着追求，一直致力于疑难杂症的探索和研究，博采众家之长，取其精华，去其糟粕，注重临床实践，师古不泥，勇于创新，坚持以病人为本，以病为源，科学辨证，倾心施治，审慎地把古方与个人临床实践所得融为一体，不断验证新观点，总结新成效，大胆地打破传统定论，确立自己独创的新方法，先后撰写医学论文三十余篇。其中，《自拟三金汤治疗肝胆结石病 56 例的临床体会》一文，于 2002 年 10 月在"北京全国第九届中医肝胆病学术会"上交流，在《中华医药研究与创新》杂志上发表；《自拟导滞逐瘀汤加减治疗术后肠粘连的临床体会》一文在《中国现代实用医学杂志》上刊登；《浅谈治疗不孕症的临床体会》一文 2004 年在江西南昌学术会上交流，并在《实用中西医结合临床》杂志上发表；《自拟涤痰泻火方治疗 11 例狂证的体会》一文 2002 年 6 月在香港《中华民族医学新进展》杂志上发表；《少腹逐瘀汤加味治疗结核性腹膜炎》一文 2003 年在《中华医药研究与创新》杂志上发表，并获"中国中医药优秀学术成果奖"一等奖。

2004 年元月，汪大德以特邀嘉宾身份参加了在北京人民大会堂召开的首届中国主任医师学术年会，并受到党和国家领导人接见，与全国人大常委会原副委员长吴阶平，原卫生部部长钱信忠、卫生部副部长殷大奎合影留念。2006 年 4 月，应邀参加在北京人民大会堂召开的第六届中国名医论坛，再次与全国人大常委会原副委员长吴阶平、卫生部副部长殷大奎合影留念，汪大德的业绩简介被载入第六届中国名医论坛组委会编写的《中国名医风采录》。

此外，他出席了 2000 年在北京国际会议中心由世界卫生组织、卫生部、国家中医药管理局组织、全国人大常委会副委员长彭珮云主持召开的国际传统医药大会，并与四十多个国家卫生界领导和医学专家、友人在人民大会堂举行的国宴上相聚。

汪大德自学医开始，就把自己与祖国的医疗事业紧紧地联系在一起。他不但一直注重对医书药典的学习，还从博大精深的古医书中吸取精华，同时自己也坚持不断创新。为反复验证各病治疗效果，观察长期疗效，他采取自开处方留底的方法，现已有自留处方数十万张，以备考究。这些药方有时还真能派上用场，时而还会有患者来查找多年前有效的处方。

有一次，一个姓朱的患者，属晚期肝硬化肝腹水，汪大德投中药汤、丸治之，后再未见其人，以为他早有不测。不料 2014 年春季的一天，这位朱姓患者开车带着他的邻居——也是一个肝病患者，前来就诊。这位朱某对汪大德说："汪医生，我感谢十几年前你救了我的命，今天我又带来个病人，请你查找当年给我治病用的处方，一定对他也有效。"为了验证当年的方子是否有效，按朱某要求仍用前方，患者最终被治愈。汪大德坚持回访病人，回访后如有效就查原处方，对药物进行逐味分析，并查阅现代中药药理加以论证，不断收集整理，以备后用。

汪大德不会忘记父母一直以来的嘱托：当了医生不要嫌贫爱富，不能见钱眼开。师父的教导是，学医就要吃得苦受得罪，一辈子为病人操心。如今，父母及恩师虽都已先后驾鹤西去，但这些话语却一直陪伴着汪大德度过无数个春夏秋冬。

想当年，在大屋场当赤脚医生时，他不分白天黑夜、不分暴雨雷电、不分过年过节，无论老少贫富，一视同仁，随叫随到。到了县中医医院，仍不忘家乡，不忘农村，心系病人，有时为了让远处来的病人能搭上返程车，他主动为病人向其他病患申请调换就诊秩序，让病人感受到来自医院以及医务工作者的贴心照顾和温暖。多少年过去了，如今的他仍保持一颗纯朴而简单的清凉心。他把自己奉献给了病人，鞠躬尽瘁，无怨无悔。对于自己所取得的每一步成就，汪大德都认为这绝不是终点。他说，有人认为，无论哪一行的人，一夜成名很容易，要想几十年屹立不倒，靠的就是要舍得出力气。这句话，绝不只是针对医务工作者说的。

面对每天看不完的病人，汪大德忧心的不是自己体力的超负荷运转。在采访过程中，他对笔者说："现在的中国人，百分之七八十是处于亚健康状态而不自知，随着生活环境的变化，现在人们的体质也与以前的人有了千变万化的差距。虽然科技发达，医疗水平比前些年有了很大的提高，但以前很少见的病症如今却越来越司空见惯，比如癌症、中风、脑溢血几乎就发生在我们身边的人身上。学中医时师父也常常说，中医讲究不治已病治未病，是什么意思呢？就是说自己认为很健康，去医院检查，结果出来很正常，但其实身体已经处于亚健康状态，此时若稍稍调理就能恢复，可以把疾病杀死在摇篮中。等到已经开始病变，随着时间变化在慢慢加重，那时再治就比较麻烦了。《金匮要略》中有一句最典型的话就是：见肝之病，知肝传脾，当先实脾。这句话的意思就是指防止病变恶化、转变成其他病症或并发症的意思。"

　　汪大德还说："当今科技越来越发达，电视电脑智能手机普及，上自大人，下至小孩，许多人慢慢地变成了低头族、近视眼，还有许多青少年酗酒抽烟、暴饮暴食、熬夜等，都会对身体造成极大的危害。我认为，养生意识应从小时培养，长大了才会对养生有一定的重视。虽然养生方法很多，但只要找到适合自己的，坚持把握属于自己的养生之道，远离疾病就会变得很容易了。国家早就提倡国富民强，国人体质好了，才能更好地进行社会主义建设。只有民强了才能国富。这个民强，我认为，也有全民健康的愿景在里面。最近，中央又提出了'健康中国'，可见健康何等重要啊！任何一个医生，他的能力再大，医缘再广，能看的病人也是有限的，因为这个世界上的病人实在是太多了。所以我最想说的，就是先能与大家结养生之缘。希望每个人都能健康平安快乐地度过一生！"

　　汪大德又说："有一段时间，有人比较排斥中医。但好在国家对中医药工作十分重视，习近平总书记针对中医药曾发表过一次语重心长的讲话，他指出：'中医药学凝聚着深邃的哲学智慧和中华民族几千年的健康养生理念及其实践经验，是中国古代科学的瑰宝，也是打开中华文明宝库的钥匙。深入研究和科学总结中医药学，对丰富世界医学事业、推进生命科学研究具有积极意义。'

所以，我很想看到学中医的同行们能重新拾起中医，也希望更多的人参与系统地学习中医，把中医事业继承发扬光大起来。"

汪大德说：如今，中医在美国、欧洲以及日韩备受重视，甚至，在德国，看中医还成了一种贵族享受。我们中国人怎么能不重视属于我们自己的宝贵财富呢？况且，中医不仅经济实用，而且副作用小，它分明就是上天赐给我们的恩惠。

是啊，毛主席早就说过："中国医药学是一个伟大的宝库，应当努力发掘，加以提高。"最近，为了继承和弘扬中医药，保障和促进中医药事业发展，保护人民健康，国家又颁布了《中华人民共和国中医药法》，并于2017年7月1日实施。这不仅有利于促进中医药的继承和发展，有利于建设中国特色医药卫生制度，推进健康中国建设，也将有利于充分发挥中医药在经济社会中的重要作用，保持我国作为传统医药大国在世界传统医药发展中的领先地位。

如今，汪大德年届七旬，放弃原本可以悠闲安享的晚年，不贪金钱名利，多次拒绝了各大城市知名医院的盛情邀请和高薪聘请，却接受了谷城县中医医院的返聘，每天在科室坐诊，日日坚持在中医工作的第一线，为家乡的父老乡亲尽心尽力排忧解难。

他常常因为病人太多而不能按时吃上热气腾腾的饭菜，患上了胃病，但却毫无怨言。他不顾年老体弱心脏不好，不顾偶尔还会因天气变化引发旧疾伤痛，一边仍然坚持学习中医理论知识，坚持搞好中医临床实践，一边在提高自身理论水平和实践经验的基础上搞好中医传帮带，为中医事业的发展，为人民的健康事业贡献自己的光和热。

电影《寿司之神》中的小野二郎说："一旦决定好职业，你必须全心投入工作之中，你必须爱自己的工作，千万不要有怨言，你必须穷尽一生磨练技能，这就是成功的秘诀，也是让人家敬重的关键。"

这也是汪大德从医生涯的真实写照。从始至终，初心不改。

益母草

后　记

　　作为一名记者，三年前采访离休干部、德艺双馨的文艺家熊子勋老人时，他引荐我结识了谷城县中医医院副院长汪大德。熊老对汪院长赞誉有加，向我讲述了许多汪大德以高超医技和高尚医德治病救人的故事。我为汪大德"行医与行善并重"的精神所感动，遂对他进行了多次采访。当我掌握足够的素材后，熊老建议我写一本人物传记，我欣然应允。

　　白驹过隙，一晃近三年过去。我终日忙于工作与生活中的芸芸琐事，一直未曾完笔，想起"诺不轻许，许则为之"的为人之道，心中常有不小压力。

　　2015年11月，又经熊老介绍，我结识了谷城才女胡红云。缘于对文学的共同爱好，我们结下了深厚的姊妹情，二人决定联手完成此书。

　　冬去秋来，历经一年多的时光，数易其稿，终于完成了此书。

　　囿于年龄，我们不曾经历过风云变幻的20世纪五六十年代。作为本书顾问，熊老及葛老极其认真负责地对本书

所描述的历史事件进行了多方求证，并对整部书稿进行了
统筹和初步审核。谷城县中医医院对我们的采访和写作提
供了许多便利的条件和宝贵的资料。襄阳日报传媒集团、
谷城县广播电视台、湖北玉皇剑茶业有限公司等单位都给
予了大力支持，襄阳市民间文艺家协会主席郑浩先生受熊
老之托，欣然提笔，为本书作序。对此，我们表示衷心的
感谢。同时，也感谢汪大德在百忙之中为我们提供大量的
素材，另一并感谢支持和帮助过我们的各界朋友。

希望本书能以汪大德的事迹为载体，对弘扬和传播祖
国博大精深的中医文化起到推动和促进作用。这既是我们
的初衷，也是创作此书的最大心愿。

因水平有限，虽然经过多次修改，相信此书还存在着
这样那样的不足，欢迎广大读者批评指正。

胡显玲